레이첼 카슨 전집 1

바닷바람을 맞으며

Under the Sea-Wind

레이첼 카슨 전집 1
바닷바람을 맞으며

초판 1쇄 인쇄일 2017년 10월 20일　**초판 1쇄 발행일** 2017년 10월 27일

지은이 레이첼 카슨 | **그린이** 하워드 프레치 | **옮긴이** 김은령
펴낸이 박재환 | **편집** 유은재 | **관리** 조영란
펴낸곳 에코리브르 | **주소** 서울시 마포구 동교로 15길 34 3층(04003) | **전화** 702-2530 | **팩스** 702-2532
이메일 ecolivres@hanmail.net | **블로그** http://blog.naver.com/ecolivres
출판등록 2001년 5월 7일 제10-2147호
종이 세종페이퍼 | **인쇄 · 제본** 상지사 P&B

ISBN 978-89-6263-166-1 04840
ISBN 978-89-6263-165 세트

책값은 뒤표지에 있습니다.　잘못된 책은 구입한 곳에서 바꿔드립니다.

바닷바람을 맞으며

레이첼 카슨 지음 | 하워드 프레치 그림 | 김은령 옮김

에코리브르

어머니께 바칩니다.

차례

서문

레이첼 카슨의 문학적 데뷔작이라고 할 수 있는 《바닷바람을 맞으며》는 미국 어업국의 11쪽짜리 브로슈어 서문에서 발전한 결과물이다. 20세기 영미권에서 가장 탁월한 작가 중 한 명이자 인간과 자연의 관계에 대한 조망을 궁극적으로 바꿔놓은 과학자로서 시작을 알린 작품이기도 하다. 비평가들로부터 환영받았음에도 불구하고, 1941년 발간한 카슨의 첫 작품은 제2차 세계대전 발발로 인해 광범위한 인정을 받지 못했다. 실망한 작가는 채 팔리지 않은 자신의 책을 사들여 소중한 친구들에게 나눠주었다. 하지만 카슨은 이 책이 언젠가 재출간될 것이라는 기대를 버리지 않았다. 《바닷바람을 맞으며》는 신비하고 놀라운 세상에 대한 카슨의 애정에서 비롯된 책이다. 카슨은 자신의 인생에서 드물게 평화로운 시절에 쓴 이 책을 가장 좋아했다.

1936년 4월 카슨은 직장 없는 동물학자이자, 미국 어업국으로부터 해양 생물에 관한 라디오 원고를 부탁받은 프리랜서 작가였다. 밤이면 〈볼티모어 선(The Baltimore Sun)〉에 체서피크만의 자연사에 관한 기사를 써서 돈을 벌기도 했다. 이때 독자들이 기사를 좀더 진지하게 받아들이도록 'R. L. 카슨'이라는 남성 필자의 이름으로 서명을 했다. 어업국에서 일할 당시의 상사 엘머 히긴스(Elmer Higgins)는 새로운 브로슈어를 만들며 카슨에게 해양 생태에 관한 서문을 써달라고 부탁했다. 카슨의 모친은 오래된 스미스 코로나 타이프라이터의 소형 활자로 '해양 세계'라는 제목의 에세이를 정리해주었고, 그다음 날 카슨은 워싱턴 D.C.에 있는 히긴스의 사무실에 앉아 그의 평가를 기다렸다. 카슨은 이 대화를 잊지 못했다. "상사는 …… 눈을 반짝이며 원고를 나에게 돌려주고 이렇게 말했다. '브로슈어로는 적절하지 않은 것 같으니 다시 쓰는 게 좋겠네. 하지만 이 원고를 〈애틀랜틱 먼슬리(Atlantic Monthly)〉에 보내면 어떻겠나?'" 히긴스의 반응에 만족한 카슨은 원고를 책상 서랍에 넣어두고 곧장 새로운 서문을 쓰기 시작했다. 그리고 거의 1년이 지난 후, 생활고에 맞닥뜨린 카슨은 히긴스가 제안한 대로 당시 최고의 문예 잡지 〈애틀랜틱 먼슬리〉에 그 원고를 팔았다.

초고만 읽어봐도 히긴스가 왜 그런 제안을 했는지, 〈애틀랜틱 먼슬리〉가 왜 그 원고를 사들여 1937년 9월 '해저'라는 제목으로 소개했는지 쉽게 이해할 수 있을 것이다. 카슨의 글은 바닷속에 사는 수많은 생명체를 이야기하듯 설명해준다. 아울러 카슨에게 가장 중요한 두 가지 주제, 즉 수억 년을 견뎌온 해양 생명체의 생태학적 관계, 그리고 가장 미세한 생명체마저도 포용하는 본질적인 불멸성을 다룬다. 이 책을 통해 카슨은 독자들을 바닷속 가장 깊은 곳으로 안내하며 각 장면을 과학적이면서도 놀랍고 재미있게 보여준다. 아울러 과학에 대한 관심이나 지식이 적은 독자들이 편안하게 바닷속 세계에 접근하도록 돕는다. '해저'는 카슨을 중요한 관심을 갖고 살펴야 하는 작가로 자리매김했고, 과학적으로 정확할뿐더러 시적이고 서정적인 카슨만의 독특한 목소리를 확립해주었다. 바다를 둘러싼 생태계에서 카슨은 자신의 글쓰기 대상을 발견했고, 자연의 통합성과 관련한 자신의 비전을 나눌 수 있는 매개체를 찾기에 이르렀다. 훗날 카슨은 〈애틀랜틱 먼슬리〉의 4쪽짜리 기사로부터 "모든 다른 글이 비롯되었다"고 회고했다.

'해저'를 쓴 젊은 동물학자는 자연 세계의 예리한 관찰자였다. 펜실베이니아주 서부에서 보낸 어린 시절 이후 카슨은 지속적으로 새를 관찰해 왔다. 카슨은 언제나 글쓰기를 즐겼다. 자연이야말로 카슨이 가장 잘 아는 대상이고, 가장 큰 기쁨을 느끼는 존재였다. 대학 시절 카슨은 열성적인 여성 교수의 영향을 받아 전공을 영어에서 동물학으로 바꾸는 평범하지 않은 결정을 내렸다. 장학금을 받으며 1929년 매사추세츠주 우즈홀(Woods Hole)의 해양생물학연구소에 몸담았고, 메릴랜드주 볼티모어에 있는 존스홉킨스 대학교 대학원에서 공부했다. 하지만 대공황기인 1930년대는 여성이 과학 분야에서 일자리 찾기 어려운 시기였다. 1937년 공무원 시험에서 거의 완벽한 점수를 받은 카슨에게 히긴스는 미국 연방 정부의 일자리를 제안했다. 하지만 그 후 15년간 미국 어류·야생동물국(FWS)에서 승진할 수 있었던 것은 카슨의 문학적 재능이 뒷받침된 덕분이었다.

이제 막 수련을 시작한 야망 있는 대부분의 작가처럼 카슨에겐 앞으로 전진하기 위해 문학적 멘토가 필요했다. 당시 사이먼 & 슈스터(Simon & Schuster) 출판사의 선임 편집자 퀸시 하우(Quincy Howe)와 그가 편집을 맡았던 최고의 작가 중 한 명으로서 유명한 저널리스트이자 문화역사학자, 탐험가이자 일러스트레이터인 헨드릭 반 룬(Hendrik van Loon)은 '해저'에 감명을 받았다. 호기심에 겨워 주둥이를 내민 상어와 고래가 헤엄치는 바다의 초록 물결이 그려진 봉투에 담긴 편지를 통해 반 룬은 바닷속 깊은 곳에서 일어나는 또 다른 일들에 관해 카슨이 무엇을 더 알고 있는지 궁금해했다. 바로 이 질문으로 인해 카슨은 책을 쓸 생각을 진지하게 고려하기에 이르렀다. 1938년 1월 반 룬은 하우와 함께 만남을 주선했고, 이 자리에서 카슨은 예전에 쓴 에세이에 기초한 내용을 서문으로 하고 10개 남짓한 장으로 이루어진 책의 개요를 소개했다.

카슨은 자신이 지극히 존경한 영국의 위대한 자연주의자 헨리 윌리엄슨(Henry Williamson)이 했던 것처럼 몇몇 바다 생물의 일상을 이야기하듯 소개할 생각이었다. 책을 3부로 나누어 하나는 해안가 생물체를 다룬 '바다의 가장자리', 다른 하나는 널리 열린 바다를 소개하는 '갈매기의 길', 마지막은 깊은 심연에 대한 이야기인 '강과 바다'로 구분했다. 그리고 각 부마다 갈매기, 고등어, 뱀장어 등 특정한 동물을 주인공으로 삼아 이야기를 끌어나가기로 했다. 이 3부의 이야기를 모두 합하면 바다의 생태와 그 속에서 사는 모든 생명체의 상호 의존성에 관한 태피스트리를 짜게 될 터였다. 주인공은 결국 바다 그 자체라고 할 수 있다. 성공적인 책을 쓰기 위해 카슨은 상상력과 정확한 관찰, 바다와 그곳의 거주자에 대한 포괄적이고 과학적인 인식이 필요했다.

절실하던 경제적 도움보다 카슨에게 더 필요한 것은 직접 '바다 밑'을 경험하는 것이었다. 카슨은 반 룬에게 부탁해 그의 친구인 윌리엄 비비(William Beebe)를 소개받았다. 비비는 저명한 해양학자이자 조류학자로서 당시 뉴욕동물학회에서 열대 연구를 책임지고 있었다. 카슨은 잠수(dive)가 "다른 그 어떤 경험도 줄 수 없는" 바다에 대한 느낌을 선사할 수 있을 거라고 생각했다. 슬프게도 카슨의 유일한 잠수는 그로부터 10년 후 이상적이라 할 수 없는 상황에서 이뤄졌지만 카슨에게는 이 경험도 놀랄 만한 것이었다.

어업국의 생물학자로서 자연의 여러 작용에 대한 카슨의 이해는 일반인과 크게 다르지 않았다. 하지만 자연에 대한 반응, 자연에서 발견하는 경이와 기쁨은 카슨의 연구뿐 아니라 글에서도 두드러지게 나타난다. 카슨은 1938년 여름 어머니와 함께 키워온 두 조카딸을 데리고 노스캐롤라이나의 뷰퍼트(Beaufort)로 갔다. 뷰퍼트 어구(漁區: 수산물을 잡거나 가공할 목적으로 특별히 정한 구역—옮긴이)에는 당시 미국 동부 해안에서 우즈홀 다음으로 가장 큰 연구 센터가 있고, 해변이 넓게 펼쳐진 이점이 있었다. 가장 멀리 떨어진 곳까지 탐사한 카슨은 자신의 책에서 해안가 새에 대한 이야기를 쓴 부분의 배경이 된 야생의 장소를 발견했다. 카슨은 바닷물이 차고 빠질 때, 보름달이 뜰 때에 맞춰 뷰퍼트 해안가를 찾아갔다. 바람이 얼마나 세게 불든 몇 시간이고 해변을 걸었다. 낮에는 바닷새가 오가는 모습을 메모하고 게와 모래벼룩 같은 작은 해안 생물체를 관찰하며 여러 가지 물체를 수집했다. 때로는 해안 사구에 누워 머리 뒤로 팔을 두른 채 하늘에서 빙빙 돌며 울어대는 새들을 지켜보았다.

특히 밤이 되면 해변을 정처 없이 걷곤 했다. 평생 습관이 될 모험의 시작이었다. 손전등을 들고 낮에는 잘 볼 수 없는 야행성 생물이 은신처에서 나오는 것을 지켜보았다. 밤에 관찰한 내용을 작은 검은색 수첩에 적고 밤바다와 파도, 바람, 언덕 위 소나무의 소리와 냄새도 기록했다. 만조 때 연못의 고요함에 관해서도 적었다. 이런 이미지는 카슨의 글쓰기에 가장 특별한 모티프를 제공했다.

카슨은 평행사도(barrier island, 平行砂島: 연안에 평행하게 발달한 좁고 긴 모래와 자갈의 퇴적 지형—옮긴이)의 사구가 바다로 인해 단절되며 만들어진 염습지의 늪 웅덩이와 연못을 발견했다. 구렁을 통해 파도가 연이어 연못으로 밀려 들어와 지난해 봄 이후 갇혀 있던 수천 마리 작은 물고기를 풀어놓는 장면을 완전히 매혹된 채 몇 시간이고 앉아서 지켜보았다. 구렁을 통해 물고기가 넓은 바다로 헤엄쳐 가는 것을 지켜보며 생명의 신비가 주는 경외감에 큰 감동을 받았다. 카슨은 그해 여름 이 사구는 물론 바다와 해안가의 신비한 관계에 매료당했다. 몇 번이고 되돌아가도 그 장소가 주는 경이로움은 여전히 생생하기만 했다.

1939년 여름, 카슨은 우즈홀연구소에서 일하기 위해 북쪽으로 떠났다. 여기서는 도서관과 연구실에서 작업했는데, 대부분의 시간을 항구를 따라 펼쳐진 해변을 걷다가 작은 수첩을 펴고 어장 선창에 앉아 물고기를 관찰했다. 깊은 대양의 수로로부터 바다 생물을 내보냈다 끌어들였다 하는 조수를 관찰하기도 했다. 이 경험을 통해 카슨은 몰려다니는 물고기 떼와 '해저' 생명의 흐름에 관해 광범위한 이해를 얻을 수 있었다.

카슨은 깊이 고민하며 천천히 글을 쓰는 작가였다. 낮 시간에는 정부 일을 해야 했으므로 주변이 조용한 밤늦은 시간이나 아침 일찍 글 쓰는 습관을 들였다. 일상의 작은 소음에도 민감했던 카슨은 창의적인 작업을 위해 완벽한 고독을 필요로 했다. 아울러 조용한 것을 좋아했다. 단락마다 수정을 거듭하고 때로는 다음 문장으로 넘어가기 전에 그 문장을 몇 번이나 확인했다. 《바닷바람을 맞으며》의 원고 중 '봄의 비행'은 한 쪽을 일곱 번이나 대대적으로 수정한 흔적이 남아 있다. 글의 분위기를 만드는 두운과 리듬의 역할을 알고 있기에 카슨은 타이핑을 위해 어머니한테 완성 원고를 넘기기 전 소리 내어 글을 읽어보곤 했다. 카슨이 일하는 동안 어머니는 원고를 타이핑하고, 딸이 저녁에 다시 작업할 수 있도록 준비해

놓았다. 1958년 어머니가 별세할 때까지 두 모녀는 카슨이 쓴 모든 책을 이런 방식으로 작업했다. 눈으로 읽는 것과 마찬가지로 소리로 듣는 게 만족스러울 때까지 몇 번이고 원고를 낭독하곤 했다.

1940년 이른 봄, 카슨은 1부에 해당하는 원고 다섯 꼭지를 퀸시 하우에게 보냈다. 불안 속에서 몇 달이 지나갔다. 6월이 되어서야 계약서와 선인세를 받았는데, 원고 마감은 1940년 12월이었다. 출판을 확신한 카슨은 작업 속도를 높였고, 압박을 받으며 일하는 게 그리 나쁘지만은 않은 일임을 발견했다. 1940년 7월 마지막 주, 카슨은 우즈홀연구소로 돌아와 해저에 관한 연구를 마쳤다. 공무원으로 일하는 동안 카슨은 비니어드해협(Vineyard Sound)이나 버저즈만(Buzzards Bay)을 매일 오가는 작은 고기잡이 준설선 팰런스로프호(Phalanthrop)에 규칙적으로 승선했다. 대학원생인 카슨은 해저에서 찾아낸 갖가지 보물을 지켜보았고, 그런 생물이 어디서 살며 어떻게 생존하는지 궁금했다. 이제 충분한 과학적 지식을 지녔기에 바닷속을 들여다보며 "낯선 세상에서 살아가는 생물체의 삶"에 관해 상상력을 발휘할 수 있었다.

뷰퍼트 해안에서 그랬던 것처럼 카슨은 선창에서 몇 시간을 보내곤 했다. 고등어 떼가 방파제를 따라 오가고, 오징어와 다른 포식자들이 고등어 떼 주위를 맴도는 것을 지켜보았다. 흰 셔츠와 면바지를 입은 서른세 살의 자그마한 여성이 동그란 얼굴에 밝은 갈색 머리를 흩날리며 기다란 선창가에 앉아 있는 모습은 한 장의 그림 같았을 것이다. 카슨의 수첩에는 해안가 생명체의 목록만 있는 게 아니라 그 존재를 보여주는 소리와 색깔, 움직임까지도 적혀 있었다.

자신의 책이 어떻게 보이면 좋을지 카슨은 명확한 생각을 갖고 있었다.

카슨은 자신이 알고 있던 화가이자 〈볼티모어 선〉의 스태프로 일하는 하워드 프레치(Howard Frech)를 고용해 8쪽에 이르는 연필화와 책에 등장하는 100여 종 이상의 해양 생물 설명에 필요한 삽화를 그리도록 했다. 이 시골 화가를 받아들이도록 사이먼 & 슈스터를 설득하는 데는 성공했지만, 프레치의 일러스트에 대해서는 카슨이 비용을 지불해야 했다. 그림은 카슨의 글에서 영감을 받아 진한 푸른색으로 그렸는데, 카슨이 글에 포함시킬 수 없었던 정확하지만 흥미로운 설명으로 가득한 '용어 설명' 덕에 과학적 정통성을 확보할 수 있었다.

마지막 우즈홀 여행을 통해 카슨은 생각을 정리하며 "온통 물로 가득한 세상"에 흠뻑 빠져들었다. 메릴랜드주 실버스프링(Silver Spring)에 있는 집으로 돌아갔을 때는 책을 마치는 데 필요한 모든 것을 갖춘 상태였다. 어머니는 실수 하나 없이 완벽하게 원고를 타이핑했고, 카슨은 1940년 12월 31일 원고를 보냈다. 사이먼 & 슈스터의 편집자는 《바닷바람을 맞으며》가 오타 하나 없이 받은 유일한 원고였다고 회상했다. 몇 년 후 카슨은 이 책의 집필에 관해 되돌아보며 그 순간이야말로 인생에서 가장 행복한 때였다고 말했다. 바다 표면에서 가장 깊은 곳에 이르기까지 바다에 관해 많은 것을 배우며 순수한 기쁨을 누린 순간이었기 때문이다. 카슨은 1940년의 이 몇 달을 떠올릴 때면 창조적인 과정에 흠뻑 빠져든 완벽한 몰입이 주는 덧없는 느낌에 대한 열망의 고통을 느끼곤 했다.

《바닷바람을 맞으며》는 대기와 바다를 둘러싼 생태계의 모험에 대한 책이다. '해저'가 바닷속에 대한 이해를 도와주었다면, '해양 생명에 대한 자연주의자의 설명'이라는 부제가 붙은 《바닷바람을 맞으며》는 독자들을 관찰자로 초대해 대기와 바다에 사는 생명체를 친밀하게 소개한다. 3부로 이뤄진 책에는 바닷새, 고등어 스콤버(Scomber), 뱀장어 앤귈라(Anguilla)라는 각기 다른 주인공이 등장하는데, 바다에 인접해 사는 이들은 서로 밀접하게 연결되어 있다. '바닷바람'이라는 단어는 하나의 시스템 안에 자리한 모든 생명체의 보호를 상징하는 약칭이라 할 수 있다. 각각의 존재는 서로 연결되어 생명의 통합된 사이클에 의해 온전해진 생태계의 연결선을 유려하게 소개해준다. 이 책은 자연 세계에 대해 새로운 방식으로 사고하는 신인 작가의 등장을 알렸고, 이를 계기로 대중은 자연과 친밀해질 수 있었다. 그 이후 발간한 《우리를 둘러싼 바다》, 《바다의 가장자리》, 《센스 오브 원더》, 《침묵의 봄》에 이르기까지 카슨은 인간과 자연 세계의 관계에 대한 태도를 바꿔놓기 위해 우리를 여행으로 이끈다.

《바닷바람을 맞으며》의 구성은 살아남고 번식하기 위해 분투하는 각각의 생명체에 관한 이야기로 이루어져 있다. 격렬한 투쟁에 입각한 다윈주의적 결정론이 아니라 기회의 역할에 관한 이야기다. 적절한 시간에 적절한 장소에 있던 생명체가 살아남는다. 곳곳에 위험이 도사리고 있지만, 이 바다 생명체에 대한 카슨의 이야기는 고요한 느낌을 전해준다. 오래되고 때로는 폭력적이기도 한, 그러나 반복이라는 확실성에서 위안을 받는 끝없는 사이클이 만들어내는 패턴으로 모든 것이 진행된다. 카슨의 글이 특별한 것은 그 이야기 속 주인공들에게 반응하는 자연의 냉철한 위력을 과학적으로 서술했기 때문이 아니라, 영적인 것은 물론 물리적으로 관련 있는 개별적인 생명체와 공감하는 동일시를 이루어냈기 때문이다. 생존을 위해 애쓰는 해양 생물에 관해 과학적 정확성을 손상시키지 않고 자연의 과정에 은유적·정신적 의미를 부여한 것이다. 《바닷바람을 맞으며》에서 카슨은 자연에 대한 글이 지닌 중요한 문제 중 하나를 대면한다. 요컨대 자연에서 발견한 경이로움에 빠져들고, 과학자이자 시인으로서 자기 만의 목소리를 내게 된 것이다.

《바닷바람을 맞으며》는 미래에 대한 불안을 반영하고 자연의 끊임없는 변화에 대한 재인식을 제공한 그 시대의 산물이기도 했다. 세계는 전쟁 중이었고, 죽음이라는 현실이 모든 인간과 모든 국가에 너무나도 가까이 다가온 시대였다. '물질적 불멸성'에 대한 깨달음은 카슨의 이야기 전반에 퍼져 있고, 이는 인간 존재라는 더 큰 문제와 관련이 있었다. 환생이라는 끝없는 사슬에서 한 생명체의 죽음은 또 다른 생명체의 삶과 연결된다. 해풍은 대기 중 생명체와 바다 생명체 모두에 공평하게 숨을 불어넣는다. 카슨은 육지에 사는 생물에도 관심을 가졌다. 바닷바람을 맞으며 나타나는 삶과 죽음의 쉼 없는 흐름이 모든 곳에서 볼 수 있는 인간 존재의 투쟁에 대한 낙관주의를 가능케 해주었다.

카슨의 산문은—이후의 다른 모든 작품과 마찬가지로—영국 작가 리처드 제프리스(Richard Jefferies)가 극적으로 보여준 낭만주의적 자연 수필의 영향을 받았다. 《바닷바람을 맞으며》와 관련해 카슨은 어떻게 "물질의 임무가 생명을 키우는 것"이 되었는지를 설명한 제프리스의 《눈부신 여름(The Pageant of Summer)》(1905)을 특별히 언급한다. 바다가 생명의 실제적·영적 기원이라는 제프리스의 생각은 자연에 대한 카슨의 이해에 필수적이었다. 훗날 카슨은 침대 옆에 항상 제프리스의 시를 복사해 놓아두었다. 첫 작품의 제목도 《눈부신 여름》의 가장 좋아하는 구절에서 따온 것이다. "바람이 바다 위로 불어올 때/파도로부터 보이지 않는 한 조각을 떼어내/바다의 가벼운 정수를 해안으로 가져가/숲과 산울타리 사이로 밀어 올리고/푸른 파도와 버드나무에 떠도는 대기는/여름의 미세한 원자로 가득 차 있다."

바다와 바다에서 사는 생명체의 실체를 확인하려 노력하며, 카슨은 독자들에게 공중을 날거나 바닷속 생물로 사는 것은 어떨까 하고 상상력을 발휘할 뿐 아니라 시간을 재는 인간의 척도를 포기하라고 요구한다. "시계나 달력으로 재는 시간과 세월은 해안의 새나 물고기에게 아무런 의미가 없다. 빛과 암흑, 밀물과 썰물은 먹이를 먹을 시간과 굶주릴 시간, 적의 눈에 쉽게 띌 시간과 비교적 안전한 시간을 의미한다. 우리 생각을 바꾸지 않는 한 바다에서의 삶이 지닌 특징을 알 수 없고, 우리 자신을 그 속에 투영할 수도 없다." 카슨은 머리말에서 이렇게 썼다. "대부분의 독자가 기꺼이 수긍할 그런 도전이었다. 하지만 이성적 사고의 연장이란 훨씬 더 어려운 문제이기도 하다."

독자들이 물고기와 새우를, 해파리와 새를 좀더 생생하게 이해할 수 있도록 카슨은 바닷속 생물에 인간의 특징과 표현을 적용했는데, 이는 대부분의 과학 저술에서는 받아들이지 않는 방식이었다. 요컨대 완전하지는 않지만 어느 정도 의인화하는 위험을 무릅썼다. 인간의 심리를 나타내는 용어를 사용함으로써 바다 생물의 행태를 독자들이 좀더 잘 이해할 수 있도록 한 것이다. "예를 들어 나는 물고기들이 적을 '두려워한다'고 썼는데, 이는 물고기가 우리와 같은 방식으로 두려움을 경험하기 때문이 아니라, 사람들이 깜짝 놀랐을 때처럼 행동하므로 이렇게 묘사한 것이다." 글을 쓰는 데 이런 위험을 감수했지만 능숙한 카슨의 실력 덕분에 인간과 동물을 병치시키는 데 거슬리는 점은 없었다. 그만큼 매끄럽게 연결되었다는 뜻이다.

1941년 11월 1일 출간한 《바닷바람을 맞으며》는 권당 3달러에 팔렸다.

암청색 표지에 베이지색 글씨 그리고 갈매기 두 마리(프레치의 연필화)가 해안을 따라 있는 모래 언덕 위를 나는 그림이었다. 카슨은 제일 처음 나온 책을 어머니에게 선물했다. 책 앞에 쓴 "어머니께 바칩니다"라는 간단한 딸의 헌사에 어머니는 눈물을 글썽였다. 두 번째 책은 엘머 히긴스에게 주었는데, "이 모든 것을 시작하게끔 해준 히긴스 씨께'라고 적혀 있었다. 책 표지에는 저자 사진이 없었지만 카슨의 학력과 과학적 배경에 대한 설명이 포함되었다.

'과학책 클럽(Scientific Book Club)'에서는 《바닷바람을 맞으며》를 12월 선정 도서로 뽑았다. 이 시적인 책에 잘못된 감정 과잉 같은 것은 없다며, 바다 생명체에 관한 정보의 깊이를 칭찬하는 리뷰가 이어졌다. 다른 비평가들은 마치 소설처럼 읽히지만 바다와 해안가 생물에 대해 과학적으로 정확한 내용을 다룬다고 평가했다. 카슨은 과학의 대중화에 별다른 관심이 없던 당시 최고의 어류학자를 포함해 다른 과학자와 박물학자의 의견에 특히 고무되었다. 윌리엄 비비는 〈새터데이 리뷰 오브 리터러처(Saturday Review of Literature)〉에 이 책의 서정적 아름다움과 흠 없는 과학적 사실을 인정하는 글을 실었다. 더 나아가 그는 최고의 과학 산문을 모아 아리스토텔레스에서 시작해 카슨으로 끝나는 선집을 냈는데, 여기에 이 책의 두 장을 포함시켰다. 최고이자 카슨에게 가장 의미 있는 리뷰는 1952년 등장했다. 해안가 생물에 관한 글 중 가장 훌륭하다고 카슨이 인정한 《세상 끝의 집(The Outermost House)》을 쓴 헨리 베스톤(Henry Beston)의 리뷰였다.

이렇게 좋은 평가를 받았기에 대중의 반응에 대한 기대 역시 커졌지만 전 세계적 사건으로 인해 카슨의 희망은 사라지고 말았다. 많은 수상

(prize-giving) 관련 단체에 책을 제출했지만 기대했던 상업적 성공은 찾아오지 않았다. 책을 발간하고 한 달이 지난 1941년 12월, 일본군이 하와이 진주만에 있는 미국 해군 기지를 공격했다. 미국의 제2차 세계대전 참전 준비가 모든 뉴스의 중심이 되었고, 다른 모든 것에도 그늘을 드리웠다. 나중에 카슨은 살짝 비튼 유머를 더해 이때를 이렇게 회상했다. "책 출간에 대해 세상은 최상의 무관심으로 대했다. 사람들이 서점으로 달려갈 것이라는 작가의 꿈은 결코 실현되지 않았다." 《바닷바람을 맞으며》는 2000부밖에 팔리지 않았고 사이먼 & 슈스터에서는 1946년 8월 책을 절판시켰다. 다른 출판물과 독일판을 포함해 카슨의 로열티는 1000달러가 채 되지 않았다. 카슨은 전시(戰時) 정부의 어류·야생동물국 일에 집중했다. "책이 베스트셀러가 되는 희귀한 기적을 제외하고, 책을 쓰는 것은 경제적으로 승산 없는 도박과도 같다. 내가 잡지 기사를 쓰려는 친구에게 이렇게 조언한 것도 놀라운 일이 아니었다."

《바닷바람을 맞으며》를 내고 10년이 지난 후 카슨은 바다에 관한 책으로 '베스트셀러'를 발간하는 자신의 꿈을 이뤘다. 이번에는 세계적 사건이 그늘을 드리우지 않았다. 《우리를 둘러싼 바다》(1951)는 기록을 경신하며 카슨을 미국 대중 과학계에서 가장 영향력 있는 작가로 만들어주는 한편 전 세계적 관심을 선사했다. 경제적 성공에 힘입어 카슨은 첫 번째 책의 판권은 물론 창고에 틀어 박혀 있던 하워드 프레치 일러스트의 그라비어 원화(gravure negative)를 사들일 수 있었다. 《우리를 둘러싼 바다》의 큰 성공으로 옥스퍼드 대학 출판부는 카슨에 대한 대중의 관심이 최고조에 달한 4월 13일 《바닷바람을 맞으며》를 재출간했다. 이렇게 해서 새로 출간한 책은 원래 크기보다 판형이 작고 프레치의 그림도 포함되지 않았다.

그럼에도 '이달의 책 클럽(Book-of-the-Month Club)'은 1952년 6월 《바닷바람을 맞으며》를 추천 도서로 선정했다. 또 〈라이프(Life)〉에서는 소속 디자이너의 멋진 일러스트와 더불어 이 책의 1부 전체를 소개했다.

〈뉴욕타임스〉는 이 책의 성취를 "개기일식만큼이나 드문" 일이라고 언급했다. 《바닷바람을 맞으며》는 베스트셀러 10위에 올랐고 《우리를 둘러싼 바다》는 1~2위를 오갔다. 첫 출간 때 관심을 끌지 못한 첫 작품을 대중이 받아들이자 카슨은 명예를 회복했다. 아울러 예전에 사람들이 무시했던 책이 사랑을 받는 것에 큰 기쁨을 느꼈다. 〈뉴욕타임스〉에서는 이렇게 극찬했다. "이렇게 문학적 자질을 갖춘 과학자는 한 세대에 한두 명쯤 태어날 정도다. 카슨 양은 《우리를 둘러싼 바다》라는 고전을 썼다. 《바닷바람을 맞으며》 역시 그런 작품이 될 것이다."

오늘날 독자들은 이 특별한 칭찬을 이해할 수 있을 것이다. 계절의 순환과 살아남으려 애쓰는 생명체에 대한 신선한 설명 덕분에 《바닷바람을 맞으며》는 어떤 면에서 카슨의 가장 성공적인 책으로 자리 잡았다. 카슨은 과학자이자 시인의 목소리로 말하며, 자신이 발견하고 공유할 수 있는 자연의 경이로움에 매혹된 작가였다. 《바닷바람을 맞으며》에서 가장 감동적인 부분은 자신의 경험을 들려주는 다음과 같은 부분이다. "바다 가장자리에 서서 넓은 염습지 위를 움직이는 안개의 숨결을 느끼며, 수백만 년 동안 조용히 파도가 밀려왔다 밀려간 모래톱 위를 나는 새들의 비행을 지켜보는 것은 이 지구와 마찬가지로 영원히 존재하는 대상에 관한 지식을 얻는 일이기도 하다. 이런 것은 인간이 바닷가에 나타나 경이에 가득한 눈으로 대양을 바라보기 훨씬 전부터 있었던 일이다. 몇 세기와 몇 세대에 걸친 긴 세월 동안 수많은 왕국이 등장했다 사라지는 가운데 해

(year)가 가고 또 다른 해가 오면서 계속된 일이다." 레이첼 카슨의 말, 즉 쉴 새 없이 분투하는 생명체의 계속되는 흐름을 지켜보며 발견한 영속성에 대한 차분한 인식은 죽음이 그저 하나의 사건에 지나지 않는 생명의 흐름임을 다시금 확인해준다. 카슨의 대답을 통해 우리 역시 그런 가능성과 관련해 희망을 발견하게 될 것이다.

2007년 2월, 메릴랜드 베세스다에서

린다 리어

태양과 비가 존재하는 한
마지막 바람의 숨결이 이 모든 것을 날려버릴 때까지
바다는 요동칠 것이다.

—스윈번(A. C. Swinburne)

머리말

《바닷바람을 맞으며》는 지난 10여 년 동안 내가 느꼈던 것만큼 바다와 바다에 사는 생명들의 생생한 존재감을 독자들에게도 전하기 위해 쓴 책이다.

바다의 생명에 대해 알아야 한다는 깊은 확신에서 우러나 이 책을 썼다. 바다 가장자리에 서서 넓은 염습지 위를 움직이는 안개의 숨결을 느끼며, 수백만 년 동안 조용히 파도가 밀려왔다 밀려간 모래톱 위를 나는 새들의 비행을 지켜보는 것은 이 지구와 마찬가지로 영원히 존재하는 대상에 관한 지식을 얻는 일이기도 하다. 이런 것은 인간이 바닷가에 나타나 경이에 가득한 눈으로 대양을 바라보기 훨씬 전부터 있었던 일이다. 몇 세기와 몇 세대에 걸친 긴 세월 동안 수많은 왕국이 등장했다 사라지는 가운데 해가 가고 또 다른 해가 오면서 계속된 일이다.

이 책을 기획하며 나는 주요 주인공을 누구로 할까 하는 문제에 맞닥뜨렸다. 어떤 한 동물—새나 물고기, 바다 포유류 혹은 더 작은 바다 생명체—이 내가 소개하고 싶은 바다의 여러 장소 모두에 서식하는 것은 아니었기 때문이다. 내가 원하든 않든 바다 자체가 주인공이라는 사실을 깨닫자 이 문제는 바로 해결되었다. 바다에서는 가장 작은 것부터 가장 큰 것에 이르기까지 모든 생명체가 삶과 죽음의 힘을 갖고 있다는 사실이 모든 페이지에 걸쳐 드러날 것이다.

《바닷바람을 맞으며》는 해안과 넓은 바다, 해저에서 살아가는 바다 생물체 이야기가 연이어 펼쳐진다. 이 책에서 독자들은 거의 아무런 부연 설명 없이 등장하는 사건의 관찰자가 된다. 아마 약간의 '프로그램 해설문' 정도가 순서대로 등장할 것이다.

1부('바다의 가장자리')에서는 시오츠〔sea oats: 북미 동남 해안 지대 원산의 벼과(科) 식물—옮긴이〕가 성장하는 모래 언덕, 넓고 염분기 있는 습지, 고요한 해협, 거친 해변 등 노스캐롤라이나 해안의 생태계를 재창조하려 했다. 검정제비갈매기가 남쪽에서 돌아오고 섀드(shad: 청어 무리를 일컫는 말—옮긴이)가 바다에서 강으로 뛰어오르며 철새들의 대이동이 한창인 봄의 이야기로 시작했다. 밀려오는 파도의 가장자리에서 총총걸음으로 달리며 주위를 살피는 깝짝도요를 바라보고, 이 봄의 이야기에 이어 큰 모험을 앞둔 철새의 모습이 특히 와 닿아 북극 툰드라에 사는 바닷새의 여름 영웅담에 한 장 전체를 할애했다. 그리고 다시 여름이 끝나갈 즈음 캐롤라이나 해협 지대에 사는 새들의 이야기로 돌아와 계절이 변할 무렵의 새와 물고기, 새우를 비롯해 다른 수상 생물의 모든 움직임을 기록했다.

2부('갈매기의 길')는 같은 시간에 펼쳐지는 그림을 담았다. 넓은 바다 위에서 벌어지는 이야기인데, 다른 방식으로 계절의 순환이 드러난다. 육지에서 몇 마일이나 떨어진 대양의 생명체는 다양하고 낯설 정도로 아름답지만 운 좋은 몇몇 사람을 제외하고는 널리 알려져 있지 않다. 2부는 태어난 후 바다 표면에서 부화해 대양을 떠다니는 플랑크톤 무리의 우여곡절, 뉴잉글랜드 항구에서 보내는 유년기, 물고기를 잡아먹는 새와 큰 어류 그리고 인간에게 희생당할지도 모를 진정한 바다의 방랑자 고등어에 관한 이야기다.

3부('강과 바다')는 대륙붕처럼 완만한 해저 경사면이나 대륙 사면처럼 가파른 낭떠러지, 그리고 마지막으로 깊은 바다의 심연에 대한 이야기다. 다행히 바다나 육지의 연보(annal)에서 필적할 상대 없이, 평생을 거쳐 이 모든 곳에서 서식하는 생명체가 있다. 바로 뱀장어다. 이 놀라운 생명체의 전 생애를 담으려면, 뱀장어가 다 자라 대부분의 시간을 보내는 해안 근처 강가의 지류에서 시작해 가을에 바다로 떠나는 산란 여행을 추적해야 한다. 다른 물고기들은 가을철에 만과 해협에서 벗어나 겨울을 보낼 따뜻한 바다를 찾아간다. 하지만 뱀장어는 알을 낳은 후에 생명을 다할 사르가소해(Sargasso Sea) 인근의 깊은 바닷속으로 계속해서 헤엄쳐 간다. 그리고 깊은 바다라는 낯선 세계에서 어린 뱀장어는 매년 봄 연안 강가로 혼자 헤엄쳐 온다.

바다의 생명체로서 살아간다는 게 어떤 것인지 알려면 상상력을 적극 발휘해야 한다. 또 인간이 지닌 많은 특징과 인간 중심의 척도를 잠시라도 포기해야 한다. 예를 들어, 시계나 달력으로 재는 시간과 세월은 해안의 새나 물고기에게 아무런 의미가 없다. 빛과 암흑, 밀물과 썰물은 먹이를 먹을 시간과 굶주릴 시간, 적의 눈에 쉽게 띄는 시간과 비교적 안전한 시간을 의미한다. 우리 생각을 바꾸지 않는 한 바다에서의 삶이 지닌 특징을 알 수 없고, 우리 자신을 그 속에 투영할 수도 없다.

다른 한편 물고기와 새우·해파리·새의 진짜 모습을 보려면, 그들을 실제 있는 그대로의 생명체로 이해하려면 인간의 행동에 대한 비유에서 지나치게 멀리 벗어나서는 안 된다. 이런 이유로 나는 공식적인 과학적 글쓰기에서는 받아들이지 않는 표현법을 사용했다. 예를 들어 나는 물고기들이 적을 '두려워한다'고 썼는데, 이는 물고기가 우리와 같은 방식으로 두려움을 경험하기 때문이 아니라, 사람들이 깜짝 놀랐을 때처럼 행동하므로 이렇게 묘사한 것이다. 기본적으로 물고기는 물리적으로, 인간은 심리적으로 반응한다고 할 수 있다. 따라서 물고기의 행동을 이해하려면 인간의 심리 상태를 설명하는 데 필요한 단어를 사용해야 한다.

각각의 동물 이름을 선택하는 데도 가능하면 분류상 속명에 해당하는 과학적인 이름을 골랐다. 이름이 너무 길거나 어려운 경우에는 그 동물의 외형을 잘 묘사하는 다른 이름으로 대체했다. 가령 북극의 동물을 설명하면서 에스키모들이 쓰는 이름을 붙인 것처럼 말이다.

덜 알려진 바다의 동물과 식물을 소개하기 위해, 또 이미 알고 있는 독자에겐 지식을 새로 환기시켜주기 위해 책 마지막 부분에 '용어 설명'을 첨부했다.

우리 인간이 아무리 오래 산다고 해도 바다와 그곳에 사는 동식물의 모든 생태와 그 변이 단계를 개인적으로 가까운 곳에서 모두 지켜보거나 확인할 수는 없을 것이다. 내 경험을 보충하기 위해 과학적으로 풍성하고 대중적인 문헌을 나름의 해석을 더해 이야기에 짜 넣었다. 내가 참고한 수많은 자료를 모두 언급하기란 불가능하겠지만 그중 가장 중요한 것은 다음과 같다. 북미 조류의 생태에 관한 아서 클리블랜드 벤트(Arthur Cleveland Bent)의 13권짜리 저술, 헨리 비글로(Henry B. Bigelow)의 《메인만의 물고기(Fishes of the Gulf of Maine)》와 《메인만의 플랑크톤》을 비롯해 메인에서 해터러스곶(Cape Hatteras)에 이르는 해안을 탐구하고 과학 저널에 발표한 수많은 그의 논문, 요하네스 슈미트(Johannes Schmidt)가 뱀장어의 생태에 관해 쓴 놀라운 연구 자료, 조지 서턴(George M. Sutton)의 《사우샘프턴섬의 탐험(Exploration of Southampton Island)》, 고등어의 생태에 관한 세트(O. E. Sette)의 미출간 원고, 해양생물학의 성서라고 할 수 있는 존 머레이 경(Sir John Murray)과 요한 요르트(Johan Hjort)의 《심해의 깊이(The Depth of the Ocean)》 등이 있다.

이런 인쇄 자료와 더불어 해양 생명체에 관한 풍성한 연구 경험을 지닌 수많은 사람을 만나 큰 도움을 얻었다. 그중 특히 엘머 히긴스를 빼놓을 수 없다. 그럼에도 이 책에 대한 그의 관심과 응원과 도움에 그동안 고마움을 표하지 못했다. 인내심을 발휘해 내 질문에 대답하고 많은 도움을 준 로버트 네스빗(Robert A. Nesbit), 윌리엄 네빌(William C. Neville), 존 피어슨(John C. Pearson), 에드워드 베일리(Edward Bailey)에게도 감사를 전한다.

1부

Under the Sea-Wind

바다의 가장자리

OI

밀물

섬은 동쪽 해협을 조용히 건너온 그림자 속에 놓여 있었다. 서쪽 해안 좁은 해변의 축축한 모래는 섬에서 수평선까지 바다를 가로지르는 환한 길을 만들어 창백하게 빛나는 하늘을 반사했다. 물과 모래가 모두 은빛을 띤 강철처럼 보여 어디서 바다가 끝나고 어디서 땅이 시작되는지 분간하기 어려웠다.

갈매기가 스무 번 정도 날갯짓을 하면 오갈 수 있을 만큼 작은 섬, 북쪽과 동쪽 끝에 밤이 벌써 찾아왔다. 늪가의 풀은 물로 인해 색이 바랬고 키 작은 삼나무와 감탕나무 아래로 그림자가 내려앉았다.

어둑해질 무렵 낯선 새가 노스캐롤라이나 해안에 있는 아우터뱅크스(Outer Banks)의 산란지로부터 날아왔다. 날개는 완전히 검은색이고 양 날개를 편 길이는 사람이 두 팔을 벌린 정도와 비슷했다. 쉬지 않고 주저함도 없이 해협을 건넌 이 새가 날아가는 모습은 반짝이는 바닷길을 조금

씩 흐릿하게 만드는 그 그림자의 움직임만큼이나 의미심장했다. 린홉스(Rynchops)라고 부르는 검정제비갈매기였다.

해안가 가까이 온 린홉스는 바다 바로 위를 날아 회색 하늘을 배경으로 흐릿한 윤곽을 드러냈다. 눈에 띄지 않고 날아가는 거대한 새의 그림자처럼 말이다. 어쩌나 조용하게 나는지, 소리가 난다 해도 젖은 모래 위 조가비 위로 밀려오는 바닷소리에 파묻힐 정도였다.

봄의 마지막 조수를 따라 얇은 초승달이 뜨고 모래톱을 따라 자란 벼과 식물 시오츠 사이로 바닷물이 밀려올 때, 린홉스 무리는 해협과 바다 사이의 모래사장 끄트머리에 도달했다. 겨울을 보낸 유카탄반도를 떠나 북쪽으로 여행을 온 것이다. 6월의 따뜻한 햇살 아래 해협의 모래사장에 알을 낳고 보송보송한 솜털을 지닌 새끼들을 부화시킬 예정이었다. 하지만 무엇보다 긴 비행에 지쳤기에 낮에는 바닷물이 빠져나간 모래밭에서 몸을 쉬고 밤에는 해협과 늪지를 어슬렁거릴 참이었다.

달이 차오르기 전, 린홉스는 섬을 생각해냈다. 모래톱이 남대서양의 성난 파도를 막아주는 고요한 해협에 자리한 섬이었다. 북쪽으로는 거세게 밀려온 썰물이 만들어낸 깊은 도랑으로 본토와 떨어져 있고 남쪽으로는 완만한 모래 언덕이 이어진 이 섬에서 조수가 멈춰 있을 때, 즉 게조(憩潮: 밀물과 썰물이 바뀔 때에 일어나는 조류의 정지 상태—옮긴이) 때 어부들은 바닷물이 겨드랑이까지 차오르는 물속을 1킬로미터쯤 걸어가 가리비를 갈퀴로 긁어 올리거나 긴 그물을 던지기도 했다. 얕은 바닷가에는 작은 미생물이나 꼬리로 톡톡 튀어 뒤로 움직이는 새우를 잡아먹는 어린 물고기 떼가 몰려다녔다. 이런 풍부한 생명체 때문에 제비갈매기들은 밤이면 날개를 퍼덕이며 둥지가 있는 모래톱을 떠나 바닷가에서 먹이를 구하곤 했다.

해가 질 무렵 빠져나갔던 바닷물이 들어와 제비갈매기의 오후 휴식처를 덮어버린 후 좁은 해협을 지나 늪지로 흘러 들어갔다. 밤 동안 조수를 따라 풀이 무성한 피신처로 이동한 작은 물고기를 찾느라 제비갈매기는 물 위에서 날개를 좁게 펴고 날아다녔다. 밀물 무렵 먹이를 먹으므로 제비갈매기를 '밀물갈매기'라고도 부른다.

섬의 남쪽 해변, 수심이 사람 손 깊이 정도에 지나지 않는 저지대로 바닷물이 흐르는 곳, 린홉스는 피신처 위를 선회하며 이리저리 날기 시작했다. 아래로 내려갔다 다시 날개를 들어 올리는 독특하고 경쾌한 모습으로 날았다. 머리를 굽혀 가위 날처럼 생긴 아랫부리로 물살을 가르기도 했다.

아랫부리의 움직임 때문에 평온한 수면에 작은 물고랑이 파이며 잔물결이 일고, 이때 나는 소리가 모랫바닥에 반사되며 진동을 만들어냈다. 이런 파동은 피신처 주위를 헤엄치던 베도라치나 송사리목의 작은 고기 미노(minnow)한테 전해져 경각심을 불러일으켰다. 물고기 세계에서는 많은 것이 음파를 통해 전달된다. 때로는 작은 새우나 지느러미 달린 갑각류 등 먹잇감이 바로 위에서 헤엄치고 있다는 사실을 진동을 통해 확인하기도 한다. 바다갈매기가 지나가자 작은 물고기들은 호기심과 허기 때문에 수면 밖으로 머리를 내밀었다. 린홉스는 자신이 날아온 길을 되돌아가 순간적으로 짧은 윗부리를 열어 물고기 서너 마리를 덥석 삼켰다.

"아호-호호" 하고 바다갈매기가 소리를 냈다. "하-아아아! 하-아아아!" 거칠게 짖는 듯한 소리였다. 이 소리는 멀리 바다를 건넜고, 늪지로부터 다른 제비갈매기들의 응답 소리가 마치 메아리처럼 들려왔다.

바닷물이 모래 해안으로 조금씩 밀려들면 린홉스는 섬 남쪽 해변을 왔다 갔다 하며 물고기를 속여 수면 가까이 올라오게 한 다음 잡아먹었다.

미노를 충분히 먹어 허기를 달랜 린홉스는 대여섯 번 날개를 쳐서 높이 날아오른 후 섬 위를 맴돌았다. 린홉스가 날고 있는 동쪽 늪지대 바로 아래 바다 해초 속에서 베도라치 떼가 이동하고 있었다. 풀 사이에 내려앉기에는 바다갈매기의 날개가 너무 커서 베도라치는 안전했다.

제비갈매기는 섬에 사는 어부들이 만든 부두 주위를 솟아오르는 비행에 즐거움을 느끼며 도랑을 가로질러 염습지까지 날아갔다. 여기서 다른 제비갈매기들과 대열을 이뤄 함께 습지로 향하는 모습이 밤하늘에 검은 그림자처럼 보였다. 검은 하늘이 몸체를 삼켜버려 흰 가슴팍과 반짝이는 아랫배만 보이기도 했다. 새들이 날아가면서 목청 높여 소리를 내는 바람에 한밤에 이상한 합창이 울려 퍼졌다. 높고 낮은 음조의 이상한 메들리. 비둘기의 속삭임처럼 부드럽다가 까마귀의 울음처럼 거친 소리가 어우러져 높았다 낮았다, 커졌다 낮아졌다를 반복하며 사냥개 한 무리가 내는 으르렁 소리처럼 고요한 대기 중에서 희미해져갔다.

갈매기는 섬을 휘휘 돌고 습지를 몇 번이나 건너며 남쪽으로 향했다. 제비갈매기 떼는 밀물 기간 내내 해협의 고요한 바다 위에서 사냥을 계속했다. 녀석들은 어두운 밤을 좋아했는데, 오늘은 바다와 달빛 사이에 두꺼운 구름이 자리 잡고 있었다.

해변에서는 바닷물이 가랑잎조개와 가리비 사이를 부드럽게 오가며 쨍그랑거리는 소리를 냈다. 오후 썰물 무렵 모래벼룩의 피난처 역할을 하던 파래 사이로 바닷물이 재빠르게 지나갔다. 잔물결의 반동에 밀려 떠다니던 갯쥐며느리는 다리를 위로 하고 등으로 헤엄을 치며 밀려오는 바닷물을 향해 움직였다. 바닷속으로 들어간 덕분에 어두운 밤 해변을 재빠르게 움직이는 천적 유령게(ghost crab)로부터 비교적 안전했다.

섬에 접한 바닷속에서는 제비갈매기를 제외하고도 많은 생명체가 먹이를 찾아 나섰다. 어둠이 깊어지고 지습지에 바닷물이 점점 높게 차오르자 후미거북 두 마리가 같은 종들과 어울리기 위해 바닷속으로 슬며시 들어갔다. 이 거북 두 마리는 만조 때 막 알을 낳은 암컷이었다. 뒷다리를 열심히 움직여 부드러운 모래를 파고 단지 모양의 구멍을 만들었다. 몸통이 길어서 그리 깊게 파지 않아도 되었다. 이 구멍에 거북 한 마리는 알 5개를, 또 다른 한 마리는 8개를 낳았다. 그런 다음 주의 깊게 모래를 덮고 왔다 갔다 기어 다니며 알 낳은 자리를 감추었다. 모래사장에는 다른 거북들의 산란처도 있었는데, 산란기는 5월에 시작되므로 다른 산란처 역시 2주일 정도밖에 지나지 않은 것들이었다.

습지의 보금자리로 향하며 미노를 따라가던 린홉스는 물살 빠른 얕은 물가에서 헤엄치는 거북을 보았다. 거북은 습지에 난 풀을 우물거리며 뜯어 먹고 길쭉한 풀잎을 따라 기어오르는 달팽이도 잡아먹었다. 때로는 게를 잡기 위해 바다 밑바닥까지 헤엄쳐 들어가곤 했다. 거북 중 한 마리가 모래 속에 박혀 있는 2개의 길쭉한 말뚝 사이를 지나갔다. 물고기를 잡기 위해 서식지로부터 5킬로미터를 홀로 날아온 푸른가슴왜가리의 다리였다.

목을 구부려 어깻죽지에 붙이고 다리 사이를 지나가는 물고기를 낚아채기 위해 부리를 창처럼 겨눈 왜가리는 꼼짝 않고 서 있었다. 더 깊은 곳으로 헤엄쳐 가는 거북을 본 어린 숭어는 어리둥절해하며 해안 쪽으로 다가갔다. 날카로운 왜가리의 눈이 움직임을 알아차렸고, 재빨리 부리를 움직여 물고기를 낚아챘다. 그러곤 물고기를 공중에 띄우더니 머리부터 한입에 삼켰다. 작은 물고기를 제외하곤 그날 밤 잡은, 제대로 된 첫 번째 먹이였다.

만조 때 수위를 알 수 있는 나뭇가지, 바싹 마른 게의 집게발, 부서진 조개껍데기가 널려 있는 해변 쓰레기 더미 절반까지 바닷물이 들어왔다. 바닷물이 만조일 때 생기는 조석점(tidemark, 潮汐點) 위 모래톱에 거북이 최근 알을 낳은 희미한 흔적이 남아 있었다. 이 시기에 낳은 알은 8월이 되어야 부화하는데, 지난해 낳은 알 속 새끼들은 아직 동면에서 깨어나지 않은 채 모래 속에 묻혀 있었다. 겨울 동안 어린 거북은 남아 있는 노른자를 영양분 삼아 버텨냈을 것이다. 겨울이 길고 추위가 모래 속까지 스며들어 많은 새끼가 얼어 죽었다. 살아남은 새끼들은 약하고 무기력해서 태어날 때보다 줄어든 몸체를 알 속에서 잔뜩 웅크렸다. 그러다 알에서 깨어나면 부모 거북이 새로운 후손을 낳아 묻어놓은 모래 위를 힘없이 움직였다.

바닷물이 해안의 절반까지 밀려들 무렵 거북이 알을 낳은 장소에서 자란 풀이 물결치듯 움직였다. 마치 산들바람이 부는 듯했다. 그날 밤에는 바람이 불지 않았는데도 모래 위의 풀들이 갈라졌다. 교활하고 피에 굶주린 쥐가 발과 굵은 꼬리를 이용해 풀숲을 지나 물가로 내려온 것이다. 이 쥐는 어부들이 그물과 어망을 보관하는 헛간 아래에 살며 자기 짝은 물론 다른 쥐들과 함께 섬에 둥지를 튼 새의 알이나 아직 어린 새들을 잡아먹었다.

풀숲 끝자락에서 쥐가 거북의 보금자리를 노려보고 있을 때, 바로 옆에서 왜가리가 크게 날갯짓을 하며 북쪽 해안으로 날아갔다. 어부 2명이 작은 배를 타고 섬 서쪽 끝을 도는 모습이 보였다. 어부들은 뱃머리에 달아놓은 횃불에 의지해 얕은 물가에서 작살로 도다리를 잡고 있었다. 노란 불빛이 보트에 앞서 어두운 바다 위를 미끄러져 나아갔고, 배가 지나가면서 잔물결 너머 이리저리 흔들리는 기다란 띠를 만들어냈다. 어둠 속 모래 언덕 위 풀밭에서는 초록 불 2개가 반짝였다. 배가 남쪽 해안을 돌아 부두로 향하고 나서야 쥐는 모래톱을 향해 미끄러지듯 내달렸다.

거북과 막 낳은 거북 알의 냄새가 공기 중에 진하게 풍겼다. 쥐는 흥분에 겨워 코를 킁킁거리고 찍찍 소리를 내며 모래를 파기 시작했다. 몇 분 후 알을 찾아내더니 껍데기에 구멍을 내고 노른자를 빨아먹었다. 그러고는 알을 2개 더 발견했는데 근처 늪지 풀숲에서 뭔가 움직이는 소리, 새끼 거북 한 마리가 나무뿌리와 진흙이 뒤얽힌 덤불 속에서 벗어나려 애쓰는 소리가 들리지 않았더라면 아마 이 거북 알 2개도 먹어버렸을 것이다. 어두운 물체가 모래밭을 가로지르고 개울을 건너 움직였다. 쥐는 새끼 거북을 잡아채더니 이빨로 물고 늪을 건너 조금 높은 지대로 올라갔다. 새끼 거북의 얇은 껍질을 깨물어 갉아내는 데 정신이 팔려 물이 차오르는 것을 알아채지 못했다. 그때 섬 해안 주위를 날아다니던 왜가리가 쥐를 발견하고는 곧바로 낚아챘다.

그날 밤에는 물과 물새 소리를 제외하고는 아무 소리도 들리지 않았다. 바람도 잔잔했다. 섬 후미 쪽으로부터 연안 모래톱에 부딪치는 파도 소리가 들렸다. 저 멀리서 들리는 바다의 소리는 마치 한숨처럼 나지막했다. 소리의 문 밖에서 잠든 바다의 리드미컬한 호흡 같았다.

해변 끝 모래밭을 따라 자신의 집인 커다란 껍데기를 끌고 다니는 소라게의 소리를 알아차리려면 아주 예민한 귀가 필요할 것이다. 등에 소라를 이고 모래 위로 집게발을 끌 때 나는 소리, 물고기 떼에 쫓긴 새우가 톡톡 튈 때 생겨나는 작은 물방울 소리를 알아차리기란 쉽지 않은 일이다. 바다와 바다 주변의 소리, 섬의 밤 풍경이 만들어내는 소리는 이렇게 잘 들리지 않는다.

육지에서는 거의 아무 소리도 들리지 않았다. 작은 벌레의 소리가 들렸는데, 이는 이 계절의 끄트머리에서 밤을 맞이할 딱지조개의 끊임없는 울림을 위한 전주곡이었다. 참죽나무 위에서 잠자던 갈까마귀와 흉내지빠귀가 깨어났다가 다시 졸면서 웅얼거렸다. 자정 무렵이 되자 흉내지빠귀는 목을 떨거나 킬킬거리거나 휘파람 소리를 내며 그날 들었던 다른 새의 울음소리를 15분가량 흉내 냈다. 흉내지빠귀의 소리가 점점 가라앉자 밤바다는 다시 고요해져 파도 소리만 남았다.

그날 밤 깊은 물속에서는 물고기 떼가 움직이고 있었다. 배가 통통하고 하늘거리는 지느러미에 커다란 은빛 비늘이 달린 물고기들이었다. 산란기를 앞두고 이제 막 바다로부터 올라온 청어과의 섀드는 며칠간 좁은 만을 헤엄쳐 왔다. 멀리 어장에서 돌아오는 어부의 길을 안내해주는 부표를 지나 만과 해협까지 건너온 것이다.

밤이 깊어지면서 바닷물이 늪지까지 밀려와 강어귀 수위가 점점 상승하자 은빛 물고기는 자신들을 강으로 이끌어줄 소금기 덜한 물살을 따라 재빨리 움직였다. 강어귀는 해협보다 조금 더 넓고 완만했다. 해안에는 군데군데 염습지가 자리했는데, 구불구불한 물길을 따라 고동치는 파도와 강렬한 바다 냄새를 확인할 수 있었다.

주기적으로 이동하는 섀드 중 일부는 난생처음 알을 낳으러 온 3년생이었다. 다른 물고기들은 1년 더 된 4년생으로 2년째 강을 따라 산란지를 찾아왔다. 강의 위치와 흐름이 낯선 어린 섀드는 이를 어렴풋이 기억할 뿐이다. 섬세한 아가미와 옆줄이 물의 염도와 물결의 리듬 그리고 파동을 인지해 감각에 반응하는 것을 '기억'이라고 부를 수 있다면 말이다. 3년 전 어른 손가락만 한 크기의 어린 물고기들은 강어귀를 지나 가을의 한기를 느끼며 바닷가로 향했다. 섀드는 강을 곧 잊어버리고 새우와 바다 벼룩을 잡아먹으며 넓은 바다를 헤엄쳤다. 멀리 이리저리 돌아다니며 생활하기에 사람들은 섀드의 움직임을 추적할 수 없었다. 깊고 따뜻한 바다에서 겨울을 보내는 동안에는 대륙 끝 어슴푸레한 빛 속에서 휴식을 취했다. 깊고 어둡고 고요한 바닷속에서 지내다 가끔씩 해수면 근처로 소극적인 여행을 떠나기도 했다. 그리고 여름이면 넓은 바다를 누비며 해수면 인근에 나타나는 풍부한 생명체를 먹이 삼아 빛나는 비늘 밑에 단단한 흰 살과 달콤한 지방을 쌓아갔다.

황도 12궁의 흐름이 세 번 바뀌는 동안 섀드는 물고기들만 아는 바닷길을 따라 헤엄쳤다. 3년째 되는 해, 남쪽으로 움직이는 태양에 의해 서서히 바닷물이 따뜻해지자 섀드는 종족 본능을 따라 알을 낳기 위해 자신이 태어난 곳으로 돌아온다.

지금 돌아오고 있는 섀드는 알을 가득 밴 암컷이었다. 계절이 끝나갈 무렵이라 가장 큰 규모의 이동은 이미 끝났다. 수컷 중 강을 향해 먼저 길을 떠난 녀석들은 알을 밴 암컷들과 마찬가지로 이미 산란처에 도착했다. 물살을 거슬러 올라가 160킬로미터쯤 떨어진 어두운 삼나무 늪지, 형체 없는 강의 발원점이 그곳이다.

섀드는 한 번에 10만여 개의 알을 낳는다. 그중 강과 바다에서 온갖 위험을 거치며 살아남아 다시 알을 낳기 위해 돌아오는 것은 고작 한두 마리에 지나지 않는다. 이런 무정한 자연선택으로 인해 개체 수가 적절하게 유지된다.

밤이 되자 섬에 사는 어부는 육지 마을에 사는 다른 어부와 함께 자망(물고기 떼가 지나다니는 길목에 치는 그물—옮긴이)을 놓기 위해 집을 나섰다. 그들은 강 서쪽에서 오른쪽 방향으로 커다란 그물을 쳤다. 이 지역 어부들은 좁은 해협을 통과한 섀드가 강의 서안을 향해 움직인다는 이야기를 아버지로부터, 그 아버지의 아버지로부터 들어왔다. 열린 수문이 없어 정치망(한곳에 쳐놓고 물고기 떼가 지나가다 걸리도록 한 그물—옮긴이) 같은 온갖 어망을 칠 장소가 별로 남아 있지 않은 서쪽 강둑 주변은 이동용 고기잡이 도구를 들고 경쟁하는 어부들로 가득했다.

자망을 친 곳에서 조금 더 올라가면 부드러운 강바닥에 장대를 세우고 물속에 고정해놓은 정치망이 있었다. 지난해에는 정치망 주인과 자망 주인 사이에 싸움이 벌어졌다. 자망 주인이 정치망 바로 아래 그물을 쳐놓고 몰려오는 물고기 대부분을 잡아갔기 때문이다. 자망을 사용하는 어부의 수가 너무 많아 그들은 남은 계절 내내 해협의 다른 곳에서 물고기를 잡아야 했다. 하지만 그런 지역은 고기가 별로 잡히지 않는 곳이라 불만이 많았다. 올해 그들은 황혼녘에 그물을 치고 새벽에 거뒀다. 정치망 어부들이 그물을 치러 나오는 해 뜰 무렵, 자망 어부들은 배에 그물을 접어 넣고 강 하류로 내려와 고기잡이를 했다는 어떤 증거도 남기지 않았다.

한밤이 되어 조수가 차오르면 이동하던 섀드 떼가 자망에 걸려 물속으로 사라졌다. 알을 잔뜩 배서 1.8킬로그램에 이르는 섀드가 그물에 걸린 머리를 빼내느라고 퍼덕거렸다. 몸부림을 칠 때마다 팽팽한 그물이 아가미 아래 연약한 살을 파고들었다. 자유를 얻기 위해 몸부림칠수록 그물은 숨이 막히도록 조여들었다. 눈에 보이지 않는 올가미로 인해 섀드는 강 위로 올라갈 수도, 자신이 떠나온 바다의 보금자리로 되돌아갈 수도 없었다.

그날 밤 그물에 매달아놓은 찌가 움직일 때마다 많은 물고기가 잡혔다. 그중 상당수는 질식해 죽었다. 물고기는 입을 통해 물을 들이마신 후 새파(gill raker, 鰓耙)를 통해 내보내는데, 그물코가 아가미의 규칙적인 호흡을 방해했기 때문이다. 그물의 찌가 까닥거리며 심하게 움직이더니 10분 넘게 수면 아래로 사라졌다. 수면 1.5미터 밑에서 물고기를 따라오던 논병아리가 그물에 걸린 것이다. 논병아리는 빠져나가려 날갯짓을 하고 발을 저어보았지만 소용없었다. 물속에 빠진 논병아리는 곧 숨이 끊어졌다.

그물에 걸려 있는 섀드 여섯 마리를 본 뱀장어들은 눈앞에 펼쳐진 만찬을 놓치지 않았다. 황혼 무렵부터 뱀장어는 둑을 따라 구불거리며 미끄러져 내려왔다. 녀석들은 강바닥의 구멍 속에서 주둥이를 내밀고 작은 수생동물을 사냥했다. 뱀장어는 작은 수생 동물을 잡아먹고 살지만 어부의 그물에 걸린 물고기를 훔쳐 먹기도 한다.

강어귀의 뱀장어는 거의 예외 없이 수컷이었다. 어린 장어들이 바다를 떠나 자신이 태어난 강으로 돌아올 때, 암컷은 강을 거슬러 개울을 향해 나아간다. 하지만 수컷은 통통하고 매끈한 암컷이 알을 낳은 후 다시 바다로 돌아갈 때까지 강 입구에서 기다린다.

뱀장어는 늪지 식물의 뿌리 아래 난 구멍으로부터 머리를 내밀고 앞뒤로 오가며 입안에 들어온 강물을 맛보았다. 이들의 예리한 감각은 그물에서 도망치려 애쓰며 섀드가 흘린 피의 맛을 놓치지 않았다. 파놓은 구멍 속에서 한 마리씩 빠져나온 뱀장어들은 물살을 헤치고 그물을 향해 나아갔다.

그날 밤 뱀장어들은 한바탕 잔치를 벌였다. 그물에 걸린 섀드 대부분이 알을 밴 암컷이었기 때문이다. 뱀장어는 뾰족한 이빨로 섀드의 배를 깨물고 알을 꺼내 먹었다. 때로는 섀드의 살까지 먹어치워 껍질만 남은 생선 사체 속에 뱀장어 한두 마리가 들어가 있기도 했다. 이 약탈자들은 강물 속에서 자유롭게 움직이는 섀드를 잡아먹을 수 없다. 따라서 이런 성찬을 즐길 기회는 오직 그물을 습격할 때나 가능했다.

밤이 깊어 조수가 차오르면 강을 거슬러 올라가는 섀드의 수가 적어지고, 그러면 그물에 걸리는 섀드의 수 역시 줄어든다. 조수가 바뀌기 직전 그물에 걸린 섀드 몇 마리는 물살의 방향이 바뀐 덕분에 자유의 몸이 되기도 한다. 그물에서 도망친 섀드는 정치망 그물에 쫓겨 방향을 바꾸었다가 웅덩이처럼 드리운 촘촘한 그물 속으로 다시 들어가는 경우도 있다. 하지만 대부분은 강 위쪽으로 몇 킬로미터를 올라가 다음 조류 때까지 휴식을 취한다.

수위(水位)를 알려주는 섬 북쪽 해안 부두 기둥의 눈금이 5센티미터를 가리킬 때, 랜턴과 노 한 쌍을 든 어부가 모습을 드러냈다. 부둣가를 걸어가는 어부의 장화 소리에 밤의 정적이 깨졌다. 이어서 노의 삐걱대는 소리, 통로에서 배를 뺀 다음 동료를 태우기 위해 선창으로 향하며 젓는 노가 물살에 부딪치는 소리. 잠시 후 섬은 다시 고요와 기다림 속으로 빠져들었다.

동쪽에서는 여전히 태양이 올라올 기미가 보이지 않았다. 하지만 온통 검은색으로 보이던 바다와 대기가 눈으로 확인할 수 있을 만큼 환해졌다. 남아 있는 어둠도 한밤에 비해서는 훨씬 더 풀렸다. 상쾌한 공기가 동쪽에서부터 해협을 건너오며 물러가는 조수를 밀어내 해변에 잔물결이 생겨났다.

대부분의 검은제비갈매기는 이미 해협을 떠나 아우터뱅크스의 좁은 만으로 돌아가는 중이었다. 린홉스만 남아 있었다. 섬 주변을 빙빙 도는 일에 결코 싫증을 내지 않을 것 같은 린홉스는 늪지 위로 날아오르거나 섀드를 잡기 위해 그물을 쳐놓은 강어귀를 맴돌았다. 린홉스가 다시 한 번 수로를 건너 강어귀로 날아오를 때 어부 둘이 자망의 찌 근처로 배를 저어갔다. 하얀 안개가 물 위로 피어올라 배에서 그물 끝에 달린 닻을 끌어올리는 어부들 주위를 감쌌다. 닻을 끌어올리자 줄말(widgeon grass) 한 무더기가 올라왔고, 어부들은 이 해초 덩어리를 보트 안에 던져 넣었다.

제비갈매기는 수면에 거의 붙은 채 강 상류로 1.5킬로미터 정도를 날아가 늪지 위를 크게 빙빙 돈 다음 다시 강어귀로 내려왔다. 아침 안개를 뚫고 물고기와 해초 냄새가 강하게 풍기고, 어부들의 목소리도 선명하게 들려왔다. 그들은 그물에 매달린 고기를 떼어내고 물이 뚝뚝 떨어지는 그물을 배의 평평한 바닥에 쌓으며 욕설을 내뱉고 있었다.

린홉스가 날갯짓을 몇 번 하며 보트를 향해 날아가자 어부 한 명이 어깨 위로 무언가를 던졌다. 통통한 흰색 노끈이 달린 듯한 생선 머리. 그건 바로 뱀장어들한테 먹혀 머리만 남은 섀드의 사체였다.

린홉스가 또다시 강어귀 위를 날아올랐다. 썰물이 되자 어부들은 섀드 대여섯 마리가 걸려 있는 그물을 배에 싣고 강 아래로 내려갔다. 나머지도 살을 다 파먹어 뼈만 남은 터였다. 어부들이 생선 쓰레기를 던져주자 신난 갈매기들이 강물 위를 맴돌았다.

물은 빠르게 빠져나갔다. 햇살이 동쪽 구름을 뚫고 해협을 건너오자 린홉스는 바다를 향해 빠져나가는 강물을 따라 방향을 돌렸다.

02

봄의 비행

섀드 떼가 좁은 만을 지나 강어귀로 들어가던 그 밤에 새들 역시 움직이기 시작했다. 동 틀 무렵 만조가 되자 연안에 모래와 자갈이 쌓여 형성된 좁고 긴 평행사도의 어두운 바다를 따라 어린 세가락도요 두 마리가 썰물의 끝자락에서 해변을 종종거렸다. 깔끔한 적갈색과 회색 깃털을 자랑하는 작은 새들은 까만 발로 엉겅퀴꽃 같은 포말이 굴러오는 단단한 모래밭 위를 뛰어다녔다. 그날 밤 남쪽에서 날아온 수백 마리와 함께 이곳을 찾은 것이다. 철새는 날이 어두운 동안 커다란 모래 언덕의 바람맞이 쪽에서 몸을 쉬었다. 그리고 날이 밝자 썰물이 새들을 바다 가장자리로 끌어당겼다.

껍데기가 부드러운 작은 새우나 게를 찾아 축축한 모래 위를 살피던 세가락도요 두 마리는 사냥에 대한 기대로 전날 밤의 힘든 비행을 잊었다. 또한 반드시 도착해야 하는 멀고 먼 목적지에 대해서도 잊어버렸다. 멀고 먼 곳, 눈 덮인 호수, 백야가 이어지는 드넓은 툰드라도 잊어버렸다. 세가락도요 무리의 우두머리 블랙풋(Blackfoot)은 남아프리카 최남단에서부터 북극으로 네 번째 여행을 떠나온 길이었다. 세가락도요는 길지 않은 일생 동안 태양을 따라 지구 북쪽에서 남쪽으로 10만 킬로미터나 여행을 한다. 특히 봄과 가을에는 1만 3000킬로미터를 날아간다. 블랙풋 옆에서 날아온 작은 암컷 세가락도요 실버바(Silverbar)는 이제 겨우 한 살로 9개월 전에 떠나온 북쪽으로 돌아가는 중이었다. 다른 나이 든 도요새와 마찬가지로 실버바의 진주색 도는 회색 깃털 또한 진한 두꺼운 계피색으로 바뀌었다. 처음 고향으로 돌아가는 세가락도요는 모두 이런 색을 띠었다.

블랙풋과 실버바는 파도의 끝자리에서 모래 속에 구멍을 파고 사는 샌드버그(sand bug)나 히파게(Hippa crab) 같은 먹이를 찾아다녔다. 이 일대에서 발견할 수 있는 모든 먹이 중 세가락도요가 가장 좋아하는 것은 작은 달걀 모양의 게였다. 조수가 물러갈 때마다 게들이 만들어놓은 구멍에 공기가 들어가 젖은 모래 위로 거품이 올라오는데, 도요새는 이 구멍에 부리를 집어넣고 다음 번 파도가 밀려오기 전에 재빨리 게를 잡아먹었다. 많은 게들이 밀려오는 파도에 휩쓸려 축축한 모래 위에서 허둥댔다. 세가락도요는 당황한 게들이 급하게 모래를 파고 들어가기 전에 녀석들을 서둘러 잡아챘다.

쓸려가는 파도 가까이 있던 실버바는 모래밭에서 공기 방울 2개가 빛나는 것을 발견했다. 그 밑에는 분명 게가 숨어 있을 터였다. 공기 방울을 바라보면서도 실버바는 몰려오는 파도에 신경을 썼다. 밀려오는 거대한 파도의 속도를 짐작하면서 휘청휘청 걸어 모래밭으로 올라갔다. 조용히 움직이는 파도의 물마루가 흘러내리며 가볍게 쉭쉭거리는 소리가 들렸다. 순간, 미세한 털이 나 있는 게의 더듬이가 모래 위로 나타났다. 초록색 물빛 언덕 바로 아래에서 실버바는 젖은 모래 속에 부리를 넣어 게를 찾아냈다. 그리고 바닷물이 발을 적시기 전에 몸을 돌려 해변으로 날아갔다.

태양이 바다를 건너 햇살을 비추는 동안 다른 세가락도요들이 블랙풋과 실버바를 찾아와 해변은 금세 작은 새들로 가득 찼다.

파도를 따라 날아온 제비갈매기들이 검은 머리를 구부린 채 물고기의 움직임을 살폈다. 제비갈매기가 가까운 곳에서 먹이 활동을 하자 세가락도요는 깜짝 놀라 사냥을 멈추었다. 파도를 향해 달려가며 게를 잡으려는 블랙풋을 본 제비갈매기가 날카롭고 귀에 거슬리는 소리를 내면서 날아올랐다.

"티-아르르! 티-아르르!"

세가락도요보다 2배나 큰, 흰색 날개를 자랑하는 제비갈매기가 급강하하더니 차오르는 바닷물에 신경 쓰면서 동시에 도망가려는 커다란 게를 부리로 물고 있느라 정신이 팔린 블랙풋을 공격했다. 블랙풋은 "킷! 킷!" 하고 날카로운 소리를 내며 날아올라 파도 위를 맴돌았다. 제비갈매기가 커다란 소리를 내며 세가락도요를 뒤쫓았다.

공중에서 방향을 바꾸고 회전하는 능력에서 블랙풋은 제비갈매기에 필적하는 모습을 보여주었다. 두 마리 새는 날쌔게 돌진하고 몸을 틀어 돌았다가 다시 넘실대는 파도를 향해 쏜살같이 내려갔다. 둘의 울음소리가 바닷가에 운집해 있는 세가락도요 떼 사이로 잦아들었다.

블랙풋을 따라 창공으로 가파르게 올라간 제비갈매기는 발아래 바다에서 은색으로 빛나는 물체를 보았다. 머리를 숙이고 새로운 먹이를 살피던 녀석은 물고기 떼의 반짝이는 배가 햇빛을 받아 초록색 바다 위에서 반짝이는 것을 확인했다. 제비갈매기는 그 즉시 바다로 몸을 날리듯 수직으로 하강했다. 몇 킬로그램밖에 되지 않는 무게이지만 돌멩이처럼 내리꽂혀 물보라를 일으키며 바닷속으로 들어갔다. 그리고 몇 초 후 부리로 물고기 한 마리를 물고 다시 나타났다. 한편 제비갈매기가 바다 위에서 반짝이는 물체에 신경을 쓰는 동안 블랙풋은 사냥을 하느라 분주한 동료들 사이로 내려앉아 여기저기를 살피며 바쁘게 먹이를 찾았다.

조수가 바뀌자 바다로부터 물이 밀려들었다. 먹이를 찾던 세가락도요들은 밀려온 파도를 보며 더 이상 안전하지 않다는 사실을 감지했다. 녀석들은 다른 도요새와 구분되는 날개의 흰색 줄무늬를 자랑하며 해변을 향해 날아올랐다. 그리고 수년 전 바닷물이 평행사도를 지나 해협까지 차올라 '배 모래톱(Ship's Shoal)'이라고 부르는 곳까지 날아갔다.

좁은 만, 북쪽 해협의 남쪽 바다에 평지가 자리하고 있었다. 이 넓고 평평한 모래밭은 도요새와 물떼새, 그 밖에 다른 바닷새들의 휴식처였다. 바다 위에서 생활하지만 무리가 모이거나 쉬기 위해 해변과 모래사장을 필요로 하는 제비갈매기와 바다갈매기도 이곳을 사랑했다.

이른 아침, 좁은 해협의 모래사장에 모인 새들은 북쪽으로 가는 긴 여행에 필요한 먹이를 구하느라 조수가 바뀌길 기다리고 있었다. 바닷가 새들이 봄을 맞아 대이동에 나서는 5월, 물새는 이미 몇 주 전 해협을 떠났다. 한 무더기의 구름처럼 보이는 흰기러기 떼가 북쪽으로 떠난 후 두 번의 사리와 두 번의 조금이 지났다. 비오리는 북쪽 호수의 얼음이 풀리기 시작하는 2월에 날아갔고, 댕기흰죽지도 강어귀 나사말 자생지를 떠나 북쪽으로 가서 겨울을 보냈다. 해협 낮은 곳에 카펫처럼 깔린 거머리말을 먹는 흑기러기도, 부드러운 울음소리를 내며 하늘을 채우던 푸른 날개의 쇠오리와 고니도 그 뒤를 따랐다.

모래 언덕 사이 염습지에서 물떼새의 울음과 마도요의 휘파람 소리가 들려왔다. 해안과 늪지에 살던 새들이 조상 대대로 내려오는 하늘 길을 따라 떼를 지어 북쪽으로 날아갈 때, 어슴푸레한 물체가 밤하늘에서 거의 들리지 않는 부드러운 소리를 내며 저 아래 잠들어 있는 고요한 마을로 내려갔다.

새들이 해협의 모래밭에서 잠을 자는 동안 이곳은 다른 사냥꾼의 전유물이 되었다. 마지막 새 한 마리가 잠에 빠져들자 유령게가 최고 수위선 위 흰색 모래밭에 만들어놓은 구멍에서 기어 나왔다. 녀석은 8개의 발로 모래밭을 재빨리 달려 무리 한쪽 끝에 있는 실버바로부터 열 발짝도 떨어지지 않은 곳, 전날 밤 파도에 밀려온 잔해가 자리한 곳에 멈췄다. 모래밭에 바짝 붙어 움직이다 보니 크림색이 도는 황갈색 유령게는 가만히 있으면 모래와 구분되지 않을 정도였다. 자루(stalk) 끝에 달린 2개의 검은색 구두 단추 같은 눈만이 색깔을 지녔다. 실버바는 시오츠 그루터기와 해안에서 자라는 잡초의 일종인 비치그래스(beach grass), 파래 뒤에서 웅크리고 있는 유령게를 보았다. 해변톡토기(beach flea)와 모래벼룩이 부주의하게 움직여 눈에 띌 때까지 기다리는 것이다. 유령게가 알고 있듯 모래벼룩은 조수가 빠져나가면 해초들 사이에 숨어 해초와 각종 찌꺼기를 먹을 터였다.

바닷물이 차오르기 전 모래벼룩이 파래 잎 아래서 나와 구부러진 발로 재빨리 튀어 올랐다. 그러곤 자신에게는 마치 쓰러진 소나무처럼 느껴질 시오츠 줄기를 훌쩍 뛰어넘었다. 순간, 유령게는 날렵한 고양이처럼 솟아올라 커다란 집세발로 모래벼룩을 잡아먹었다. 녀석은 그 후 한참 동안 먹잇감을 잡기 편한 위치로 조용히 옮겨 다니며 모래벼룩을 사냥했다.

한 시간 후 바람이 방향을 바꿔 해협을 건너 바다로부터 불어왔다. 새들은 한 마리씩 위치를 바꾸며 불어오는 바람을 마주했다. 바다 위에서는 제비갈매기 수백 마리가 물고기를 잡고 있었다. 은색으로 빛나는 작은 물고기 떼가 갑 주위에서 넓은 바다를 향해 나아가자 하늘은 다이빙을 하는 제비갈매기의 흰색 날갯짓으로 가득했다.

'배 모래톱' 해변에서 잠깐 쉬던 새들은 하늘 높은 곳에서 부산스럽게 날갯짓을 하는 개꿩의 소리를 들었다. 또 큰부리도요 떼가 북쪽으로 날아가는 것도 보았다.

정오 무렵 흰 날개를 가진 쇠백로 한 마리가 모래 언덕을 넘어 날아와 길고 검은 다리를 접으며 내려앉았다. 모래 언덕 동쪽 끝과 해안 사이 늪지로 반쯤 둘러싸인 곳이었다. 이 연못을 '멀릿 연못(Mullet Pond)'이라고 부른다. 몇 년 전 이 연못이 훨씬 더 컸을 때, 숭어과 물고기인 멀릿이 바다로부터 들어오곤 해서 붙은 이름이다. 매일 작고 흰 왜가리가 이 연못을 찾아와 수심 얕은 곳에서 미노를 잡았다. 매달 조수가 가장 높을 때에는 바다에서 들어온 좀더 큰 물고기를 잡기도 했다.

한낮에는 연못이 한산해졌다. 늪지 식물을 배경으로 흰색 몸체와 기다란 검은색 다리를 자랑하는 왜가리가 꼼짝 않고 긴장한 채 서 있었다. 왜가리의 날카로운 눈은 잔물결 하나도 쉽게 넘기지 않았다. 여덟 마리의 투명한 미노가 일렬로 진흙 바닥 위를 헤엄치자 8개의 검은 그림자가 이들을 뒤쫓았다.

왜가리는 뱀처럼 목을 움직여 공격했지만 조용히 헤엄치는 물고기의 리더를 놓치고 말았다. 이리저리 왔다 갔다 하며 흥분해서 날개를 치는 왜가리의 발이 연못 바닥의 진흙을 휘저어 물이 흐려졌다. 깜짝 놀란 미노는 뿔뿔이 흩어졌다. 애를 썼음에도 불구하고 왜가리가 잡은 것은 미노 한 마리에 불과했다.

왜가리는 한 시간가량 물고기를 잡았고, 세가락도요와 깝짝도요 그리고 물떼새는 세 시간 정도 잠을 잤다. 그때 뱃바닥이 해변에 닿아 부딪치는 소리가 들렸다. 배에서 뛰어내린 어부 둘이 차오르는 바닷물을 대비해 얕은 곳에 쳐놓은 예인망을 끌어 올릴 준비를 했다. 왜가리는 고개를 들고 주위에서 들리는 소리에 귀를 기울였다. 고요한 연못 한쪽에서 자라는 시오츠를 지나 한 남자가 해변으로 걸어왔다. 깜짝 놀란 왜가리는 진흙 속에 담갔던 발을 세게 차면서 날아올랐다. 녀석은 모래 언덕을 떠나 1.5킬로미터 정도 떨어진 참죽나무 숲에 자리한 무리와 합류했다. 물새 중 몇 마리가 해변을 지나 바다 쪽으로 달려갔다. 제비갈매기는 바람결에 날리는 흰색 종잇장처럼 빙글빙글 돌며 하늘 높이 날았다. 세가락도요 떼는 마치 한 마리인 것처럼 선회하며 넓은 모래사장 위를 1.5킬로미터 정도 날아갔다.

여전히 모래벼룩을 사냥하느라 여념 없던 유령게는 머리 위에서 일어나는 새들의 소동과 모래 위에 생긴 녀석들의 그림자에 깜짝 놀랐다. 유령게는 은신처에서 너무 멀리 나와 있었다. 어부가 해변을 가로질러 오는 것을 보고 재빨리 밀려오는 파도에 몸을 맡기려 했다. 하지만 가까이 있던 커다란 홍민어에게 발견되어 눈 깜짝할 사이 잡아먹히고 말았다. 그날 늦게 홍민어는 상어의 공격을 받았고, 파도에 밀려온 모래 위에는 그 잔해만 남았다. 해안의 청소부라 할 수 있는 모래벼룩이 달려들어 그 잔해 마저 모두 먹어버렸다.

어슴푸레한 밤이 찾아왔다. 밤을 보내기 위해 염습지로부터 날아오는 마도요 떼가 내는 부드러운 날갯짓 소리를 들으며 세가락도요들은 다시 '배모래톱'이라 부르는 갑 끝에서 휴식을 취했다. 실버바는 몸집 큰 새들이 내는 소리와 움직임이 신경 쓰여 나이 든 세가락도요 곁에서 몸을 웅크리고 쉬었다. 도요새 수천 마리가 날아오는 게 틀림없었다. 어두워지고 한 시간 후, 도요새들이 커다란 V자를 그리며 빽빽하게 날아와 도착했다. 몸집 크고 낫처럼 생긴 부리를 자랑하는 이 갈색 새들은 매년 북쪽으로 가는 길에 진흙 바닥과 늪지에 사는 농게를 잡아먹기 위해 잠시 이곳에 머물곤 했다.

엄지손톱만 한 게 몇 마리가 해변을 가로질렀다. 녀석들이 움직일 때 내는 소리는 바람에 모래알 날리는 정도에 지나지 않아 세가락도요 무리 끝 쪽에서 쉬고 있는 실버바에게도 들리지 않았다. 얕은 물속으로 들어간 게는 차가운 수온을 느꼈다. 농게들에게 이날 하루는 힘들고 무서운 날이었다. 늪지가 온통 마도요로 가득 찼기 때문이다. 수시로 늪지에 내려앉는 새들의 그림자와 물가로 내려온 마도요의 기척에 놀란 작은 게들은 우왕좌왕하는 가축 떼처럼 곳곳으로 흩어졌다. 모래 위에서 수백 개의 발이 움직이며 빳빳한 종잇장이 울리는 듯한 소리를 냈다. 많은 게들이 은신처인 작은 구멍으로 달려갔다. 원래 있던 자기 구멍이나 눈에 띄는 가장 가까운 구멍으로 숨어든 것이다. 하지만 모래 속 길고 비스듬한 터널은 안전한 장소가 되지 못했다. 마도요가 구부러진 부리로 구멍 속에 숨은 게들을 쉽게 찾아냈기 때문이다.

어둑해질 무렵 농게는 물러가는 조수가 남겨놓은 모래 사이에서 먹이를 찾기 위해 수위선까지 내려갔다. 작은 발을 이용해 모래 위를 바쁘게 움직이며 눈에 보이지 않을 만큼 작은 해초를 찾아냈다.

물속으로 들어간 게는 배에 잔뜩 알을 밴 암컷들이었다. 무거운 알 때문에 뒤뚱거리며 움직여야 했고, 적을 만나도 재빨리 도망칠 수 없어 하루 종일 은신처인 구멍에 숨어 있을 수밖에 없었다. 녀석들은 물속에서 앞뒤로 몸을 움직이며 부담스러운 알을 떼어내려 애썼다. 작은 포도 다발처럼 어미 몸에 달라붙은 알에 산소를 공급하기 위한 본능적인 행동이었다. 계절은 아직 이른 편이지만 어린 농게 몇 마리는 생명을 탄생시킬 수 있는 회색 알 덩어리를 몸에 지니고 있었다. 이런 게들은 저녁 무렵 바닷물에 몸을 담그고 알을 낳았다. 어미의 움직임에 알껍데기가 터지며 새끼 게들이 바닷속으로 방사되었다. 해협의 고요하고 얕은 바다에서 해초를 먹고 있던 미노들도 이제 막 태어난 새끼 게가 떠다니는 것을 눈치채지 못했다. 알에 갇혀 있던 새끼 게는 너무 작아서 바늘귀도 통과할 정도였다.

새끼 게는 썰물에 쓸려 좁은 해협을 빠져나갔다. 아침 해가 바다를 비추기 시작하면 이제 막 태어난 어린 게는 수많은 위험에 홀로 직면해야 한다. 아무런 도움 없이 태어날 때부터 내재된 자기 보호 본능만으로 활짝 열린 대양이란 낯선 세계에 몸을 맡겨야 하는 것이다. 많은 경우 실패한다. 몇 주 동안 모험으로 가득한 시간을 보내고 살아남은 게들은 조수 덕에 먹잇감이 풍성하고 해초가 집과 휴식처를 제공하는 먼 바다까지 나아갈 수 있다.

바다에 비친 달이 흰색 오솔길처럼 보이는 해협은 서로 장난치는 검정제비갈매기의 울음소리 때문에 그날 밤 내내 소란스러웠다. 세가락도요는 남아메리카에서 이 제비갈매기를 자주 보았다. 많은 경우 제비갈매기는 베네수엘라나 콜롬비아 같은 남쪽 끝까지 내려가 겨울을 보냈다. 세가락도요와 달리 제비갈매기는 열대 지역에서 주로 생활해 그 바닷가에 있는 새들이 살아가는 차갑고 하얀 세계에 대해서는 아무것도 알지 못했다.

밤새 높이 날아 이동하는 흑꼬리도요가 땅에 내려앉으며 내는 소리가 끊이지 않았다. 이 도요새들은 불편한 자세로 해변에서 잠을 청하는데, 때론 구슬픈 휘파람 소리로 서로 응답했다.

보름달이 뜬 밤, 물이 늪지까지 차올랐다가 어부들이 사용하는 부두의 마룻바닥에서 찰랑이며 배와 연결된 닻에 압력을 가했다.

바닷물에 어른거리는 은색 달빛에 홀린 오징어가 몰려왔다. 바다를 떠다니던 오징어는 달빛에 시선을 집중시켰다. 그러곤 천천히 물을 빨아들였다가 다시 뿜어내며 계속 주시하던 달빛에서 물러나 뒤로 움직였다. 달빛에 취한 오징어는 날카로운 모래의 감촉을 느끼며 정신을 차린 후에야 자신들이 위험한 모래톱으로 향하고 있음을 깨달았다. 어찌할 바를 몰라 허둥대는 불운한 오징어들은 얇은 피막까지 움직이며 더 열심히 물을 내뿜지만 이내 바닷물이 빠져나간 모래 해변에 올라서고 말았다.

아침 일찍 세가락도요는 먹이를 찾아 파도가 밀려오는 수면선까지 내려왔다. 모래사장에는 죽은 오징어들이 잔뜩 흩어져 있었다. 이른 시간이기는 해도 몸집 큰 새들이 모여들어 오징어를 놓고 싸움을 벌이리라는 것을 아는 세가락도요는 해변에서 머뭇거리지 않았다. 멕시코만을 떠나 노바스코샤(Nova Scotia: 캐나다 대서양 연안의 동쪽 끝에 있는 반도—옮긴이)로 향하는 재갈매기는 폭풍우 때문에 일정이 늦어져 몹시 굶주린 상태였다. 검은머리갈매기가 열 마리쯤 날아와 근처를 배회하며 소리를 내더니 해변에 내려앉으려는 듯 다리를 흔들었다. 하지만 재갈매기들이 날카로운 소리를 내고 부리를 휘두르며 검은머리갈매기를 쫓아버렸다.

정오 무렵, 조수가 밀려오며 강한 바람이 바다로부터 불어오더니 폭풍우와 함께 구름이 다가왔다. 늪지 식물이 바람에 흔들리며 잎 끝이 수면에 닿을 만큼 구부러졌다. 첫 번째 파도가 밀려오자 모든 늪지가 물속에 잠겼다. 갈매기가 가장 좋아하는 휴식처인 둑의 모래톱도 바람에 밀려 솟아오른 물살이 덮어버렸다.

다른 물새 무리와 함께 어울리던 세가락도요는 모래 언덕의 경사면 뒤에 은신처를 마련했다. 이곳에는 이들을 숨겨줄 해안 식물 숲이 있었다. 은신처에서는 재갈매기 무리가 초록색 늪지 위를 마치 회색 구름처럼 덮쳐오는 것을 볼 수 있었다. 재갈매기 무리는 쉴 새 없이 대형과 방향을 바꾸며 날아왔다. 무리의 리더가 쉼터로 적합할 것 같은 장소 위에서 잠시 머뭇거리는 동안 뒤쪽에 처졌던 무리가 앞쪽으로 밀려들었다. 모래사장에 내릴 때에는 무리의 크기가 아침에 비해 10분의 1로 줄어 있었다. 물이 차올랐다. 재갈매기는 날갯짓을 하고 소리를 내며 계속 움직였다. 그리고 갈매기의 목 깊이 정도에 달하는, 굴 껍데기로 가득한 산호초 위를 오갔다. 마침내 모든 새가 바람에 맞서 방향을 바꾸며 세가락도요가 차지하고 있는 모래 언덕 옆 휴식처에 자리를 잡고 앉았다.

높은 파도 때문에 먹이를 구하지 못한 새들은 그저 기다려야 했다. 안식처를 벗어난 바다에서는 격렬한 폭풍이 맹위를 떨치고 있었다. 먹이를 잡다 지친 작은 새 두 마리가 어리둥절해하며 바다에 면한 모래밭 위를 종종거리다 넘어졌다. 이들에게 육지는 낯선 영역이었다. 어린 새끼를 키우기 위해 매년 남극해에 있는 작은 섬을 찾아갈 때를 제외하면 이들에게 의미 있는 세계는 하늘과 물결치는 바다였다. 폭풍에 밀려 먼 바다로부터 긴발바다제비(Wilson's petrel)가 찾아왔다. 어느 날 오후에는 작은 날개에 매의 부리를 한 진갈색 새 한 마리가 날개를 치며 해협을 건너 모래 언덕을 넘어왔다. 블랙풋과 다른 많은 바닷새들은 북쪽에서 번식하는 천적을 알아차리고 놀라서 몸을 잔뜩 웅크렸다. 바다제비처럼 도둑갈매기도 광활한 바다에서 강풍을 타고 날아온 터였다.

해가 지기 전, 하늘은 밝아지고 바람이 잦아들었다. 세가락도요가 평행사도를 떠날 때는 날이 환했다. 녀석들은 해협의 좀더 얕은 곳을 건너 깊은 수로의 진한 초록색 띠 위를 날아갔다. 빨간색 부표 사이를 지나고 거센 파도가 소용돌이 속으로 사라지는 수로를 따라 굴 껍데기가 만들어낸 산호초 위를 넘어 마침내 섬에 도달했다. 그리고 모래 위에서 휴식을 취하던 수백 마리 흰허리도요, 종달도요, 물떼새와 합류했다.

썰물이 계속되는 동안 세가락도요는 섬 해변에서 먹이를 먹다 검정제비갈매기가 도착하는 황혼 무렵에 휴식을 취하기 위해 자리를 잡았다. 세가락도요가 잠들 무렵, 그러니까 세상이 암흑에서 빛으로 전환할 무렵 다양한 서식지를 출발해 해안을 따라 날아온 새들은 북쪽을 향해 서둘러 떠났다. 폭풍이 지나가자 공기는 다시 상쾌해졌고 남서쪽에서 생생한 바람이 계속 불어왔다. 그날 밤 내내 마도요와 물떼새, 붉은어깨도요와 깝짝도요, 꼬까물떼새, 노랑발도요 등의 울음소리가 하늘을 떠다녔다. 이 섬에 사는 흉내지빠귀는 다른 새들의 소리에 귀를 기울였다. 그리고 다음 날 짝을 매혹시키고 스스로를 즐겁게 해주는 새로운 곡조를 익혔다.

새벽이 되기 한 시간쯤 전, 세가락도요는 부드러운 파도가 밀려와 죽 늘어선 조개껍데기의 줄을 바꿔놓는 바닷가로 모여들었다. 얼룩덜룩한 갈색 깃털을 자랑하는 새들은 어둠 속을 날아 북쪽으로 향했고, 뒤에 남은 섬은 점점 작아졌다.

03

극지방의 랑데부

솟구쳐 오르는 돌고래 모양의 해안, 얼어붙은 황무지 툰드라의 한쪽 끝에 세가락도요가 도착했을 때 겨울은 여전히 맹위를 떨치고 있었다. 강가나 바닷가에 사는 모든 철새 중 가장 먼저 도착한 것이 세가락도요 무리였다. 언덕 위에는 물론 골짜기 시냇물에도 눈이 쌓여 있었다. 만에는 아직 녹지 않은 얼음이 눈에 띄었고, 바닷가 해안에는 조류를 따라 커다랗고 날카로운 얼음 덩어리가 떠다녔다.

낮이 길어지면서 남쪽 경사면에 남아 있던 눈이 녹기 시작했고, 산마루에 바람이 불어 담요처럼 두툼하게 쌓였던 눈도 점점 얇아졌다. 제 모습을 드러낸 갈색 땅 틈에서 은회색 이끼가 비집고 나왔다. 뾰족한 발굽을 지닌 순록은 처음으로 눈을 파헤치지 않고도 먹이를 찾아 먹을 수 있었다. 정오 무렵 툰드라를 건너온 흰올빼미는 바위 사이 작은 물웅덩이에 자기 모습을 비춰보았다. 오후 서너 시가 지나자 물웅덩이들은 서리 때문에 다시 흐려졌다.

사할린뇌조의 목덜미에는 이미 빛바랜 듯 희끗한 털이 자랐고, 여우와 족제비의 몸에는 갈색 털이 자랐다. 매일매일 몸집을 키워가는 흰멧새는 떼를 지어 뛰어다녔고, 버들가지 새눈은 햇빛 아래 부풀어 처음으로 세상에 색채를 입히고 있었다.

철새의 작은 발자국이 보였다. 따뜻한 햇살과 녹색 잎사귀, 살랑거리는 파도를 좋아하는 철새들이었다. 세가락도요새는 북서풍을 피해 빙퇴석(moraine, 氷堆石: 이동하던 빙하가 따뜻한 지역에서 녹아 빙하 속에 있는 암석, 자갈, 토양 등이 섞여 이루어진 퇴적층—옮긴이) 근처 피난처가 될 만한 난쟁이버드나무 밑에 모여들었다. 녀석들은 바위취의 새순을 먹으며 북극의 봄이 풍성한 먹이를 가져다줄 해빙기를 기다렸다.

하지만 겨울은 아직 여전했다. 세가락도요가 북극에 돌아와 두 번째 경험하는 햇빛이 어두컴컴한 대기 중에서 희미하게 빛났다. 짙은 구름이 툰드라와 태양 사이를 흘러가고, 한낮이 되자 하늘은 금방이라도 눈이 내릴 듯 잔뜩 흐렸다. 망망대해와 빙산을 건넌 바람은 장차 안개로 변할 차가운 공기를 잔뜩 머금은 채 조금 더 따뜻한 평원 위로 불어왔다.

어제, 메마른 바위 위에서 무리와 함께 햇볕을 쬐던 레밍은 굴로 들어갔다. 깊고 단단한 갱도를 휘감은 식물 뿌리가 이리저리 얽힌 공간을 지나 한겨울에도 따뜻한 자신들의 안식처로 돌아간 것이다. 그날 황혼 무렵, 북극여우 한 마리가 레밍의 굴 앞에서 머뭇거리며 앞발을 들고 서 있었다. 고요함 속에서 여우의 날카로운 귀는 발아래 있는 굴을 따라 오가는 작은 소리를 놓치지 않았다. 해마다 봄이면 여우는 눈을 헤치고 땅을 파 레밍의 굴을 찾아냈다. 그러곤 잡을 수 있는 만큼 많은 레밍을 포식하

곤 했다. 여우는 날카로운 울음소리를 내더니 눈 밑을 좀더 팠다. 한 시간쯤 선 버드나무 숲에서 뇌조를 한 마리 잡아먹은 터라 배가 고픈 것은 아니었다. 자신이 마지막으로 레밍의 굴을 습격한 이후 족제비가 아직 이곳을 다녀가지 않았다는 걸 확인하고 싶었을 뿐이다. 여우는 이윽고 고개를 돌리더니 수많은 여우가 만들어놓은 길을 따라 살그머니 사라졌다. 빙퇴석 위에서 종종거리는 세가락도요한테는 눈길조차 주지 않고 언덕을 넘어 30여 마리의 북극여우가 살고 있는 먼 산마루로 달려갔다.

그날 밤 늦게 눈이 내렸다. 태양이 두터운 구름층을 뒤로하고 어디론가 떨어질 무렵이었다. 곧이어 바람이 불어와 가장 두꺼운 깃털과 가장 따뜻한 모피도 뚫어버릴 차가운 물줄기처럼 툰드라를 휘감았다. 바다에서 불어온 바람이 비명을 지르고, 그보다 먼저 등장한 안개가 황무지를 지나갔다. 하지만 눈구름은 안개였을 때보다 훨씬 더 두텁고 더 하얗게 변했다.

어린 암컷 세가락도요 실버바는 10개월 전 아르헨티나의 초원과 파타고니아 해안을 향해 북극을 떠났기 때문에 눈이 내리는 걸 한 번도 보지 못했다. 실버바가 아는 것이라곤 태양과 넓은 해안, 초록색 초원이 전부였다. 스무 걸음만 가면 블랙풋 옆에 갈 수 있었다. 하지만 실버바는 난쟁이버드나무 아래 웅크리고 있어 소용돌이치는 순백색 커튼을 뚫고 오는 블랙풋을 보지 못했다. 물새들이 바람을 직면하듯 세가락도요새는 눈보라를 직면했다. 새들은 가까이 모여 선 채 날개를 맞대고 서로의 온기로 얼어붙을 것 같은 발을 따뜻하게 녹였다.

눈이 그렇게 퍼붓지 않았더라면 그날 밤과 그다음 날 생명의 손실은 덜했을 것이다. 하지만 계곡에 밤새 눈이 내렸고 부드러운 흰색 장막은 점점 더 두터워졌다. 흰색 장막은 툰드라에서 몇 킬로미터 떨어진 얼음 바다부터 숲의 끝 언저리 최남단과 파도처럼 기복을 이룬 언덕 그리고 얼음이 흐르는 계곡까지 조금씩 뒤덮었다. 낯선 세상, 두려울 정도로 흰 물결이 점점 더 확대되었다. 둘째 날, 자줏빛 여명 속에서 폭설이 잦아들고 밤은 바람 소리와 목청을 자랑하는 야생 동물의 울음 말고는 아무 소리도 들리지 않았다.

눈은 많은 생명을 앗아갔다. 산기슭에 깊은 상처처럼 나 있는 골짜기에서는 세가락도요새의 은신처가 되어준 버드나무 잡목림에 눈보라가 불어닥쳐 눈올빼미(snowy owl) 두 마리의 둥지를 덮쳤다. 암컷 올빼미는 일주일 넘게 알 6개를 품고 있던 터였다. 폭풍이 몰아닥친 첫날, 눈이 어찌나 많이 왔던지 암컷 올빼미 주변에 눈이 쌓여 앉았던 자리만 동그랗게 구멍이 날 정도였다. 그날 밤 내내 올빼미는 둥지에 남아 온통 깃털뿐인 커다란 몸으로 자신이 낳은 알을 따뜻하게 품었다. 아침이 되자 깃털로 덮인 발톱 주위로 눈이 쌓이더니 어느덧 옆구리까지 덮었다. 오후 무렵, 목화솜 같은 눈송이가 하늘에서 여전히 날리는 가운데 올빼미의 목과 어깨만 눈 밖으로 나와 있었다. 온통 깃털로 덮였다 해도 온몸이 뻣뻣할 정도로 추운 날씨였다. 그날 하얀 눈송이가 산기슭을 소리 없이 몇 번이나 덮어버렸다. 수컷 올빼미는 낮고 쉰 소리로 짝을 불렀다. 온몸이 얼고 추위 때문에 날개마저 무거워진 암컷 올빼미가 몸을 일으켜 한 번 흔들었다. 날아오를 만큼 몸이 자유로워지기까지 꽤 긴 시간이 걸렸다. 암컷은 반쯤 날개를 퍼덕이고 반쯤 넘어지면서 눈에 파묻힌 둥지를 벗어나려 애썼다. 수컷이 레밍이나 새끼 뇌조를 잡아다 짝에게 가져다줄 때의 울음소리를 냈지만, 눈보라가 시작된 이래 두 올빼미는 모두 아무것도 먹지 못한 상태였다. 암컷은 날기 위해 애썼지만 눈 때문에 몸이 뻣뻣해져 자꾸 쓰러질 뿐이었다. 그러다 마침내 온몸의 근육에 천천히 기운이 돌면서 암컷 올빼미는 하늘로 날아올라 세가락도요 무리가 모여 있는 곳을 넘어 툰드라 멀리 날아갔다.

암컷이 날아간 뒤 아직 따뜻한 알 위에 눈이 쌓이고 밤의 한기가 내려앉으며 생명의 온기는 서서히 꺼져갔다. 양분인 노른자로부터 배아에 피를 전해주는 혈관 속으로 진홍색 액체가 흘러 들어갔다. 하지만 시간이 흐르면서 자라고 분열하며 점점 커져가다 마침내 올빼미의 뼈와 근육, 힘줄을 이뤄야 할 세포의 활동이 점차 느려졌다. 커다란 머리 아래에 자리한 붉은색 심장의 움직임이 점차 약해지다가 결국 멈춰버렸다. 올빼미가 됐어야 할 6개의 알이 눈 속에서 죽음을 맞이한 것이다. 아직 태어나지 않은 수백 마리 레밍과 뇌조, 북극토끼 입장에서는 하늘에서 내려와 자신을 덮치는 천적을 피해 죽음의 문턱에서 도망갈 기회가 훨씬 더 늘어난 셈이다.

사할린뇌조 몇 마리는 그날 밤 잠자리로 삼은 곳에서 눈에 휩싸였다. 폭풍이 부는 저녁, 뇌조는 산기슭 위로 날아가 여우한테 자신의 은신처를 알려줄 발자국을 지워버렸다. 이것이 약한 생명체가 강한 생명체에 대적하는 삶과 죽음의 법칙이다. 하지만 오늘 밤은 그 법칙을 지킬 필요가 없었다. 눈이 모든 흔적을 지워버려 아무리 예민한 천적이라도 뒤를 좇기 힘들터였다. 게다가 눈이 덮여 졸고 있는 뇌조를 찾아내기도 힘들 것이다.

세가락도요 무리 중 다섯 마리가 추위에 얼어 죽었고, 작은 눈멧새 스무 마리는 눈 더미 위로 미끄러져 날개를 푸덕거렸지만 너무 약해서 추위를 견뎌내지 못했다.

눈 폭풍이 닥치자 황무지에 사는 생명체는 굶주림에 시달렸다. 뇌조의 먹이인 버드나무는 눈 밑에 파묻혔다. 눈멧새와 긴발톱멧새를 통해 씨앗을 퍼뜨리는 마른 풀에는 아직 얇은 얼음장이 덮여 있었다. 여우와 올빼미의 먹이인 레밍은 안전하게 도망쳤지만 이 고요한 세상 어디에도 조개와 벌레, 수생 생물을 잡아먹는 물새의 먹이는 없었다. 들짐승과 날짐승 같은 포식자는 북극에 짧은 회색빛 봄이 오면 밤을 틈 타 다른 곳으로 향했다. 밤이 낮으로 바뀔 무렵 이들 사냥꾼은 눈을 밟거나 힘차게 날갯짓을 해 툰드라를 가로질렀다. 그날 밤의 사냥만으로는 배고픔을 달랠 수 없었기 때문이다.

사냥꾼 중엔 눈올빼미도 있었다. 매년 가장 추운 계절, 눈올빼미는 가장 좋아하는 먹이인 작은 회색 레밍을 찾아 황무지 남쪽으로 수백 마일을 날아갔다. 폭풍우가 치는 동안 대지와 산기슭을 따라 날아가는 눈올빼미의 눈에 들어오는 생명체는 아무것도 없었다. 하지만 오늘은 많은 작은 생명체가 툰드라 위를 움직이고 있었다.

개울의 동쪽 둑을 따라 이동하던 뇌조 떼는 눈 위에서 순록의 뿔만큼 솟아오른 버드나무 가지를 발견했다. 뇌조는 가장 위쪽에 있는 가지를 부리로 씹어 먹었다. 새순이 나올 때까지는 이 먹이에 만족해야 했다. 뇌조 떼는 여전히 겨울철의 흰색 깃털을 달고 있었는데, 그중 몇몇 수컷은 갈색 털이 드문드문 나오기 시작했다. 짝짓기 계절인 여름이 다가오고 있다는 뜻이다. 겨울철에 흰 깃털의 뇌조가 눈밭에 있으면 눈에 띄는 것이라곤 부리와 눈, 날아갈 때 보이는 꼬리의 검정색이 전부였다. 오래된 천적인 여우와 올빼미조차 멀리서는 뇌조를 알아차릴 수 없다. 하지만 이들 천적 역시 북극의 겨울을 맞아 자연의 보호색을 입고 있었다.

개울을 따라 날아가던 눈올빼미는 버드나무 사이에서 까만 눈동자가 반짝이는 것을 보았다. 뇌조의 눈이었다. 흰색의 포식자는 가까이 다가가며 흐릿한 허공 속에 몸을 숨겼다. 흰색 먹잇감은 아무렇지도 않게 눈 위를 움직였다. 순간, 부드럽게 휙 하는 날갯짓 소리가 들리더니 흰 눈밭에 빨간 점이 번져나갔다. 방금 낳아 색소가 채 마르지도 않은 뇌조의 알 같은 붉은색이었다. 눈올빼미는 발톱으로 뇌조를 움켜쥐고 산기슭 위를 날아 전망대이자 짝이 기다리고 있는 둥지로 향했다. 두 마리 올빼미는 아직 따뜻한 뇌조의 살을 부리로 찢고 습관처럼 뼈와 깃털까지 삼켜버렸다. 깃털은 나중에 공 모양처럼 동그랗게 뭉쳐 게워내면 그만이었다.

뼈를 깎는 듯한 배고픔은 실버바에게 새로운 경험이었다. 일주일 전, 다른 세가락도요 무리와 함께 허드슨만의 넓은 간석지('갯벌'의 다른 이름—옮긴이)에서 갑각류를 충분히 먹었다. 며칠 전에는 뉴잉글랜드 해안에서 벼룩을 배부르게 먹었고 남쪽 해안에서는 히파게를 잡아먹었다. 파타고니아에서 북쪽으로 1만 3000킬로미터를 날아오는 동안 먹이가 부족한 적은 없었다.

고난을 받아들이는 인내심이 좀더 발달한 도요새는 썰물 때까지 기다렸고, 실버바와 다른 어린 도요새들은 얼음이 남아 있는 해안가로 날아갔다. 해변에는 얼음 조각과 서리의 흔적이 아직 남아 있었지만, 마지막 조수가 유빙 조각을 옮겨가 진흙 바닥만 보였다. 이미 수백 마리의 물새가 모여들었는데, 모두 눈 폭풍에 살아남은 이른 철새들이었다. 전부 너무 가까이 모여 있어 세가락도요가 날아오를 틈이 없을 정도였다. 게다가 진흙 바닥 표면은 모두 두루미나 백로 등 섭금류(wading birds, 涉禽類: 밀물과 썰물을 따라 이동하면서 갯벌에 서식하는 동물을 포식하는 조류의 총칭—옮긴이)들이 부리로 무언가를 찾아내거나 파헤친 상태였다. 실버바는 단단한 진흙 바닥을 파헤쳐 달팽이처럼 둥글게 말린 조개를 찾아냈지만 속이 텅 비어 있었다. 블랙풋 그리고 다른 한 살배기 도요새 두 마리와 함께 실버바는 1.5킬로미터 정도 해변을 날아다녔다. 하지만 눈이 땅 위를 온통 덮은 데다 항구에도 얼음이 남아 있어 먹이를 구할 수 없었다.

도요새들은 얼음 덩어리 사이에서 먹이를 찾아다녔지만 아무런 성과가 없었다. 툰드라에 사는 까마귀 툴루각(Tullugak)이 유유히 날갯짓을 하며 해변으로 향했다.

"크루-욱! 크루-욱!" 까마귀가 목이 쉰 소리로 울어댔다.

까마귀는 먹이를 찾기 위해 계속 해변과 툰드라 지역을 몇 킬로미터나 날아다녔다. 까마귀 먹이인 동물의 사체는 눈에 덮이거나 북극빙에 의해 떠내려갔다. 늑대의 공격을 받아 죽은 카리부(caribou: 북미산 순록—옮긴이)의 사체가 있는 곳을 알아낸 까마귀는 다른 동료 세 마리를 성찬에 초대했다. 칠흑 같은 검정색 깃털을 가진 세 마리 까마귀 중엔 툴루각의 짝도 있었는데, 녀석들은 북극빙 위를 바쁘게 뛰어다니며 고래의 사체를 사냥하고 있었다. 이 사체는 몇 달 전 해안가로 떠밀려 왔는데, 겨울 내내 만 근처에 사는 까마귀와 그 친구들의 먹이가 되어주었다. 폭풍으로 인해 얼음 덩어리가 움직이며 고래의 사체를 밀어 보낸 것이다. 먹이를 보고 지른 툴루각의 환호성에 다른 세 마리 까마귀가 공중으로 날아올랐다. 그리고 툴루각의 뒤를 따라 순록 뼈에 붙어 있는 살점 몇 조각을 먹기 위해 툰드라를 가로질러 날아갔다.

다음 날 밤부터 바람이 바뀌더니 날씨가 풀리기 시작했다.

매일매일 눈의 장막이 점점 얇아졌다. 흰색 장막에 불규칙한 웅덩이가 생겨났다. 원래 모습을 그대로 드러낸 대지에 갈색 웅덩이가 나타나고, 여전히 일어 있는 연못이 점점 녹으며 초록색 웅덩이를 만들어냈다. 북극에서 녹은 눈이 바다로 흘러갔다. 구릉의 실개천은 시냇물을 이루고 급류가 되어 몰아쳤다. 그리고 들쭉날쭉한 수로와 협곡을 깎아내며 흘러 해안가 웅덩이에 모였다. 맑고 차가운 물로 가득 찬 호수는 새로운 생명을 쏟아냈다. 호수 바닥의 진흙 속에서 새끼 각다귀와 강날도래(may fly: 하루살이—옮긴이)가 생겨나고 모기 유충이 물속에서 꿈틀거렸다.

유빙이 녹으면서 낮은 초지는 물에 잠기고, 북극 땅속 수백 킬로미터에 걸쳐 복잡하게 얽혀 있는 레밍의 굴도 무용지물이 되었다. 겨울철 엄청난 눈보라에도 안전했던 은신처, 풀이 푹신하게 깔린 평화로운 굴은 밀려오는 물에 속수무책이었다. 수많은 레밍이 높은 바위와 자갈이 쌓여 있는 산기슭으로 피신을 갔다. 레밍은 물에 젖은 회색빛 몸을 말리며 방금 도망쳐온 어두운 공포의 기억을 떨쳐냈다.

매일 남쪽에서 철새 수백 마리가 날아들고, 툰드라에는 수컷 올빼미와 여우의 울음이 울려 퍼졌다. 마도요, 물떼새, 붉은어깨도요, 제비갈매기, 물오리의 소리도 들려왔다. 장다리물떼새의 끼익거리는 소리와 레드백(redback)의 노랫소리, 베어드도요(Baird sandpiper)의 날카로운 울음소리가 섞여 마치 뉴잉글랜드에 봄이 오면 어슴푸레한 새벽녘 들리는 청개구리의 합창 같았다.

대지는 한 조각 한 조각씩 눈밭을 밀어내고 도요새, 물떼새, 꼬까물떼새가 모여들어 먹을거리를 찾아 나섰다. 붉은어깨도요는 아직 녹지 않은 늪지를 선호했는데, 불어온 바람이 사초(sedge, 莎草)와 잡초의 마른 풀씨를 눈 위에 떨어뜨려 새들에게 큰 도움을 주었다.

대부분의 세가락도요와 붉은어깨도요는 북극해 곳곳에 흩어져 있는 섬을 둥지로 삼아 새끼를 낳고 길렀다. 갈매기는 여름철 북극 평원에 점점이 박혀 있는 작은 호숫가로 날아가고, 실버바와 블랙풋을 비롯한 다른 도요새는 솟구쳐 오르는 돌고래 형상의 만(灣) 근처에 꼬까물떼새·물떼새와 함께 남았다. 여기는 여우로부터 안전한 곳이었다.

실버바가 블랙풋을 짝으로 받아들였다. 둘은 바다가 내려다보이는 돌로 된 평원에 자리를 잡았다. 바람이 쓸고 지나간 넓은 대지에 가장 먼저 등장한 푸른 이끼와 부드러운 회색 이끼가 바위를 옷처럼 감쌌다. 난쟁이버드나무가 드문드문 모습을 드러내며 새순과 꽃차례를 틔웠다. 초록 덤불 속에서 석잠풀꽃이 흰색 얼굴을 햇빛 속에 내밀고, 남쪽 산등성이에서 녹아내린 눈이 오래된 강바닥을 경유해 바다로 흐르며 물웅덩이를 만들었다.

블랙풋은 자기 영역을 침범하는 수컷 도요새에 점점 더 공격적으로 변하고 맹렬하게 싸움을 했다. 싸움 후에는 실버바 앞에서 깃털을 세우고 당당하게 행진했다. 실버바가 조용히 바라보는 동안 블랙풋은 하늘 위로 날아올라 날개를 퍼덕거리며 울음소리를 냈다. 언덕 산등성이 동쪽에 자주색 그림자가 내려앉으면 블랙풋이 가장 자주 한 행동은 바로 이것이었다.

석잠풀 덤불 가장자리에서 실버바는 몸을 계속 움직여 움푹하게 파인 둥지를 준비했다. 도요새는 난쟁이버드나무의 마른 잎을 가져다 둥지 바닥에 깔았는데, 한 번에 잎 하나씩을 옮긴 다음 이끼와 함께 섞어 보금자리를 꾸몄다. 그리고 곧이어 버드나무 잎 위에 알 4개를 낳았다. 실버바는 툰드라의 거친 야생 동물로부터 둥지를 지키기 위해 밤을 꼬박 새웠다.

첫날 밤, 알을 지키며 혼자 밤을 보낸 실버바는 툰드라에서 들려오는 낯선 소리를 확인했다. 거친 울음이 그림자 속에서 몇 번이고 들려왔다. 실비바는 이른 새벽 어두운 몸체와 날개를 지닌 낯선 새 두 마리가 툰드라 위를 낮게 나는 것을 보았다. 이는 도둑갈매기로, 다른 생명체를 강탈하고 공격하는 거친 새였다. 기묘한 웃음 같은 이 새의 울음소리가 매일 밤 황무지에 울려 퍼졌다.

점점 더 많은 도둑갈매기가 몰려왔다. 갈매기와 슴새(shearwater)로부터 생선을 훔쳐 먹고 사는 도둑갈매기 무리가 북대서양 어장에서 날아온 것이다. 도둑갈매기는 지구 반대편 따뜻한 바다에서도 날아왔다. 이 새는 툰드라의 고민거리였다. 홀로 때론 두세 마리가 앞뒤로 오가며 혼자 있는 도요새나 물떼새, 지느러미발도요를 목표로 삼았다. 잡초가 있는 진흙 모래톱에서 먹이를 구하다 무리에서 떨어져 나온 물새가 보이면 빙빙 돌며 갑자기 내려가 공격했다. 만에서는 갈매기를 괴롭혔다. 갈매기가 잡은 생선을 마지못해 떨어뜨릴 때까지 공격하곤 했다. 바위의 갈라진 틈이나 작은 돌무더기에서도 사냥을 했다. 굴 앞에서 햇빛을 즐기는 레밍을 노리고, 알을 품고 있는 흰멧새를 공격하기도 했다. 녀석들은 험한 고지대나 산등성이에 올라가 이끼와 자갈로 얼룩덜룩한 툰드라를 내려다보았다. 거칠 것 없는 평원에 무엇으로도 감추지 않은 채 놓여 있는 반점 가득한 새알은 도둑갈매기의 험악한 눈으로도 멀리서는 구별하기 힘들었다. 툰드라의 위장술은 너무나도 완벽해 아주 우연히 둥지를 튼 새나 먹이를 찾아다니는 레밍의 움직임만 가끔 눈에 띌 뿐이었다.

툰드라는 하루 중 스무 시간 동안 햇빛 속에 모습을 드러내고, 네 시간 동안은 부드러운 여명 속에 잠이 들었다. 북극버드나무와 바위취, 석잠풀, 시로미(crowberry)는 서둘러 새로운 잎을 틔었다. 햇살이 비추는 짧은 몇 주 동안 북극의 식물은 앞다퉈 충만한 생명력을 자랑했다. 강하고 보호받는 생명의 씨앗만이 어둡고 추운 시간을 견뎌낼 수 있었다.

곧 툰드라의 표면에 다양한 꽃이 피어났다. 먼저 흰색 담자리꽃, 이어서 보라색 바위취꽃과 노란 미나리아재비꽃이 피었다. 수벌은 반짝이는 황금색 꽃잎 위를 날아다니며 무거운 꽃밥을 움직인 후 꽃가루를 묻혀 운반하곤 했다. 정오 무렵이 되자 온갖 색으로 활기 넘치는 툰드라에 태양의 손길을 받은 나비가 버드나무 덤불 사이에서 날아올랐다. 나비는 차가운 공기가 불어오거나 구름이 대지와 태양 사이를 움직일 때면 버드나무 덤불 사이로 들어가 숨곤 했다.

온화한 땅에서는 해가 떨어진 어슴푸레한 저녁과 새벽이 오기 전 새들이 가장 달콤한 노래를 불렀다. 하지만 북극의 황무지에서 6월의 태양은 너무나도 빨리 지평선 너머로 떨어졌다. 어스름한 황혼이 되면 긴발톱멧새의 울음과 해변종다리의 노래로 가득했다.

6월 어느 날 지느러미발도요 한 쌍이 가볍게 날아와 세가락도요가 모여 있는 웅덩이에 내려앉았다. 얕게 째진 발을 재빨리 움직여 웅덩이를 빙빙 돌고, 이때 떠오른 작은 곤충을 바늘처럼 뾰족한 부리로 잡아먹느라 부산했다. 지느러미발도요는 겨울 내내 남쪽의 멀리 떨어진 바다에서 고래 떼를 따라다니며 고래 먹이의 부산물을 먹고 살았다. 그리고 내륙에 도달하기 전까지 대양을 따라 북쪽으로 가능한 한 멀리 이동했다. 지느러미발도요는 세가락도요의 둥지에서 멀지 않은 산등성이 남쪽 비탈에 둥지를 마련했다. 버드나무 잎과 꽃차례로 만든 툰드라의 둥지 대부분이 자리하고 있는 곳이다. 수컷 지느러미발도요는 18일간 둥지에 꼼짝 않고 앉아 알을 부화시켰다.

"쿠아-히-쿠아-히." 낮에는 언덕에서 마치 플루트 소리 같은 붉은어깨도요의 부드러운 울음이 들렸다. 고원 위에 자리 잡은 붉은어깨도요의 둥지는 북극의 사초 덤불과 뱀무 이파리 사이에 숨어 있었다. 매일 저녁 실버바는 외로운 붉은어깨도요가 언덕의 흙 둔덕 위로 몸을 흔들며 날아가는 것을 지켜보았다. 몇 마일 떨어진 언덕 위에 있는 다른 도요새와 꼬까물떼새도 붉은어깨새도요의 노래를 들을 수 있었다. 하지만 이 소리를 듣고 반응한 것은 저 아래쪽에 자리한 둥지에서 4개의 알을 품고 있는 그의 작은 얼룩무늬 짝이었다.

그 계절 내내 툰드라에서 들려오던 다양한 소리는 서서히 잦아들고, 알을 깨고 나온 새끼들은 먹이를 먹고 적으로부터 피해 다니느라 바빴다.

실버바가 알을 품기 시작할 때는 보름달이었다. 이후 달은 얇고 흰 테두리처럼 야위었다가 다시 반달이 되었고, 이와 더불어 조수도 더 완만하고 부드러워졌다. 물새들이 모래톱에 모여 먹이를 잡아먹는 썰물 때에도 실버바를 발견할 수 없었다. 지치고 긴장한 채 그날 밤 내내 가슴팍에 품고 있던 알에서 마침내 소리가 들렸다. 23일 동안 부화를 준비한 알 속에서 어린 새끼들이 껍데기를 쪼아대는 소리였다. 실버바는 이따금 알에서 조금 물러나 조심스럽게 지켜보곤 했다.

산등성이 근처에서 긴발톱멧새가 딸랑거리듯 여러 음절로 된 노래를 불렀다. 넓게 펼친 날개가 풀밭에 닿을 듯 낮게 날자 노래는 대기 속으로 계속 퍼져나갔다. 지느러미발도요가 몰려 있는 물웅덩이 근처에 깃털을 둘러 둥지를 지은 이 작은 새의 암컷은 이곳에서 6개의 알을 낳았다. 긴발톱멧새는 정오 무렵의 밝고 따뜻한 분위기를 즐겼는데, 흰바다매 키가빅(Kigavik)이 자신과 태양 사이로 급강하하며 만들어낸 그림자를 제대로 알아차리지 못했다. 실버바는 긴발톱멧새의 노래를 듣지 못했고, 그 노래가 갑자기 멈춘 것도 몰랐다. 바로 옆에서 보드라운 가슴털이 흩날리는 것도 알아차리지 못했다. 실버바는 자신의 알 중 하나에서 작은 구멍이 생기는 것만 지켜보고 있었다. 실버바가 들은 것이라곤 가늘게 삑삑거리는, 갓 태어난 새끼가 내는 소리뿐이었다. 흰바다매가 바다를 향해 북쪽으로 난 바위틈에 자리한 둥지에 도착해 잡아온 긴발톱멧새를 새끼들에게 먹이로 줄 무렵, 새끼 세가락도요 한 마리가 처음으로 알을 까고 모습을 드러냈다. 곧이어 2개의 알이 더 깨지기 시작했다. 실버바의 가슴속에서 두려움이 솟아올랐다. 연약하기 그지없는 새끼들의 안전을 위협할 포식자들 때문이었다. 실버바는 툰드라의 생명계를 인식하는 예민한 귀로 모래톱에 있는 물새를 공격하는 도둑갈매기의 울음소리를 듣고, 날카로운 눈을 하얗게 번득이는 흰바다매의 날갯짓을 주시했다.

네 번째 새끼가 태어나자 실버바는 알껍데기를 한 조각씩 물어 둥지 밖으로 던져버렸다. 그 이전 조상들도 똑같이 해온 방식인데, 교활한 천적인 까마귀와 여우를 속이기 위해서였다. 매서운 눈초리의 매와 레밍이 굴에서 나오길 기다리던 바다갈매기는 갈색 반점의 작은 새가 석잠풀 덩굴 사이로, 철사처럼 딱딱한 툰드라의 풀 위로 몸을 밀착한 채 조심스럽게 움직이는 것을 알아채지 못했다. 사초 틈을 들락날락하거나 굴 옆 편평한 바위 위에서 햇빛을 쬐던 레밍만이 산마루 옆쪽 계곡 아래에 도착한 어미 도요새를 보았다. 하지만 레밍은 도요새를 두려워하지도, 두렵게 만들지도 않는 순한 동물이었다.

네 번째 새끼 도요가 알을 까고 나온 그 짧은 밤 내내 실버바는 열심히 움직였다. 해가 다시 동쪽 하늘에 모습을 드러낼 무렵, 마지막 알껍데기를 계곡의 자갈 사이에 숨겼다. 이판암 위를 살금살금 걸으며 아무 소리도 내지 않는 북극여우가 실버바 옆을 지나갔다. 어미 새를 발견한 여우는 눈을 반짝거리고 코를 킁킁대며 냄새를 맡더니 어린 새들이 근처에 있다는 것을 눈치챘다. 계곡 멀리 버드나무까지 날아간 실버바는 새끼들을 찾아내기 위해 냄새를 맡는 여우를 지켜보았다. 여우가 계곡 등성이를 올라가자 도요새는 날개를 푸드덕거렸다. 다치는 것을 무릅쓰고 바닥을 구르면서 계속 날갯짓을 하고 자갈밭 위를 기어 다녔다. 그러다 문득 새끼 도요새의 높은 울음소리를 흉내 냈다. 순간, 여우가 어미 도요새한테 달려들었다. 실버바는 창공으로 날아올라 산등성이를 건너갔다. 그러곤 다른 방향에서 다시 날아와 따라오는 여우를 괴롭혔다. 어미 도요새는 여우를 산등성이로 유인하며 시냇물이 넘쳐흘러 형성된 남쪽 늪지대로 향했다.

여우가 산등성이로 올라갔을 때 둥지에 있던 지느러미발도요 수컷은 근처에서 망을 보던 암컷이 "플럽! 플럽! 쉬익! 쉬익!" 하고 소리 내는 것을 들었다. 수컷은 조용히 둥지를 벗어난 다음 도망치기 위해 은밀하게 만들어놓은 풀숲 터널을 지나 짝이 기다리고 있는 물가까지 나아갔다. 연못으로 헤엄쳐 나간 두 마리 새는 불안에 겨워 빙빙 돌며 부리로 날개를 다듬다가 부리를 물속에 집어넣고 먹이를 먹는 척하며 여우의 사향 냄새가 배어 있지 않은 맑은 공기를 마셨다. 알을 품던 수컷의 가슴에는 깃털이 흐트러지고 움푹 팬 흔적이 남아 있었다.

새끼들이 머물고 있는 둥지에서 최대한 멀리 여우를 유인해낸 실버바는 모래톱 주변을 맴돌며 몇 분 동안 소금기 있는 바닷물 끝 쪽에서 먹이를 사냥했다. 그러고는 재빨리 석잠풀 덤불로 되돌아가 알에서 깨어난 지 얼마 안 되어 축축하고 진한 색 깃털을 자랑하는 새끼들을 찾았다. 이제 곧 새끼들의 깃털 역시 보송보송해지고 모래색과 밤색으로 바뀔 터였다.

세가락도요 어미는 본능적으로 마른 잎과 이끼 덮인 툰드라와 자기 품이 새끼들한테 안전하지 않다는 사실을 깨달았다. 반짝이는 눈, 딱딱한 돌이 박힌 땅을 사뿐히 밟는 부드러운 발바닥, 어린 새의 냄새를 맡기 위해 바삐 움직이는 코를 지닌 여우는 어미 새에게 수천 가지 위험의 상징이었다. 형태도 없고 이름도 없는 위험 말이다.

태양이 지평선 아래로 움직여 흰바다매의 둥지가 있는 절벽만이 그 빛을 받아 반짝일 때 실버바는 새끼 네 마리를 이끌고 황량한 툰드라를 날아올랐다.

새끼를 데리고 떠난 세가락도요는 며칠간 돌이 많은 평원 지대를 방황했다. 짧은 밤이나 갑자기 비가 내릴 때에는 새끼를 가슴 아래에 품고 황무지를 건넜다. 맑은 물이 가득한 호수에 이르러서는 새끼들에게 먹이를 주기 위해 날갯짓을 잠시 쉬었다. 호숫가와 시냇물에서 낯선 먹이를 사냥했다. 어린 세가락도요는 물속에서 곤충을 잡거나 곤충의 유충 찾는 법을 배웠다. 또한 어미가 위험을 감지하고 소리를 내면 땅에 납작하게 몸을 붙인 채 돌무더기 사이에 조용히 숨었다. 그리고 다시 어미가 맑고 높은 음조의 소리를 내면 그제야 몸을 움직여 자유롭게 돌아다녔다. 이렇게 새끼들은 도둑갈매기와 올빼미, 여우로부터 도망칠 수 있었다.

알에서 깨어난 지 7일째 되는 날, 새끼들은 날개 깃털의 3분의 1을 갈았지만 온몸은 여전히 솜털로 덮여 있었다. 4일이 더 지나면 날개와 어깨 모두 깃털로 덮이고, 2주가 지나면 어미를 따라 호수를 옮겨가며 날아다닐 정도로 자랄 터였다.

어느덧 태양은 수평선 아래로 가라앉고 회색빛 밤은 깊어갔다. 어스름한 여명의 시간이 길어졌다. 더 자주 더 격렬하게 내리는 비가 툰드라에 핀 꽃잎을 떨어뜨렸다. 식물은 그 부모가 지닌 불멸의 본질을 전해줄 소중한 배아를 만들기 위해 녹말과 지방을 씨앗 속에 채웠다. 여름 내내 준비해온 작업이 끝난 것이다. 꽃가루를 옮기는 꿀벌을 더 이상 유혹할 필요가 없으니 화려하고 밝은 꽃잎도 더 이상 쓸 데가 없었다. 잎을 펼쳐 햇빛을 받고 그 햇빛을 이용해 엽록소와 공기, 물을 잡아둘 필요도 없었다. 당연히 클로로필로 인한 초록색 색소도 점점 옅어졌다. 잎 또한 붉은색과 노란색으로 변한 다음 땅으로 떨어졌다. 줄기 역시 시들었다. 그렇게 여름이 스러지고 있었다.

담비의 가죽에 처음으로 흰색 털이 나기 시작했다. 북미 순록 카리부의 털도 길어졌다. 새끼들이 알에서 깨어날 때부터 담수호에 모여 있던 수많은 수컷 세가락도요는 이미 남쪽을 향해 떠났다. 그중엔 블랙풋도 있었다. 진흙 덮인 모래톱에서 함께 비행하는 새로운 기쁨을 발견한 어린 깝짝도요 1000여 마리가 고요한 바다 위를 신나게 날아올랐다. 붉은어깨도요는 새끼를 데리고 언덕에서 바닷가로 날아갔다. 그 뒤를 이어 매일매일 더 많은 새들이 떠나갔다. 실버바가 알을 낳은 장소 가까이에 있던 세 마리 어린 지느러미발도요는 갈라진 발을 열심히 흔들며 해안에서 곤충을 잡아먹었다. 수컷과 암컷 지느러미발도요는 이미 수백 킬로미터 동쪽으로 날아간 터였다. 녀석들은 넓은 바다를 건너 남쪽으로 가는 코스를 정해놓았다.

8월이 되자 해변가에서 다른 세가락도요와 함께 있던 실버바는 태어난 지 한참 된 새끼들과 함께 창공으로 날아올랐다. 커다란 원을 그리며 만 위를 비행하던 무리는 하얀 날개를 펴고 날다가 어린 새들이 모래톱에서 종종걸음으로 달리거나 넘실대는 파도 끝자락을 살피는 것을 보고 큰 소리로 울었다. 하지만 머리를 남쪽으로 향하더니 이내 멀리 사라졌다.

어미 새들은 더 이상 북극에 머물 필요가 없었다. 둥지 틀기를 마쳤고, 알도 모두 부화했기 때문이다. 어린 새들은 먹이 활동을 하고 적으로부터 몸을 피하며 삶과 죽음이라는 게임의 규칙을 배워나갔다. 나중 두 대륙 사이를 날아갈 만큼 튼튼해지면 어린 새들은 부모로부터 물려받은 기억을 따라 길을 나설 것이다. 그러는 동안 부모 새들은 따듯한 남쪽의 부름을 느끼며 태양을 따라 움직이기 시작했다.

그날 저녁 무렵, 실버바의 새끼 네 마리는 다른 어린 새 20여 마리와 함께 해안을 따라 솟아오른 산등성이가 바다로 인해 끊어지면서 만들어낸 내륙 평지에 도달했다. 평지 바닥에는 풀이 자랐고, 여러 곳에 부드럽고 진한 초록색 늪지가 자리했다. 세가락도요는 구불구불 흐르는 시냇물을 따라가 둑에서 그날 밤을 보냈다.

세가락도요의 귀에 땅이 부드럽게 웅얼거리듯 바스락거리는 소리가 계속해서 들려왔다. 소나무 사이에서 부는 바람 소리와 비슷했다. 하지만 넓은 황무지에는 나무가 없었다. 작은 시냇물이 흘러가는 소리, 흐르는 물이 돌에 부딪히는 소리, 작은 조약돌이 서로를 문지르는 소리. 하지만 지금은 여름의 끝자락, 시냇물도 얇은 얼음판 밑에 갇혀 있었다.

그건 수많은 날갯짓 소리였다. 깃털 달린 수많은 새가 메마른 평원 위를 날아가는 소리, 웅얼거리며 내는 울음소리였다. 검은가슴물떼새가 무리 지어 몰려왔다. 넓은 해변에서, 솟구쳐 오른 돌고래 모양의 해안에서, 수십 킬로미터에 달하는 모든 툰드라와 고산지에서 황금색 깃털의 등에 배는 검은색인 물떼새가 모여들었다.

바람이 태양의 남은 재를 흩뿌린 것처럼 수평선에 남겨놓은 강렬한 광채를 제외하곤 저녁 그림자가 툰드라를 감싸고, 어둠이 북극 세계에 내려앉자 물떼새의 흥분은 점점 고조되었다. 전체 무리의 흥분이 커지면서 새들의 소리도 점점 더 요란해져 바람처럼 평원을 휘감았다. 웅성거리는 소리 위로 높고 떨리는 리더들의 소리가 들려왔다.

비행은 자정 무렵 시작되었다. 첫 번째 무리 60여 마리가 하늘 높이 날아올라 평원 위를 둥글게 맴돌더니 비행 대형을 만들며 남쪽과 동쪽을 향해 날아갔다. 또 다른 무리가 날갯짓을 하며 리더를 따라 자주색 바다처럼 펼쳐진 툰드라 위를 낮게 날아갔다. 뾰족한 날개들이 움직일 때마다 강하고 우아하고 아름다운 움직임이 펼쳐졌다. 여행 내내 끝없이 계속될 비행이었다.

"큐-이-하! 큐-이-하!"

높고 떨리는 철새들의 소리가 하늘에서 더 높이 들려왔다.

"큐-이-하! 큐-이-하!"

툰드라의 모든 새는 이 소리를 듣고 위급함과 막연한 불안을 느꼈다.

이 소리를 들은 새 중에는 툰드라를 방황하는 어린 물떼새가 분명 있을 터였다. 하지만 나이 든 새의 비행 무리에 동참하지 못한 어린 새는 몇 주 후 홀로 길을 이끌어줄 리더도 없이 긴 비행을 감내해야 할 것이다.

비행 첫 몇 시간 동안, 새들은 몇 무리로 나뉘지 않고 계속 흐르듯 이동했다. 거대한 새의 물결이 하늘을 뒤덮었다. 황무지를 지나고, 북쪽 해안 끄트머리를 가로질러 남쪽과 동쪽으로 하늘을 날아가면서 대열은 더 길어졌다. 그리고 이때쯤 다시 날이 밝아오기 시작했다.

이 광경을 본 사람들은 올해 검은가슴물떼새의 비행이 몇 년 사이 가장 규모가 크고 훌륭하다고 말했다. 허드슨만 서부 해안에서 목회하는 니콜렛 신부는 이 광경을 보며 사냥꾼들이 나타나면 처음 크기 정도로 줄어들었다가 다시 커지곤 하던 어린 시절 철새의 비행이 떠올랐다고 말했다. 에스키모는 물론 허드슨만을 무대로 활동하는 사냥꾼과 상인들도 아침 하늘을 배경으로 허드슨만을 건너 동쪽으로 사라져가는 철새의 마지막 비행을 보았다.

안개 속 어디에선가 보라색 시로미 덤불이 깔린 래브라도(Labrador)의 바위 많은 해안이 등장했다. 조금 더 날아가니 노바스코샤의 모래톱이 나왔다. 래브라도에서 노바스코샤까지 비행하며 새들은 잘 익은 시로미 열매와 딱정벌레, 각종 애벌레와 갑각류를 사냥해 온몸에 지방을 축적하고 근육에 에너지를 공급했다.

하지만 곧 새의 무리는 다시금 하늘과 바다가 만나는 안개 낀 수평선 속으로 날아갔다. 새들은 남쪽을 향해 노바스코샤부터 남아메리카까지 3000킬로미터를 비행해야 했다. 먼 바다에서 보트에 타고 있던 사람들도 수면 가까이 붙어 남쪽을 향해 날아가는 새들을 보았다. 새들은 자신의 목적지를 확실히 알고 있어 아무런 혼란도 없는 것처럼 보였다.

몇 마리는 아마 이 비행에서 이탈할 것이다. 나이 들거나 병에 걸린 새들은 대열에서 떨어져 혼자 쓸쓸한 곳에서 죽어갈지도 모른다. 더러는 단순한 즐거움 때문에 용감하고 맹렬한 철새의 삶을 중단시키는 사냥꾼의 총에 맞을지도 모른다. 또 더러는 지쳐서 바다에 떨어지기도 할 것이다. 하지만 달콤한 소리를 내며 북쪽 하늘을 가로질러 날아가는 이 철새들은 실패나 고난을 인식하지 않는다. 이동에 대한 흥분으로 다른 모든 욕망과 열정을 불태워버리는 것이다.

04

여름의 끝

이제 막 흰 깃털이 나고 있는 세가락도요가 '배 모래톱'이라고 부르는 해안을 뛰어다니며 히파게를 잡아먹는 9월이었다. 북쪽 툰드라에서 날아온 도요새는 허드슨만과 제임스만의 모래톱, 뉴잉글랜드 남부 해변에서 먹이를 먹느라 잠시 쉬기도 했다. 북쪽을 향해 날아가려는 본능적 욕망을 봄철에 이미 충족했기 때문에 가을철 이동을 서두를 필요는 없었다. 바람과 태양이 가리키는 대로 새들은 남쪽을 향해 날아갔다. 북쪽에서 합류한 새들로 해안의 무리는 점점 더 커졌다. 그리고 많은 철새가 겨울 둥지를 찾아 이곳에 남았다. 오직 남쪽 해안 끝자락에 자리한 물새 무리만이 계속해서 남아메리카 최남단으로 향했다.

거품 이는 모래톱 끝자락에서 물새의 울음이 다시 한 번 울려 퍼졌다. 염습지에서는 마도요의 휘파람 소리가 들려왔다. 여름의 끝을 알리는 다른 징조도 있었다. 9월이 되자 뱀장어들은 바다로 헤엄치기 시작했다. 언덕과 고지대 초지 근처에서 뱀장어가 내려왔다. 검은 강물이 시작되는 삼나무 늪지에서 온 뱀장어는 바다에서 큰 걸음으로 여섯 발 정도 떨어져 조수의 영향을 받는 평지를 건너 이동했다. 이들은 강어귀와 좁은 만에서 미래의 배우자를 만났다. 은빛 웨딩드레스를 입은 뱀장어는 썰물을 따라 바다로 나갔고, 깊은 해양의 어두운 심연으로 모습을 감추었다.

9월이 되자 지난봄 강과 시냇물에 산란한 알에서 어린 섀드가 태어나 강물을 따라 바다로 흘러갔다. 처음에는 강어귀로 향하는 완만한 물살의 흐름에 맞춰 움직였다. 사람 손가락 정도 크기에 지나지 않는 작은 물고기들은 가을비가 오고 바람이 바뀌면서 수온이 낮아지자 서둘러 더 따뜻한 바다로 향했다.

계절의 막바지인 9월에 새로 부화한 새끼 새우들도 좁은 만을 지나 넓은 바다로 나갔다. 새로운 어린 생명의 유입은 의미심장한 일이다. 그 어떤 사람도 본 적 없고 그 어떤 사람도 설명할 수 없는 이 여행은 다 자란 새우의 이동에 앞서 몇 주 동안 이뤄졌다. 봄과 여름 내내 더 많은 새우가 성년이라 할 수 있는 1년생이 되었고, 해안 근처를 떠나 대륙붕을 건넌 녀석들은 바닷속 골짜기의 푸른 경사면으로 내려갔다. 다 자란 새우들이 다시 돌아오지 않을 여행을 떠나고 몇 주 후, 새끼 새우들은 안전한 바다에서 보호를 받는다. 새끼 새우는 여름과 가을 내내 좁은 해협과 강어귀로 향해 진흙 바닥 위 야트막하고 따뜻한 소금기 있는 물이 고인 곳을 찾는다. 거머리말이 깔려 있는 이곳에서 배고픈 물고기로부터 몸을 피하고 풍부한 먹이를 열심히 먹는다. 빠른 속도로 자란 어린 새우는 좀더 짠 물과 좀더 깊은 리듬을 찾아 다시 바다로 향한다. 계절 막바지에 산란한 가장 어린 새우는 9월의 썰물과 밀물 때마다 좁은 해협을 통해 들어오고,

조금 더 큰 새우는 만을 통해 바다로 나간다.

9월이면 모래 언덕에서 자라는 시오츠의 꽃차례가 황금색으로 변한다. 태양 아래 자리 잡은 늪지대가 염전에 난 풀의 초록색과 갈색으로, 골풀의 자주색으로, 퉁퉁마디의 진한 자주색으로 반짝였다. 강둑 늪지대의 고무나무는 이미 붉은 불꽃처럼 보였다. 가을이 오는 기색을 밤공기 속에서도 발견할 수 있었다. 따뜻한 늪지대로 넘어온 공기가 안개로 변해 풀숲 사이에 있는 왜가리의 모습을 감출 정도였다. 새벽에는 늪지의 풀줄기를 수천 개나 넘어뜨리며 조심스럽게 만들어놓은 통로를 따라 달리던 들쥐가 흰매의 눈을 피해 숨었다. 색줄멸의 일종인 은줄멸(silverside) 한 무리도 흰 바다 위를 나는 제비갈매기를 피해 몸을 숨겼다. 태양이 안개를 흩뜨려놓을 때까지 제비갈매기는 물고기를 한 마리도 잡지 못했다.

쌀쌀한 밤공기가 해협 곳곳에 흩어져 사는 많은 물고기한테 불안을 안겨주었다. 비늘이 커다랗고 지느러미에 가시 4개가 커다란 돛처럼 달린 회색 물고기들이다. 해협과 강어귀에서 여름을 보낸 숭어과 물고기 멀릿은 바닷속 진흙 바닥에서 동물의 잔해나 식물의 조각을 먹으며 거머리말과 나사줄말 사이에서 외롭게 헤엄치고 있었다. 매년 가을 멀릿은 해협에서 바다로 먼 여행을 떠나고, 그 과정에서 다음 세대를 낳는다. 가을의 첫 추위가 바다의 리듬을 통해 물고기들에게 이동의 본능을 일깨웠다.

차가운 수온과 여름의 끝에 이르러 등장한 조수의 변화는 만에 사는 어린 물고기들에게 바다로 돌아가라고 말하는 소환 신호 같았다. '멀릿 연못'에는 빨판매가리와 멀릿, 색줄멸, 미노가 살았다. 평행사도의 모래 언덕은 '배 모래톱'으로부터 떨어져 있고, 바다에서 태어난 어린 물고기들은 그해 초 일시적으로 만들어진 통로를 이용해 연못으로 이동한 터였다.

보름달이 하늘에 풍선처럼 걸려 있던 어느 날, 달이 둥글게 커지며 인력이 강해지자 바닷물은 밀물이 되어 내해 해변에 있는 작은 도랑을 모두 쓸어버렸다. 파도가 가장 높을 때에만 연못에 바닷물이 들어왔다. 부두를 떠난 고기잡이배가 연못을 가로질러 난 좁은 수로나 구렁의 둑으로 건너가는 시간보다 더 빠르게 모래를 옮겨가며 밀려왔다 밀려가는 파도가 해변의 약해진 곳을 공격했다. 4미터쯤 건너에 병목 지대가 만들어졌는데, 바닷물이 해변으로 밀려오자 이곳에서 파도가 말려 올라갔다. 바닷물이 물방아처럼 굽이쳐 포말을 만들었다. 파도가 연거푸 밀려오는 바람에 구렁과 연못으로 바닷물이 들어왔다. 솟구쳐 올랐다 내려가는 물로 인해 연못 바닥에 울퉁불퉁한 골이 생겼다. 연못에 물을 대주는 늪지까지 바닷물이 밀려오더니 풀줄기와 붉게 물든 퉁퉁마디 사이로 조용히 퍼져갔다. 파도에 의해 생겨난 거품이 늪지 안의 갈색 풀줄기를 덮었다. 모래 섞인 거품이 풀줄기 사이를 채워 늪지가 마치 짧은 풀로 빽빽하게 뒤덮인 해변처럼 보였다. 실제로는 물속에서 30센티미터 정도 자란 풀의 3분의 1가량이 거품 위로 보이는 것이지만 말이다.

튀어 오르고 질주하고 거품을 내고 소용돌이치며 밀려드는 바닷물로 인해 연못과 늪지에 갇혀 있던 작은 물고기 수천 마리가 빠져나왔다. 물고기들은 혼란 속에서 정신없이 헤엄쳐 깨끗하고 맑은 물을 만났다. 깜짝 놀란 녀석들은 물살에 몸을 맡긴 채 튀어 올랐다 뒤집어 헤엄치기를 반복했다. 수렁 중간쯤 도달해 공중으로 튀어 오를 때마다 반짝이는 곤충 떼처럼 생동감 넘치는 은빛을 흩뿌렸다. 바다로 헤엄쳐 나가려는 물고기들을 물살이 막아섰다. 상당수 물고기는 솟아오른 물살의 경사면에 갇혀 꼬리를 위로 한 채 거센 파도를 거스르느라 속절없이 애를 썼다. 마침내 거센 물살에서 빠져나온 물고기들은 다시 춤추는 파도와 깨끗한 모랫바닥, 차가운 푸른 물이 기다리는 거대한 대양으로 헤엄쳐 갔다.

그동안 이 물고기들은 어떻게 연못과 늪에 머물렀을까? 물고기들은 늪지대의 풀 사이에서 온몸을 반짝이며 무리 지어 연못 밖으로 튀어나갔다. 이 엄청난 탈출은 잠시도 멈추는 법 없이 한 시간 넘게 계속되었다. 아마도 그중 상당수는 연필로 가늘게 그린 것 같은 초승달이 뜬 지난봄에 연못으로 왔을 것이다. 그리고 달이 둥그렇게 배가 불러 또 다른 봄의 조수를 맞이하면 들뜨고 요란하고 기운 넘치는 바닷물이 또 다른 물고기들을 불러들였다.

물고기는 흰색 포말이 부서지는 파도 끝을 넘어 나아갔다. 그다음 파도가 몰려오며 형성된 부드러운 초록 물결을 넘고, 드넓게 열린 바다에서 밀려온 파도를 흔들어 하얀 포말로 만들어버리는 모래톱에 도달했다. 하지만 그곳에서는 제비갈매기가 파도 끝자락에서 먹이 사냥을 하고 있어 작은 물고기 수천 마리는 이 바다의 관문을 통과할 수 없었다.

하늘이 멀릿의 등처럼 회색빛으로 변하고 구름이 파도처럼 밀려왔다. 여름철 내내 남서쪽에서 불어오던 바람은 북쪽으로 방향을 바꾸었다. 이런 날 아침이면 강어귀와 좁은 해협 모래톱에서 튀어 오르는 커다란 멀릿이 눈에 띄곤 했다. 어부의 고깃배가 해변 모래사장 위로 올라와 있었다. 그 안에는 건착망(purse seine) 그물 더미가 놓여 있고, 해변에서는 사람들이 시선을 바다에 고정한 채 참을성 있게 기다렸다. 어부들은 날씨가 변해 멀릿 무리가 좁은 해협으로 몰려들리라는 것을 알고 있었다. 바람이 불어오기 전에 물고기 무리가 좁은 만을 통과해 해안을 따라 내려오므로, 윗

세대에서 다음 세대로 물고기는 오른쪽 눈으로 해변을 보며 헤엄친다는 말이 전해져왔다. 어떤 멀릿은 북쪽에 자리한 좁은 해협에서 헤엄쳐 오고 다른 멀릿은 평행사도를 따라 이어진 이동 통로를 통해 들어왔다. 몇 세대를 거쳐 확인해온 교훈을 떠올리며 어부들은 빈 그물을 배에 실은 채 기다렸다.

멀릿이 헤엄쳐 내려오기를 기다리는 어부들 옆에 또 다른 낚시꾼들이 자리 잡고 있었다. 그중엔 물수리 판디온(Pandion)도 있었다. 어부들은 작고 어두운 그림자를 드리우며 날아가는 판디온을 매일 지켜보았다. 모래 언덕 사이와 좁은 만 근처 해변에서 시간을 보내며 물고기 떼를 기다리던 어부들은 물수리가 바닷속으로 다이빙할 때면 내기를 걸었다.

판디온은 5킬로미터 떨어진 강변의 소나무 위에 둥지를 틀었다. 여기서 짝과 함께 알을 낳아 세 마리를 부화시켰다. 갓 태어난 새끼들은 오래된 나뭇등걸색 솜털로 뒤덮여 있었다. 새끼들 몸에 깃털이 나고 스스로 물고기를 잡을 수 있게 되었지만, 평생 서로에게 헌신해온 판디온과 그 짝은 자신들이 매년 사용해온 둥지에서 계속 지냈다.

둥지는 바닥이 180센티미터 정도 되고 윗부분의 넓이는 그 절반 정도였다. 아마 캐롤라이나 일대, 만을 끼고 있는 지역의 먼지 날리는 길을 따라 노새가 끄는 농장 수레보다 클 것이다. 물수리 부부는 파도에 밀려온 재료를 사용해 둥지를 고치며 넓혀갔다. 높이 12미터에 이르는 소나무는 둥지를 지탱하는 지지대 역할을 했는데, 둥지를 짓느라 사용한 나뭇가지와 줄기, 잔디의 무게로 인해 둥지 아래 가지들은 거의 죽어버렸다. 물수리는 밧줄 달린 6미터짜리 예인망을 주워 올리고, 낚시 장비에 달려 있는 코르크 부표, 새조개 껍데기와 굴 껍데기, 독수리 뼛조각, 양피지 부스러기 같은 고둥의 껍질막, 부서진 노, 어부의 장화, 크고 뒤얽힌 해초 등을 얽어서 둥지를 만들었다.

이 썩어가는 커다란 둥지 아래에는 작은 새들의 둥지가 자리했다. 그해 여름 이곳으로 참새 세 가족, 찌르레기 네 가족, 캐롤라이나굴뚝새 등이 찾아온 것이다. 봄에는 올빼미가 물수리 둥지의 일부분을 차지했고, 검은댕기해오라기도 찾아왔다. 이런 동숙자들로 인해 물수리도 고난을 겪었다.

음울하고 쌀쌀한 날이 3일간 계속된 후, 드디어 태양이 구름을 밀쳐냈다. 멀릿들은 바다 위에서 어른거리는 따뜻한 공기 기둥을 타고 물수리가 날개를 펴며 날아오르는 것을 지켜보았다. 날아가는 물수리 아래로 바다가 산들바람에 물결치는 초록색 비단처럼 보였다. 좁은 해협의 모래톱에서 쉬고 있는 제비갈매기는 개똥지빠귀만 한 크기였다. 검게 빛나는 등을 자랑하는 돌고래 떼는 솟구쳐 오르내리기를 반복하며 바다 표면에 어두운 그림자를 드리웠다. 노랑가오리가 세 번 수면에서 뛰어올랐다가 철썩 소리를 내며 바람을 가르고 사라지는 모습에 물수리의 호박색 눈이 깜박거렸다.

물수리가 날아간 뒤 초록색 장막에 그림자가 드리웠다. 물고기 한 마리가 머리를 내밀자 수면에 잔물결이 일었다. 물수리 무길(Mugil)이 날고 있는 60미터 아래 바다에서 헤엄치고 있는 멀릿이었다. 신이 나서 공중으로 뛰어오르기를 반복하며 세 번째 도약을 하기 위해 몸을 움츠린 멀릿을 하늘에서 내려온 검은 물체가 단단히 조인 발톱으로 잡아챘다. 물수리는 날카로운 발톱으로 500그램 정도 나가는 멀릿을 잡아 5킬로미터 떨어진 둥지로 향했다.

강을 따라 날아가며 물수리는 멀릿의 머리를 더 세게 잡았다. 둥지가 가까워지자 왼쪽 발톱의 힘을 조금 빼고 비행 상태를 확인했다. 그리고 여전히 오른쪽 발톱으로 멀릿을 움켜잡은 채 둥지 밖 나뭇가지에 내려앉았다. 물수리는 한 시간 동안 물고기를 느릿느릿 먹었는데, 짝이 둥지로 돌아오자 남은 물고기 위로 몸을 굽히며 위협했다. 둥지 만들기가 끝났으니 새들은 이제 자기가 먹을 식량을 각자 직접 사냥해야 했다.

고기를 잡기 위해 다시 강으로 돌아간 물수리는 수면 가까이로 급강하해 날갯짓을 하며 발을 강에 담갔다. 발톱에 묻은 물고기의 점액을 닦는 것이다.

커다란 밤색 새 한 마리가 강 서쪽 둑에 있는 소나무에 앉아 강어귀 늪지대를 내려다보며 물수리를 관찰했다. 해적이라 할 수 있는 대머리독수리 화이트 팁(White Tip)은 스스로 물고기를 잡는 일 없이 다른 물수리가 잡은 먹이를 훔쳐 먹고 살았다. 물수리가 해협 위로 날아가자 대머리독수리는 그 뒤를 따라 공중으로 날아올라 훨씬 더 높은 곳에 자리를 잡았다.

2개의 어두운 형상이 한 시간 동안 하늘을 맴돌았다. 더 높은 곳에 있던 화이트 팁은 물수리가 갑자기 아래로 뚝 떨어지며 참새만큼 크기가 줄어들고, 하얀 물보라를 일으키며 바닷속으로 사라지는 것을 목격했다. 30초쯤 후 물수리는 다시 물 밖으로 나오며 날갯짓을 힘차게 했다. 그리고 15미터 정도 곧장 솟구쳐 오르더니 곧장 강 하구로 날아갔다.

물고기를 잡은 물수리는 소나무 숲에 있는 둥지로 향했다. 그때 날카로운 소리가 하늘에 울려 퍼졌다. 물수리보다 300미터 높은 곳에서 대머리독수리가 추적을 해온 것이다.

물수리는 분노의 소리를 질렀다. 그러곤 날갯짓을 2배 빠르게 해서 상대가 공격하기 전에 서둘러 소나무 위 둥지로 가기 위해 애썼다. 하지만 발톱으로 잡고 있는 멀릿이 무거운 데다 버둥거리는 바람에 속도가 늦었다.

섬과 본토 사이, 강 하구로부터 몇 분 정도 떨어진 거리에서 대머리독수리는 물수리 바로 위를 날았다. 날개를 반만 편 독수리가 속도를 급히 늦추었다. 날개 사이로 바람이 지나갔다. 물수리를 지나쳐 날아가며 빙빙 돌더니 공격을 하기 위해 발톱을 드러냈다. 대머리독수리가 8개의 언월도 같은 발톱을 드러내며 쫓아오자 물수리는 몸을 비틀어 교묘히 피했다. 대머리독수리가 다시 덤비기 전에 물수리는 50미터, 150미터 높이 날아올랐다. 하지만 대머리독수리가 이내 물수리보다 훨씬 높게 날아올랐다. 물수리는 또다시 솟구쳐 올라 자신의 적보다 더 높은 곳으로 날아갔다.

그러는 동안 물수리에게 잡힌 물고기는 온몸이 축 처지더니 저항도 그만두었다. 깨끗한 유리컵 표면에 맺힌 물방울처럼 얇은 필름이 눈앞을 가렸다. 물고기의 몸을 감싸고 있던 무지갯빛 어린 초록색과 금색이 희미해지며 생명의 아름다움도 사라져버렸다.

물수리와 대머리독수리는 번갈아가며 솟구쳤다 몸을 굽혀 높이 날아올라 공기마저 희박한 곳, 저 아래 해협과 모래톱과 흰 모래가 구분 없이 하나로 보이는 곳까지 올라갔다.

"칩! 칩! 치직! 치직!" 흥분한 물수리가 울어댔다.

대머리독수리의 발톱을 겨우 피한 물수리의 가슴에서 20개쯤 되는 흰 깃털이 뜯겨졌다. 갑자기 물수리가 돌멩이처럼 날개를 접으며 수면을 향해 빠르게 떨어졌다. 바람이 귀 옆을 스치고 눈은 반쯤 보이지 않는 상태였다. 해협을 향해 내려가는 동안 깃털도 더 많이 빠졌다. 더 기운 세고 더 참을성 있는 적을 앞서려는 마지막 안간힘이었다. 하지만 지치지 않는 검은 물체가 물수리보다 더 빨리 내려왔다. 해협의 고깃배가 마치 갈매기처럼 크게 보일 만큼 수면 가까이 다가왔을 때 대머리독수리는 물수리가 잡고 있는 물고기를 낚아챘다.

대머리독수리는 소나무에 있는 자기 둥지로 물고기를 가져가 살과 뼈까지 비틀어 찢어 먹었다. 한편 대머리독수리가 둥지에 도착할 무렵, 물수리는 다시 물고기를 사냥하기 위해 힘들게 날개를 움직여 바다로 날아갔다.

05

바다를 향해 부는 바람

다음 날 아침, 북풍이 내해로 불어와 파도를 갈가리 헤쳐놓고, 부서진 파도는 거센 물보라로 나부꼈다. 바람의 방향이 바뀐 것을 확인한 멀릿은 기쁨에 겨워 뛰어올랐다. 얕은 강어귀와 해협의 모래톱을 넘은 물고기는 수면 위 공기를 통해 바닷물에 갑자기 서늘한 기운이 흐르는 걸 느꼈다. 멀릿은 여전히 태양의 따뜻함을 간직하고 있는 바닷속 깊은 곳으로 내려갔다. 여기저기서 커다란 무리를 지어 모여든 멀릿은 해협의 수로로 향했다. 수로는 좁은 내해로 이어졌고, 이 내해는 넓게 열린 바다로 향하는 관문이었다.

바람이 북쪽에서 불어왔다. 물고기 떼는 바람에 앞서 강어귀로 헤엄쳐 나갔다. 해협을 건너 좁은 내해로 부는 바람을 맞으며 바다로 향했다.

멀릿은 썰물을 따라 깊고 푸른 물결과 흰 모랫바닥 위를 지나갔다. 매일 힘차게 또 급하게 바다와 육지로 향하는 바닷물은 주위의 모든 생물을 쓸어버렸다. 황금색 태양빛을 받은 수면은 수천 개의 조각으로 이루어진 듯 반짝거렸다. 멸릿이 한 마리씩 해협의 반짝이는 수면 위로 모습을 드러냈다. 한 마리씩 빨라지는 리듬에 몸을 굽히고 온 힘을 모아 공중으로 뛰어올랐다.

조수에 맞춰 헤엄치는 멸릿은 '재갈매기 사주(Herring Gull Shoal)'라고 부르는 길고 좁은 모래톱을 지나갔다. 모래가 파도에 쓸려가는 걸 방지하기 위해 무거운 돌로 벽을 만들어놓은 곳이다. 부풀어 오른 초록색 엽상체(frond, 葉狀體)가 따개비와 굴로 희끄무레해진 돌 벽에 들러붙어 있었다. 방파제 돌 사이 어둠 속에서는 작고 사악한 눈이 해초 사이를 지나가는 멸릿을 지켜보고 있었다. 바위틈에 살며, 무게가 7킬로그램에 이르는 바다뱀장어였다. 몸통이 굵은 바다뱀장어는 방파제의 어두운 벽을 따라 헤엄치는 물고기를 잡아먹고 살았다.

헤엄치는 멸릿으로부터 30센티미터 위에서는 색줄멸이 열을 지어 지나갔다. 햇빛에 반사된 몸이 반짝이는 티끌 같았다. 때때로 색줄멸 20여 마리가 수상 세계의 표면을 덮은 얇은 막을 뚫고 물 밖으로 뛰어올랐다가 빗방울처럼 떨어졌다. 처음엔 살짝, 나중엔 날카롭게 대기와 바다 사이의 단단한 장막을 찢었다.

멸릿은 조수에 이끌려 나아갔다. 그렇게 휴식을 취하는 갈매기들의 식민지라고 할 수 있는 해협의 모래더미를 12개 정도 지났다. 조가비 사이에 진흙과 모래가 쌓이고 늪지 식물의 씨앗이 흙과 섞여 만들어진 오래된 돌 위에서 갈매기 두 마리가 젖은 모래에 절반쯤 묻혀 있는 개량조개를 열심히 잡고 있었다. 갈매기들은 무겁고 매끄러운 황갈색 또는 라일락색 껍데기를 깨고 딱딱한 부리를 열심히 움직여 그 안에 들어 있는 보드라운

살을 먹었다.

멀릿은 조수의 흐름에 의지해 떠 있는 커다란 부표를 지나갔다. 쇠로 된 부표 부속물이 물결에 따라 올라갔다 내려가기를 반복했다. 바다의 리듬이 바뀌고 쇠가 흔들리며 내는 소리도 높낮이와 템포가 변했다. 부표는 썰물과 밀물이 만드는 파도의 흐름 위에 올라탄 채 물결 사이의 홈을 따라 움직였다.

지난봄 이래 제대로 닦거나 색을 새로 칠한 적 없는 부표였다. 따개비와 말조개 껍데기, 주머니처럼 생긴 멍게와 부드러운 이끼 조각 같아 보이는 태선동물(bryozoa, 苔蘚動物)이 표면에 두껍게 붙어 있었다. 모래와 진흙 퇴적물, 초록색 해초 줄기가 조가비와 단각류(amphipod, 端脚類) 바다동물 사이에도 달라붙어 있었다. 이 두껍고 홀쭉한 몸체의 단각류 동물은 바로 바다벼룩이었다. 겉껍데기가 딱딱한 바다벼룩은 먹이를 찾아 끊임없이 뛰어올랐다 내려오기를 반복했다. 바구니불가사리가 굴과 말조개 위를 기어 다니더니 강력한 흡판으로 사냥감을 잡고 껍데기를 강제로 벌렸다. 조개들 사이에서는 말미잘이 먹이를 잡기 위해 촉수를 계속 열고 닫았다. 부표 근처에 살고 있는 바다 동물 20여 종은 몇 달 전, 그러니까 해협과 작은 만에 유충과 유생이 가득하던 계절에 태어났다. 유리처럼 투명하고 연약한 각종 유생은 적절한 환경을 찾지 못하면 바로 죽을 운명이었다. 그중 다수는 자기 몸에서 끈적거리는 체액을 뿜어내거나 족사(byssus, 足絲), 고착부 등을 이용해 커다란 부표에 달라붙어 있었다. 그렇게 평생 여기에 달라붙어 물결이 움직이는 대로 흔들리며 살아야 했다.

좁은 내해 안쪽으로 물길이 넓어지며 모래를 훑어내는 파도 때문에 연녹색 물이 어둡게 변해갔다. 멀릿은 계속 헤엄을 쳤다. 파도의 울림이 커졌다. 물고기는 예민한 옆줄을 통해 바다의 진동을 느꼈다. 긴 내해의 사주에서 파도가 스러지며 흰 거품을 만들어내 생긴 현상이었다. 해협을 지난 멀릿은 더 이상 바다의 리듬을 느낄 수 없었다. 대서양 깊은 곳에서 울리는 파도의 갑작스러운 상승과 하강을 더 이상 확인할 수 없게 된 것이다. 멀릿은 첫 번째로 밀려온 파도선 밖에서 크게 튀어 올랐다. 한 마리씩 바다 표면으로 올라와 공중으로 뛰었다가 하얀 물보라와 함께 다시 떨어져 무리와 합쳤다.

좁은 만 모래 언덕 위에서 상황을 살피던 어부는 멀릿이 해협을 지나 밀려 나오는 것을 목격했다. 멀릿이 뛰어오를 때 뿌려지는 물보라를 냉정한 눈으로 살피며 물고기 떼의 크기와 이동 속도를 짐작했다. 해안 아래쪽에서는 동료 어부들이 탄 배 세 척이 기다리고 있었는데, 그는 첫 번째 멀릿 떼를 보고도 신호를 보내지 않았다. 조수는 여전히 썰물이었다. 물이 계속 빠지고 있어 그 물살을 거슬러 그물을 치는 건 힘들어 보였다.

바람이 불어와 모래를 쌓고 소금기와 태양이 더해져 언덕을 만들어냈다. 바람이 북쪽에서 불어왔다. 움푹 들어간 언덕 골짜기 해변가 풀들이 바람을 맞아 쓰러져 뾰족한 끝이 모래 위에 끝없는 원을 그렸다. 바람이 모래톱에서 모래를 운반해 엷은 흰색 안개처럼 바다 근처에 쌓았다. 지면에서 밝은 안개가 피어오르는 듯 멀리서 강둑 위의 공기 흐름이 어슴푸레하게 보였다.

강둑의 어부들은 이 모래 안개를 보지 못했다. 눈과 얼굴이 따끔거리고 머리카락과 옷 속으로 모래가 들어오면서 비로소 상황을 인식했다. 손수건을 꺼내 얼굴에 두르고 긴 챙이 달린 모자를 푹 눌러 썼다. 북쪽에서 불어오는 바람 때문에 얼굴에 모래가 묻고 고깃배가 떠 있는 바다도 거칠어졌다. 이는 멸릿이 움직인다는 의미이기도 했다.

뜨거운 태양이 해변가에 있는 사람들에게 내리꽂혔다. 여자들과 아이들도 일손을 돕기 위해 나와 있었다. 맨발의 아이들은 바닷가 모래밭에 만들어진 물웅덩이 속에서 철벅거렸다.

조수가 바뀌자 고깃배 중 한 척이 물고기 잡을 준비를 했다. 이런 파도에 배를 띄우기란 쉬운 일이 아니다. 자리가 정해져 있는 기계 부품처럼 어부들은 일사불란하게 배에 올라탔다. 고깃배는 초록색 소용돌이 속으로 허우적대듯 나아갔다. 어부들은 노를 저으며 기다렸다. 선장은 팔짱을 낀 채 뱃머리에 서서 배가 흔들릴 때마다 균형을 잡느라 다리에 힘을 주며 해협 쪽 수면을 바라보았다.

저 초록색 바다 어딘가에 수백수천 마리 물고기가 있을 터였다. 그 물고기들이 곧 그물 안으로 들어올 것이다. 북풍이 불고, 멸릿은 해협을 통과해 해안을 따라 움직이고 있었다. 수천 년, 아니 그보다 더 오래전부터 계속해왔던 일이다.

갈매기 대여섯 마리가 바다 위에서 울고 있었다. 멸릿이 다가오고 있다는 의미였다. 갈매기는 멸릿을 별로 반기지 않았다. 대신 커다란 고기가 얕은 바다로 움직일 때 놀라서 허둥대는 미노를 기다렸다. 멸릿은 사람이 해변에서 걷는 것 같은 속도로 이동했다. 망을 보던 어부가 물고기 떼를 확인했다. 그는 고깃배 쪽으로 걸어가면서도 물고기 떼를 주시했다. 그러곤 팔을 흔들어 물고기의 이동 방향을 다른 배에 알려주었다.

어부들은 배의 가로장에 발을 대고 노를 당겨 커다란 반원을 그리며 해안으로 나아갔다. 무거운 그물을 배의 꼬리에서 천천히 드리우자 물 위의 코르크 부표가 흔적을 남기며 흔들거렸다. 해변에서는 그물 한쪽 끝에 달린 로프를 예닐곱 명이 붙잡고 있었다.

배 주변은 온통 멀릿 떼였다. 멀릿이 등지느러미로 물살을 가르며 튀어 올랐다 내려오길 반복했다. 어부들은 물고기 떼가 도망가기 전 해변으로 바짝 다가가 그물을 쳤다. 파도가 허리 깊이 정도로 밀려왔다. 사람들이 물속으로 뛰어들더니 배를 끌어당겨 해변 위로 올려놓았다.

멀릿이 헤엄치는 얕은 바다는 투명한 녹색이지만, 물결이 일 때마다 모래가 뒤섞여 어두워 보였다. 물고기는 소금물을 맛볼 수 있는 바다로 돌아와 흥분한 상태였다. 강력한 본능에 이끌려 연안의 얕은 물가를 떠난 멀릿은 바다가 시작되는 푸른색 심연으로 여행을 시작한 터였다.

멀릿의 이동길인 햇빛 드는 푸른 바다에 그림자가 드리웠다. 어슴푸레한 회색 커튼 사이에서 십자형으로 교차된 가느다란 막대가 슬며시 나타났다. 그물에 부딪힌 첫 번째 멀릿 무리는 지느러미로 물을 가르며 잠시 주춤했다. 다른 물고기들은 뒤에서 따라오다 그물에 걸렸다. 공포의 물결이 물고기에서 다른 물고기로 전해지자 모두가 해안가로 몸을 돌려 도망치기 시작했다. 해변가에서는 어부들이 밧줄을 붙잡고 있었다. 헤엄치기 쉽지 않은 바다에 그물 벽이 넓게 쳐졌다. 물고기들은 바다 쪽으로 헤엄을 쳤지만 그물 벽은 점점 더 좁아질 뿐이었다. 해안가의 어부들이 무릎 정도 깊이의 바다에서 물과 멀릿의 무게를 버티는 그물에 연결된 밧줄을 당기며 걸어왔다.

어부들이 그물을 해안 쪽으로 잡아당기자 예인망 안에 갇힌 물고기들이 느끼는 압박도 점차 커졌다. 도망갈 길을 찾으려 필사적으로 애쓰는 멀릿 떼는 다 합해 수천 킬로그램이나 되는 무게로 그물 속에서 저항했다. 물고기 떼의 무게에 도망치려는 힘이 더해져 그물 바닥이 조금 떠올랐다. 순간, 일부 멀릿은 모래에 배를 비벼대며 그물 밑으로 미끄러져 깊은 바다로 도망쳤다. 바닷속 움직임에 예민한 어부들은 그물이 들리는 것을 느꼈다. 물고기가 빠져나간다고 직감한 그들은 근육이 선명하게 불거지고 등이 아플 때까지 그물을 힘껏 끌어당겼다. 몇몇 어부는 턱까지 차오른 바다로 뛰어들어 그물 바닥을 고정시키느라 애썼다. 하지만 바깥쪽 부표는 한참 멀리 떨어져 있었다.

갑자기 물고기 떼가 물 위로 튀어 올랐다. 수백 마리 멀릿이 일제히 수면 위로 튀어 올랐다가 다시 바다로 떨어졌다. 등을 돌리고 있는 어부들을 향해 멀릿 떼가 비 오듯 떨어졌다. 어부들은 코르크 라인(cork line)을 물 위로 들어 올리고, 그물을 흔들어 고기를 떼어내느라 애썼다.

해변에서는 그물 2개를 놓고 작업이 한창이었다. 어른 주먹만 한 물고기 머리가 그물망에 걸려 있었다. 수심을 측정하는 측연선에 연결된 밧줄을 빠르게 잡아당기자 그물이 물고기로 불룩해졌다. 그물은 이내 커다랗고 길게 늘어진 가방 모양이 되었다. 그물을 해안가 얕은 바다로 끌어올렸다. 그러자 마지막 힘을 다해 분노를 표현하는 수천 마리 멀릿의 머리가 젖은 모래에 부딪쳐 마치 손뼉 치는 것 같은 소리를 냈다.

어부들은 손을 분주히 움직여 그물에서 멀릿을 떼어내 대기하고 있던 배에 던져 넣었다. 그물을 솜씨 좋게 흔들어 작은 물고기를 털어냈다. 어린 송어와 빨판매가리, 지난해에 산란한 멀릿과 어린 삼치, 양머리돔(sheepshead), 농어 따위가 잡혔다.

너무 작아 팔 수도, 먹을 수도 없는 어린 물고기는 해변에 버렸다. 버려진 어린 물고기들은 메마른 모래를 몇 미터 지나 바다로 돌아갈 방법을 찾아야 했다. 몇몇 물고기는 파도에 밀려 바다로 돌아갔다. 하지만 나머지는 해변에 널린 나뭇가지나 해초, 조가비와 시오츠의 그루터기 사이에 끼어 옴짝달싹 못했다. 그러다 보면 사냥꾼이 몰려들게 마련이다.

어부들이 두 번 정도 그물을 더 거둔 후 만조가 되었다. 이윽고 물고기를 잔뜩 실은 배들이 돌아갔다. 회색 바다를 배경으로 흰 모래톱에서 날아온 갈매기 무리가 해변의 물고기를 잔뜩 먹었다. 갈매기들이 먹이를 놓고 싸움을 벌일 때 작고 검은 깃털을 지닌 새 두 마리가 조심스럽게 다가왔다. 녀석들은 해변의 좀더 높은 곳으로 물고기를 가져가 먹어치웠다. 그들은 해변 언저리에서 먹이를 찾아다니는 고기잡이까마귀로, 죽은 게나 새우 등 바다의 부산물을 먹고 살았다. 해가 지자 숨어 있던 구멍에서 나온 달랑게 군단이 해변에 남겨진 물고기의 마지막 잔해마저 깨끗이 해치워버렸다. 그보다 먼저 모래벼룩이 모여들어 고기의 사체를 나름의 방식으로 재생하느라 바빴다. 바다에서는 아무것도 그냥 사라지지 않는다. 무엇 하나가 죽으면 다른 하나가 산다. 생명의 중요한 요소가 계속해서 끝없는 순환을 이어가는 것이다.

그날 밤 마을의 불빛이 하나둘씩 꺼지고 어부들이 북풍의 한기를 이겨내려 난롯가로 모여들 때, 아무런 방해도 받지 않고 해협을 지난 멀릿은 해안을 따라 서쪽과 남쪽으로 헤엄쳐 갔다. 거대한 물고기의 항로 같은 물마루 위로 달빛이 은색처럼 어른거렸다.

2부

Under the Sea-Wind

갈매기의 길

06

봄 바다의 이주자

체서피크곶과 케이프곶 사이, 대륙이 끝나고 진짜 바다가 시작되는 곳은 조석점에서 80~160킬로미터 떨어진 지점이다. 진짜 바다의 시작은 해안으로부터의 거리가 아니라 깊이로 판단한다. 완만하게 경사진 해저면이 이어지다 100패덤(fathom: 바다나 광산의 깊이 단위. 1패덤은 약 1.83미터—옮긴이) 아래에서 희미한 빛이 깜깜한 어둠으로 급작스럽게 바뀌며 경사 급한 암벽 혹은 가파른 절벽이 된다.

대륙의 끝 푸른 안개 속에서 고등어 무리는 8개월간 상층수(上層水)에서 계속 움직이며 가장 추운 겨울철 4개월간 휴면 상태에 있었다. 깊은 바다로 넘어가는 문턱에서 이들은 여름철 충분히 먹이를 섭취해 축적한 지방으로 겨울을 버티고, 계절의 끝 무렵 몸속에 알 덩어리를 가득 채웠다.

4월이 되자 고등어들은 버지니아곶으로부터 떨어진 대륙붕 끝에서 겨울잠을 깼다. 고등어의 휴식처를 휘돌아가는 물살이 계절을 알려주고, 변하지 않는 바다의 순환에 대한 물고기들의 어슴푸레한 본능을 일깨웠다. 몇 주 동안 겨울 바다의 차갑고 무거운 물이 가라앉으며 아래쪽의 따뜻한 바닷물을 대체했다. 따뜻한 물이 위로 향할 때 바다 밑 풍부한 인산염과 질산염도 함께 수면으로 올라왔다. 봄 햇살과 영양분 풍부한 바닷물에 깨어난 바다 식물은 계속 성장하고 번성했다. 부드럽고 연한 초록색 새순, 부풀어 오르는 꽃눈과 함께 육지에도 봄이 왔다. 바다에는 눈에 보이지 않을 만큼 작은 단세포 식물인 규조류가 늘어났다. 물살로 인해 고등어는 바닷속 생명이 번성하는 걸 감지했다. 수많은 갑각류가 규조류를 먹고 사는 바다 목장에 머리 부분이 이상하게 생긴 어린 고등어 떼가 등장했다. 여러 종류의 물고기가 봄 바다 여기저기를 돌아다니며 알을 낳았다.

고등어 떼가 자리 잡은 곳 위를 흐르는 해류가 메시지를 전해주었다. 얼음과 눈이 녹아 시냇물로 흐르고, 해안을 따라 강을 타고 바다로 유입된 덕분에 인근 바닷물 염도가 낮아져 알을 밴 물고기를 유혹했다. 잠자고 있던 물고기는 봄이 깨어나고 있음을 깨닫고, 고등어 역시 재빠른 반응을 보였다. 고등어 떼가 대열을 만들더니 어슴푸레한 바다를 유영하기 시작했다. 수천수만 마리 고등어가 바다 위쪽으로 향했다.

고등어가 겨울을 보낸 이곳에서 150킬로미터가량 대서양의 깊고 어두운 해저로 진흙이 쌓여 있는 대륙붕 경사면을 따라 바다가 이어졌다. 궁극의 어둠과 고요 속에서 깊이 1.5킬로미터 정도의 검은색 바다가 수백 킬로미터 이어지며 자주색으로, 다시 진한 청색으로 변해갔다.

100패덤 깊이에서 움푹한 분지 주변에 날카로운 지형이 펼쳐지고 대륙붕이 완만하게 이어졌다. 대륙붕 경사면 위로 물고기 떼가 풍요로운 해저 평야를 오갔다. 깊은 바닷속에서는 오직 작고 홀쭉한 물고기 몇 마리만 희박한 먹이를 찾아 오갈 뿐이다. 여기에는 식물하고 비슷한 히드로충(hydroid: 해파리와 비슷한 작은 바다 생물—옮긴이)과 이끼벌레가 많고 각종 조개와 새조개류가 모래 속에 조용히 웅크리고 있었다. 사냥개 앞에 놓인 토끼처럼 쫓아오는 물고기를 피해 이리저리 움직이는 새우와 게도 많았다.

가솔린 엔진을 장착한 작은 배가 바다 위로 움직이자 부표에 달린 자망을 통해 여기저기 물보라가 일고, 해저 모랫바닥에 드리운 예인망에 저항이 느껴졌다. 세가락갈매기를 제외하고, 넓게 펼쳐진 대양에 불안을 느껴 바다 가장자리로 향하는 갈매기의 흰 날개가 하늘 저 위에 나타났다.

대륙붕 위를 달려온 파도는 해안과 나란하게 자리 잡은 여러 개의 모래톱을 만났다. 80~150킬로미터에 걸쳐 이런 모래톱을 넘어갔다. 해구에서 1.5킬로미터 정도 떨어진 (조가비가 많은) 해저 평원을 지나 다시 육지 쪽으로 나 있는 더 깊은 또 다른 해구의 그림자 속으로 밀려갔다. 해저 평원은 해구보다 비옥하고 물고기의 먹이인 1000여 종의 무척추동물과 이들을 먹고 사는 좀더 큰 물고기가 풍부했다. 해류를 따라 떠다니거나 먹이를 찾아 헤엄치는 다양한 식물과 동물, 바다의 방랑자 혹은 플랑크톤이 모래톱 바다에는 정말 많았다.

겨울을 난 근거지를 떠나 해안으로 향하는 고등어는 해저 언덕과 골짜기로 이어지는 길을 따라가지 않았다. 그 대신 햇빛 드는 바다 위쪽에 곧장 도달하기 위해 100패덤을 가파르게 올라갔다. 4개월을 깊은 바닷속에서 우울하게 보낸 터라 흥분에 겨워 밝게 빛나는 수면으로 향했다. 입을 수면 밖으로 내밀며 둥글고 창백한 하늘로 둘러싸인 회색 바다를 바라보았다.

수면 가까이 온 고등어는 해가 뜨는 넓고 큰 바다와 해가 지는 좀더 작은 바다를 쉽게 구분하지 못했다. 하지만 주저하지 않고 소금기 많은 깊고 넓은 바다를 떠나 강물이 들어와 바다색이 조금 흐려지는 연안으로 향했다. 고등어가 찾는 장소는 강물이 남서쪽에서 동북쪽으로, 그러니까 체서피크곶에서 낸터켓(Nantucket)섬 남쪽으로 불규칙하게 흘러 들어오는 곳이었다. 어떤 곳은 해안에서 30킬로미터 정도 떨어져 있고 다른 곳은 80킬로미터 정도 떨어져 있는데, 대서양고등어는 아주 오래전부터 산란처인 이곳에서 알을 낳았다.

4월 하순 내내 버지니아곶에서 찾아오는 고등어는 해안을 향해 서둘러 헤엄쳤다. 봄철 이동이 시작되는 바다는 흥분으로 가득 찼다. 어떤 물고기 떼는 무리가 작은 편이고, 어떤 물고기 떼는 폭 1.5킬로미터에 길이 또한 몇 킬로미터나 되는 크기를 자랑했다. 낮에는 물새들이 초록색 바다를 건너는 어두운 구름 같은 고등어 떼를 지켜보았다. 밤이 되자 물고기 떼는 녹아내린 금속처럼 바다를 가르며 헤엄쳤다. 그 반짝거리는 움직임에 수많은 플랑크톤이 놀라 몸을 움츠렸다.

고등어는 아무런 소리도 내지 않았지만 바다에 심한 소동을 일으켰다. 멀리서 다가오는 물고기 떼의 진동을 느낀 까나리와 앤초비는 녹색 바닷속에서 서둘러 움직였다. 이런 동요는 저 아래 모래톱에서도 일어났다. 산호 속에서 길을 찾는 새우와 게를 통해, 바위 아래 웅크리고 있는 불가사리를 통해, 숨어 있는 소라게를 통해, 말미잘의 아름다운 촉수를 통해 이를 느낄 수 있었다.

해안으로 향하는 고등어는 층을 이룬 채 바삐 헤엄쳤다. 그 주 내내 물고기가 바다에서 몰려드는 동안, 대륙의 끝자락과 해안 사이에 흩어진 모래톱은 종종 어둠에 덮이곤 했다. 날아가는 비둘기 떼가 만들어낸 그림자 때문에 그 아래쪽이 어슴푸레해진 것이다.

이윽고 내해에 도착한 고등어는 이곳에서 알과 정소(精巢)를 뿜어내고 편히 쉬었다. 이들이 지나간 자리엔 미세하고 투명한 알들이 구름처럼 넓게 퍼졌다. 강처럼 하늘에 길게 이어진 은하수가 바다에서도 연출되었다. 고등어 떼는 평방미터당 수억 개의 알을 방출하는 것으로 알려져 있다. 어선으로 한 시간 정도 떨어진 바다에는 10억 개의 알이, 바다 전체의 산란 장소에는 100조 개의 알이 뿌려지는 셈이다.

산란을 끝낸 고등어는 먹이가 풍부한 뉴잉글랜드의 바다를 향해 몸을 돌렸다. 붉은 구름처럼 떼를 지어 움직이는 작은 갑각류인 칼라누스(Calanus)가 사는 예전의 바다로 돌아가려는 것이다. 이제부터는 바다가 새끼들을 돌볼 것이다. 다른 모든 어린 물고기와 새끼 굴·게·불가사리를 보살펴왔듯, 갯지렁이와 해파리·삿갓조개 새끼를 키워왔듯 말이다.

07

고등어의 탄생

고등어 스콤버는 롱아일랜드 서쪽 끝에서 남동쪽으로 110킬로미터 떨어진 해수면에서 태어났다. 처음엔 양귀비 씨앗만 한 작은 알갱이로 녹색 바다 위를 떠다녔다. 이 작은 구체(球體)는 자신을 물 위에 떠 있도록 해주는 작은 호박색 기름방울을 달고 있었다. 너무나 작아 바늘 끝으로 겨우 콕 찍어 올릴 만한 회색 입자였다. 시간이 지나면 이 작은 회색 입자가 기운 넘치는 고등어로 성장해 온 바다를 헤엄쳐 다닐 것이다.

스콤버의 부모는 지난 5월 대륙붕 끝에서 이동해온 고등어 떼에 합류하느라 알을 가득 품은 채 해안을 향해 맹렬하게 헤엄쳤다. 여행 4일째 되던 날, 밀려드는 해류에 마침내 육지 쪽으로 다가가 알과 정소를 방출했다. 암컷 한 마리가 낳은 알은 4만~5만 개, 그중 하나가 스콤버였다. 하늘 아래 바다만큼 새로운 생명이 태어나기에 이상한 장소도 없을 것이다. 낯선 생물이 가득하고 바람과 태양, 해류의 지배를 받는 곳. 바람이 속삭이며 지나가거나 해수면을 거칠게 몰아칠 때가 아니면, 바다갈매기가 높고 거친 소리로 바람을 타며 날기나 고래가 수면을 뚫고 오래 참았던 숨을 토한 뒤 다시 내려갈 때를 제외하면 항상 조용한 곳이다.

서둘러 북쪽과 동쪽으로 헤엄치는 고등어 떼의 여행은 산란으로 인해 방해받지 않았다. 바닷새가 어두운 바다 위에서 하룻밤 쉴 곳을 찾을 때, 작고 호기심 많은 동물들이 바닷속 어두운 언덕과 골짜기를 벗어나 수면으로 올라왔다. 밤바다는 유충과 새끼 게, 투명한 큰눈새우, 어린 삿갓조개, 말조개, 갓을 이용해 움직이는 해파리, 빛을 발하는 작디작은 그 밖의 바다 생물과 더불어 플랑크톤으로 가득했다.

고등어 알처럼 연약한 물체한테 이런 세상은 낯설기 그지없었다. 사냥꾼으로 가득한 바다에서는 식물이건 동물이건 주변의 이웃을 먹이 삼아 살아야만 한다. 알에서 부화한 새끼 물고기와 새끼 갑각류, 연충이 작은 고등어 알을 이리저리 밀쳐냈다. 태어난 지 몇 시간밖에 되지 않은 유충이나 배아도 바다에서 혼자 헤엄을 치며 열심히 먹이를 찾았다. 어떤 것은 자신보다 더 작고 한 번에 삼킬 수 있는 먹잇감을 찾기 위해 뾰족한 집게발로 물을 휘저었다. 또 어떤 것은 자신보다 덜 빠르고 덜 민첩한 먹이를 잡아 씹거나, 섬모가 난 입으로 떠다니는 녹색 혹은 금색 규조류를 뜯어 먹었다.

바다에는 유생보다 큰 사냥꾼이 가득했다. 부모 고등어 떼가 떠나고 한 시간 정도 지나자 빗살해파리 무리가 바다 표면으로 올라왔다. 커다란 나무 열매처럼 생긴 빗살해파리의 투명한 몸통 아래쪽에는 8개의 띠(band)가 있는데, 녀석들은 여기에 달린 섬모를 흔들어 움직였다. 바닷물처럼 투명해서 거의 눈에 띄지 않는 해파리는 매일 여러 번에 걸쳐 먹이 활동을 했다. 부화한 고등어 알이 떠다니는 바다 위쪽으로 서서히 올라간 빗살해파리는 해수면 가까이에서 차가운 인광을 내며 몸을 앞뒤로 움직였다. 그날 밤 내내 빗살해파리는 펼치면 원래 크기의 20배 정도로 늘어나는 길고 신축성 있는 촉수로 물을 휘저으며 헤엄쳤다. 몸을 돌려 방향을 바꾸고 차가운 초록색 불을 어둠 속에서 쏘아대며 떠다니는 고등어 알을 실크처럼 부드러운 촉수로 끌어당겨 입으로 가져갔다.

세상에 존재하게 된 첫날 이 고등어 유생은 빗살해파리의 차갑고 부드러운 몸체와 부딪혔다. 이미 여덟 조각으로 분할된 세포질 조각, 빠르게 물고기의 배아로 변해가는 발생 단계의 시작이라 할 수 있는 이 수정세포에 부딪힐 때면 빗살해파리의 촉수가 2.5센티미터 정도 줄어들곤 했다.

고등어 알 수백만 개 중 수천 개는 빗살해파리에 잡아먹혀 여행 첫 단계에서 생명을 잃고 마는데, 이렇게 죽은 알들은 빠르게 해파리의 액상 세포 형태로 바뀌고, 이런 환생을 통해 바다를 돌아다니며 자신의 동족을 먹이로 삼게 된다.

그날 밤 내내 바람 한 점 없는 하늘 아래 바다에서 고등어 알의 환경적인 선택은 계속되었다. 새벽이 오기 전 동쪽에서 불어오는 바람에 바다가 살짝 흔들리기 시작했다. 그리고 한 시간 만에 남쪽과 서쪽으로 부는 바람에 바다는 계속해서 심하게 요동쳤다. 수면이 처음으로 흔들릴 때 빗살해파리는 깊은 바다로 내려갔다. 안쪽 세포층과 바깥쪽 세포층, 이렇게 두 층의 세포로 이뤄진 단순한 생명체도 자기 보호 본능을 지니고 있었다. 그래서 거친 바다의 위협을 느끼고 연약한 몸체가 파괴되지 않도록 대응한 것이다.

고등어 유생이 태어난 첫날, 100마리 중 10마리 정도는 빗살해파리한테 먹히거나 천성적으로 연약해서 세포 분열 초기에 죽고 말았다.

남쪽에서 불어온 강한 바람은 고등이 알에게 새로운 위험이었다. 수면에서는 몇몇 천적이 기다리고 있었다. 바다 위쪽은 바람의 방향대로 물살이 흘렀고, 반구 모양의 해파리는 그 물살을 따라 남쪽과 서쪽으로 떠갔다. 모든 해양 생물의 알은 무기력하게 물결이 데려가는 곳으로 움직일 수밖에 없었다. 고등어 알은 남서쪽으로 흐르는 물결을 따라 이동했다. 고등어 무리가 사는 일상적인 서식지를 떠나 새끼의 먹잇감이 드물고 배고픈 포식자들이 잔뜩 기다리는 곳으로 말이다. 이런 불운으로 인해 1000마리 중 한 마리도 안 되는 새끼만이 살아남아 성장을 계속한다.

두 번째 날, 황금색 소구체 안의 세포가 셀 수 없이 분열을 거듭하고 방패처럼 생긴 배아 상태의 물고기가 노른자를 단 채 서서히 제 모양을 갖춰갈 때, 떠다니는 플랑크톤을 헤치고 새로운 천적들이 모습을 드러냈다. 화살벌레는 투명하고 홀쭉한 모양을 하고 있다. 화살처럼 바다를 가르며 이리저리 돌진해 물고기 알이나 요각류, 자기 동족까지도 잡아먹는 존재였다. 크기는 보통 0.5센티미터 정도에 불과하지만 날카로운 머리와 이빨, 턱 모양 때문에 플랑크톤 같은 작은 존재한테는 마치 용처럼 보였다.

떠다니는 고등어 알은 여기저기서 움직이는 화살벌레의 먹잇감이 되고, 물살과 파도에 휩쓸려 다니다 다른 생명체에게 희생당하기 일쑤였다.

아직 배아 상태인 스콤버는 동료들이 잡아먹히는 동안 별다른 상처 없이 바다를 떠다녔다. 따뜻한 5월의 햇살 아래 알 속 세포는 성장하고 분열하고 분화했다. 세포는 조직과 기관으로 변해갔다. 두 번의 밤과 두 번의 낮이 지나자 실처럼 가느다란 물고기 배아는 영양분을 공급해주는 노른자에 둘러싸인 채 알 속에서 서서히 형태를 갖춰갔다. 이미 가느다란 등줄기 속에 단단한 연골이 자리 잡기 시작했는데, 이는 척추의 전신(forerunner, 前身)이다. 앞쪽의 커다란 주머니는 머리가 생길 자리이고, 튀어나온 2개의 작은 부분은 눈이 될 것이다. 셋째 날, V자 모양의 근육판이 등뼈 양쪽에 자리를 잡았다. 아직 투명한 머리 조직 속에 뇌가 보였다. 귀도 나타나기 시작했다. 눈은 거의 완성되어 알껍데기를 통해 자신을 둘러싼 세상, 곧 바다를 바라보는 듯했다. 다섯 번째 태양이 뜰 준비를 하고 있을 때 머리 아래쪽에 얇은 벽으로 둘러싸인 주머니, 안에 담긴 액체 때문에 진홍색으로 보이는 주머니가 규칙적으로 떨리며 움직이기 시작했다. 스콤버가 살아 있는 동안 계속될 움직임이었다.

이제 곧 부화하려는 듯 그날 종일 이런 변화가 놀랄 만한 속도로 진행되었다. 길어지는 꼬리에 얇은 조직이 생기더니 바람에 나부끼는 깃발처럼 꼬리지느러미로 바뀌었다. 이 작은 물고기의 배를 가로지르며 홈이 생기더니 70개 정도의 근육 체절 아래 자리 잡아 보호를 받으며 아래쪽으로 자라났고, 오후 무렵에는 소화관이 만들어지기 시작했다. 고동치는 심장 위로 입이 생겨났지만 아직 소화관으로 연결되지는 못했다.

이러는 동안 바다 표면은 바람으로 인해 남서쪽으로 쉬지 않고 움직였고, 플랑크톤 떼도 이를 따라 이동했다. 고등어의 알은 6일 동안 계속해서 포식자의 먹이가 되었다. 태어난 알 중 절반 이상은 이미 포식자에게 잡아먹히거나 세포 분화 과정에서 죽고 말았다.

가장 심한 학살은 밤 시간 동안 일어났다. 넓은 하늘 아래 바다에 고요하고 어두운 밤이 찾아왔다. 그날 밤 작은 플랑크톤은 밤하늘의 별만큼이나 많은 수로, 그만큼이나 밝은 정도로 늘어났다. 빗살해파리, 화살벌레, 새우, 해파리, 물벼룩, 메두사, 투명한 날개를 자랑하는 고둥 무리가 수면 가까이 올라와 어두운 밤 속에 반짝거렸다.

어둠이 동쪽부터 걷히고 한 바퀴 돈 지구가 새벽이 왔음을 알릴 때, 이상한 행렬이 바다의 흐름을 따라 움직임을 서두르고 플랑크톤은 아직 솟아오르지 않은 태양을 피해 도망치고 있었다. 구름이 강렬한 햇살을 가려줄 때를 제외하면 낮 시간 동안 바다 표면 가까이 올라와 견딜 수 있는 작은 바다 생물은 그리 많지 않았다.

스콤버와 다른 새끼 고등어는 낮이면 초록색 심해로 내려갔다가 지구가 다시 어둠 속으로 방향을 바꿀 때 수면 가까이에서 이동하는 무리에 참여했다. 알 속에 갇혀 있는 동안 배아 상태의 고등어는 독립적으로 움직일 수 없다. 같은 밀도의 물속에 갇힌 채 바다의 움직임에 따라 수평으로 오갈 뿐이었다.

6일째 되는 날, 물살이 커다란 모래톱으로 고등어 알을 옮겨주었다. 산란기를 맞은 게들이 모래톱에 모여 있었다. 암컷 게가 겨울 내내 품고 있던 알을 낳고, 여기서 작은 괴물처럼 생긴 유충이 나왔다. 유충들은 잠시도 주저하지 않고 수면 가까이 올라가 껍질을 벗고 원래 게의 모습으로 변해갔다. 이렇게 플랑크톤 시기를 지난 게는 해저 평원에 사는 어른 게의 영토로 들어간다.

이제 막 부화한 게는 지팡이처럼 생긴 다리로 열심히 헤엄을 쳤다. 검은색 눈으로 먼 곳을 바라보며 뾰족한 갈고리처럼 생긴 입으로 바다가 제공하는 먹이를 잡아먹었다. 그날 내내 게의 유충은 먹이인 고등어 알과 함께 바다를 떠다녔다. 저녁이 되자 조류와 바람이 부딪치며 게의 유충을 해안 쪽으로 밀어 보내고, 고등어 알은 계속 남쪽으로 밀려갔다.

남쪽으로 내려가는 동안 바다에서는 여러 가지 징조가 나타났다. 게의 유충이 등장하기 전날 밤에는 빗살해파리가 내는 녹색 불빛을 몇 킬로미터 밖에서도 볼 수 있었다. 섬모 있는 갓이 낮에는 무지갯빛으로 반짝이고 밤에는 에메랄드색으로 빛났다. 수온 높은 바다에 처음으로 시아네아(Cyanea) 해파리가 등장해 수백 개의 촉수로 물고기나 다른 먹잇감을 잡아들였다. 몇 시간 동안 바다는 골무 정도 크기에 근육으로 되어 있는 투명한 몸통을 지닌 원색동물, 곧 샐퍼(salpae) 무리로 가득 찼다.

여섯 번째 밤, 작은 고등어 알의 단단한 껍질이 서서히 깨지기 시작했다. 너무나 작아 머리에서 꼬리까지 스무 마리를 한 줄로 세워도 2센티미터가 채 되지 않을 새끼 물고기들이 하나씩 껍질을 까고 자신을 품고 있던 보호체를 벗어나 난생처음 바다의 맛을 보았다. 이렇게 부화한 물고기 중 스콤버가 있었다.

분명 스콤버는 아직 채 자라지 않은 어린 물고기였다. 성숙하지 못한 상태로 부화했기에 스스로를 보살피는 것이 불가능했다. 아가미의 홈은 자리를 잡았지만 목까지 연결된 게 아니라 숨을 쉬는 데 아무런 도움도 주지 않았다. 입도 아직 제대로 만들어지지 않은 상태였다. 다행히 부화한 새끼 물고기의 몸에는 여전히 노른자가 달려 있고, 입이 뚫려 제 기능을 할 때까지는 이렇게 영양분을 공급받았다. 하지만 이 커다란 주머니로 인해 새끼 고등어는 움직임을 스스로 제어하지 못하고 물속에서 거꾸로 떠다닐 수밖에 없었다.

그 후 3일간 놀랄 만한 변신이 이루어졌다. 성장과 변화가 이어지면서 입과 아가미가 완성되었다. 등과 옆구리, 배 아래쪽에 작은 지느러미가 돋아나 힘을 발휘하고 움직이기 시작했다. 눈은 색소 때문에 진푸른색으로 변하고, 자신이 본 것에 관한 첫 번째 메시지를 작은 뇌로 전달할 수 있었다. 천천히 노른자가 줄어드는 가운데 스콤버는 점차 모습을 갖춰갔다. 여전히 통통한 몸의 박동과 지느러미의 움직임을 통해 물속을 헤엄쳤다.

어린 고등어는 매일매일 남쪽으로 움직이는 바다의 흐름을 제대로 인식하지 못했다. 아직 지느러미의 힘이 미약해서 물살을 이겨내지도 못했다. 그렇게 바다가 데려가는 곳에서 플랑크톤 무리에 합류했다.

08

플랑크톤 사냥꾼

봄 바다는 길을 서두르는 물고기로 가득했다. 도미는 버지니아곶과 멀리 떨어진 곳에서 겨울을 보내고 북쪽으로 이주했다. 산란을 할 뉴잉글랜드 남쪽 해안이 그 목적지였다. 어린 청어 떼는 해면 아래서 빠르게 헤엄을 치며 마치 미풍이 지나가듯 잔물결을 일으켰다. 수면에 검은 구름처럼 내려앉는 바닷새의 눈에 햇빛을 받아 청동색, 은색으로 반짝이며 움직이는 멘헤이든(menhaden: 대서양청어—옮긴이) 떼가 들어왔다. 섀드는 방황하는 청어 떼에 뒤늦게 합류해 자신이 태어난 강가로 이어지는 바닷길을 따라갔다. 살아 움직이는 이 은색 흐름의 마지막은 푸른색과 녹색으로 빛나는 고등어 떼가 장식했다.

갈 길 바쁜 물고기는 서둘러 움직이며 이제 막 부화한 고등어를 밀쳐내고, 그 계절 처음으로 바다제비도 멀리 남쪽에서 날아왔다. 이 새는 마치 꽃을 옮겨 다니며 꿀을 빠는 나비처럼 푸른 바다 이곳저곳을 날아다니다 수면 위의 플랑크톤을 보고는 사뿐히 내려오곤 했다. 바다제비는 북쪽의 겨울에 관해 아는 것이 별로 없었다. 여름이면 바다를 떠나 새끼를 키우는 남대서양과 남극의 섬들로 향하기 때문이다.

때로는 몇 시간 동안 바다 표면에 물보라가 뿌려져 온통 흰색으로 보였다. 세인트로렌스만의 바위 지역으로 날아가는 부비새가 마지막 봄 비행을 하며 강력한 날갯짓과 갈라진 발을 사용해 하늘 높은 곳에서 급강하해 수면 저 아래쪽에서 헤엄치는 물고기를 잡았기 때문이다. 해류가 남쪽으로 향함에 따라 청어 떼를 쫓아가는 회색빛 상어가 모습을 드러냈다. 돌고래의 등도 햇빛을 받아 반짝였다. 나이 든 바다거북도 수면 아래서 헤엄을 쳤다.

스콤버는 자신이 살고 있는 세상에 대해 많은 걸 알지 못했다. 스콤버가 처음 먹은 음식은 입으로 물을 들이마신 다음 아가미로 걸러낸 단세포 식물이었다. 나중엔 벼룩 정도 크기의 갑각류 플랑크톤 잡는 법을 배웠고, 몰려다니는 플랑크톤 무리로 몸을 던져 재빨리 몇 마리 낚아채는 법도 배웠다. 다른 어린 고등어와 함께 스콤버는 바닷속 깊은 곳에서 대부분의 낮 시간을 보내다 밤이 되면 수면 가까이로 올라와 인광을 내는 플랑크톤으로 반짝거리는 어두운 바다를 돌아다녔다. 먹이를 따라 바닷속에서 열심히 움직이는 어린 스콤버는 밤과 낮의 차이는 물론 해수면과 심해저의 차이를 아직 잘 구분하지 못했다. 하지만 가끔 지느러미를 움직여 위로 올라갔을 때 반짝이는 황녹색 바다를 확인할 수 있었다. 그때 눈앞에서 무언가가 갑자기 나타나 재빠르고 활발하게 움직였다.

스콤버는 처음으로 누군가의 사냥감이 되는 두려운 경험을 했다. 태어난 지 10일째 되는 날, 어두운 바닷속을 헤엄치는 대신 수면 가까운 곳을 이리저리 오갈 때였다. 투명한 초록색 물에서 반짝이는 은색 물고기 열 마리 정도가 등장했다. 작은 청어처럼 보이는 이 무리는 앤초비였다. 앤초비 한 마리가 스콤버를 발견했다. 앤초비는 가던 길을 벗어나 입을 벌린 채 물살을 헤치고 작은 고등어를 잡으려 덤벼들었다. 깜짝 놀란 스콤버는 방향을 바꾸었다. 하지만 이런 일에 익숙하지 않아 물속에서 그만 몸이 뒤집히고 말았다. 꼼짝없이 잡혀 먹이가 될 뻔한 순간, 다른 앤초비가 반대 방향에서 나타나 첫 번째 앤초비와 충돌했다. 그 틈을 타서 스콤버는 그들 아래로 살짝 빠져나갔다.

스콤버는 수천 마리 앤초비 떼 사이에 있었다. 앤초비의 은색 비늘이 온 사방에서 반짝거렸다. 스콤버는 앤초비와 몸을 부딪히며 도망치려 했지만 모두 헛수고였다. 반짝이는 물고기 떼가 맹렬하게 몰려와 스콤버 위아래를 온통 둘러쌌다. 어린 고등어의 존재를 눈치챈 앤초비는 한 마리도 없었다. 물고기 떼가 마치 하나의 생명체처럼 맹렬하게 움직였기 때문이다. 그때 게르치 무리가 먹잇감인 앤초비 냄새를 맡고 재빨리 쫓아왔다.

게르치가 면도날처럼 날카로운 이빨이 나 있는 턱으로 앤초비 두 마리를 잡아챘다. 잠시 후 깨끗하게 잘린 머리와 꼬리가 물속을 떠다녔다. 바닷물에서 비릿한 피 맛을 느낄 수 있었다. 그 맛에 흥분한 게르치들은 좌우를 누비며 살육을 계속했다. 앤초비 무리 한가운데로 들어가 이 작은 물고기 떼를 마구 휘저었다. 앤초비는 두려움과 혼란 속에서 이리저리 흩어졌다. 많은 앤초비가 수면 가까이로 도망쳤다. 그러자 이번엔 바다 위를 나는(게르치와 마찬가지로 사냥꾼이라 할 수 있는) 갈매기들이 이들을 낚아챘다.

살육이 계속되면서 깨끗하던 초록색 바닷물이 서서히 지저분해졌다.

스콤버는 이 일대를 헤엄치며 입과 아가미를 통해 낯선 맛을 느꼈다. 피를 먹어본 적도 없고 사냥꾼의 욕심을 경험한 적도 없는 작은 물고기에게는 뭔가 불안한 맛이었다.

마지막 추적자와 쫓기는 자가 지나간 후, 살육에 눈 먼 게르치의 소동이 가라앉고 스콤버는 바다의 강렬하고 지속적인 리듬을 다시 한 번 느꼈다. 괴물 같은 존재가 가져온 혼란과 살육 그리고 만찬으로 인해 어린 고등어의 감각은 무뎌지고 말았다. 해수면 가까이에서 갑자기 튀어나온 낯선 존재를 만난 후 스콤버는 밝은 해수면 근처를 떠나 그 어떤 무서운 일도 감춰줄 것 같은 어두운 심해로 내려갔다.

심해로 내려온 스콤버는 먹잇감을 발견했다. 지난주에 태어난 투명하고 머리 큰 갑각류 유생이었다. 유생은 가느다란 몸통에서 두 줄로 나 있는 깃털 같은 다리를 흔들며 발작적으로 움직였다. 어린 고등어 20여 마리가 이 갑각류 유생을 잡아먹고 있었는데, 스콤버도 이 대열에 합류했다. 스콤버는 몸통이 투명한 유생 한 마리를 잡아 입천장에 대고 으깬 다음 삼켜버렸다. 새로운 먹이에 흥분한 스콤버는 떠다니는 유생 사이로 돌진했다. 배고픔에 사로잡혀 커다란 물고기에게 쫓겨 다녔던 기억은 존재하지 않는 것처럼 보였다.

해수면으로부터 5패덤 아래 에메랄드색 심연에서 유생을 따라다니던 스콤버는 저 멀리서 어떤 불빛이 지나가는 것을 어렴풋이 보았다. 바로 그 순간 위쪽이 뾰족한 무지갯빛이 또다시 반짝였다. 그리고 저 위에서 반짝이는 공 모양의 물체가 움직이는 게 보였다. 촉수 다발이 아래로 내려와 있고, 거기에 달린 섬모가 햇빛을 받아 반짝였다. 유생 상태에서 이런 빗살해파리를 한 번도 본 적이 없음에도 불구하고 스콤버는 본능적으로 천적이 가져올 위험을 감지했다.

갑자기 누군가의 손에서 풀려버린 밧줄처럼 3센티미터쯤 되는 빗살해파리의 몸체로부터 60센티미터가량 되는 촉수가 스콤버의 꼬리를 감싸려는 듯 뻗어 나왔다. 머리카락 다발처럼 옆으로 펼쳐진 촉수에는 깃대에서 나온 깃털 같은 갈고리들이 있었다. 거미줄처럼 얇고 가느다란 촉수에 나 있는 미세한 섬모에서 접착제 비슷한 분비물이 나와 스콤버를 꼼짝달싹 못하게 만들었다. 스콤버는 지느러미로 물살을 밀어내며 몸을 굽혀 도망가려 애썼다. 촉수는 머리카락에서 낚싯줄 정도로 계속해서 굵어졌다 가늘어졌다를 반복하며 스콤버를 점점 더 끌어당겼다. 스콤버는 차갑고 매끈한 해파리의 몸통 3센티미터 정도까지 끌려갔다. 구즈베리(gooseberry) 모양의 이 생물체는 섬모 혹은 빗살이 나 있는 것 같은 8개의 발을 단조로운 방식으로 움직이며 입을 위로 치켜들고 있었다. 서서히 지는 태양빛을 받아 섬모가 벌겋게 달아올랐다. 반쯤 눈이 먼 스콤버는 천적의 미끈거리는 몸체를 따라 끌어올려졌다.

둥근 지붕 같은 해파리의 입속 주머니 안으로 들어갈 순간이었다. 하지만 바로 그때 해파리는 다른 먹이를 한창 소화하는 중이었다. 30분쯤 전에 잡아먹은 꼬리 달린 어린 청어의 몸체가 3분의 1정도 삐져나와 있었다. 통째로 삼키기엔 청어 한 마리가 너무나 커서 빗살해파리는 거대하게 부풀었다. 청어를 모두 삼켜버리기 위해 심하게 몸을 수축했지만 불가능했다. 청어가 어느 정도 소화되어 꼬리 부분을 삼킬 여유가 있을 때까지 기다리는 수밖에 없었다. 청어를 다 먹어치운 후 스콤버를 요리할 작정이었다.

격렬한 저항에도 불구하고 스콤버는 조여드는 해파리 촉수로부터 도망칠 수 없었다. 시간이 지날수록 스콤버의 저항은 점점 더 약해졌다. 쉼 없이 또 냉혹하게 빗살해파리는 온몸을 움직여 소화 효소가 놀라운 속도로 먹잇감을 영양분으로 바꿔버리는 죽음의 주머니 안으로 청어를 끌어당겼다.

스콤버와 태양 사이에 어두운 그림자가 드리웠다. 어뢰처럼 커다란 몸체가 나타나더니 커다란 입을 벌리고 해파리와 청어, 해파리에게 잡힌 고등어를 모두 삼켜버렸다. 두 살 된 송어는 흐물거리는 빗살해파리를 삼켜 입속에서 씹다가 깜짝 놀라 다시 뱉어버렸다. 이때 스콤버는 고통과 절망이 뒤섞인 반죽음 상태로 해파리의 수중에서 빠져나왔다.

조수로 인해 갈가리 찢긴 해초 무더기가 해저에서, 또 먼 해안에서 밀려왔다. 스콤버를 비롯한 고등어 떼는 해초 잎 사이로 기어올라 하루 종일 함께 떠다녔다.

그날 밤 어린 고등어 떼는 해면 가까이로 헤엄쳐 죽음의 바다를 건넜다. 고등어 떼보다 10패덤 깊은 곳에서는 빗살해파리 수백만 마리가 서로의 몸이 닿을 정도로 모여 촉수를 펼칠 수 있을 만큼 멀리 펼친 채 주위의 작은 생명체를 모두 잡아먹고 있었다. 해파리 무리가 자리한 이 일대 바닷속에서 헤엄치던 어린 고등어 몇 마리는 결코 살아 돌아오지 못했다. 바닷물이 회색으로 변하며 플랑크톤을 따라 많은 어린 물고기가 해면에서 아래로 내려갔지만 그 순간 죽음을 맞을 뿐이었다.

유즐해파리 무리는 몇 마일에 걸쳐 퍼졌지만 다행히 대부분은 바닷속 깊은 곳으로 갔고, 해면에는 몇 마리 남아 있지 않았다. 이런 방식으로 바다 생물은 종종 층별로 나누어 살곤 한다. 하지만 두 번째 밤, 커다랗고 길게 째진 또 다른 감투빗해파리가 초록색 불빛을 반짝이며 작디작은 바다 생물체의 생명을 위협했다.

그날 밤에는 크기가 사람 주먹만 하고 분홍빛을 띤 오이빗해파리 무리가 나타났다. 동족을 잡아먹는 오이빗해파리는 넓은 만에서 염도가 덜한 해안가에 주로 서식한다. 커다란 오이빗해파리는 유즐해파리가 흔들거리며 맴돌던 곳에 도착해 작은 유즐해파리 수백수천 마리를 잡아먹었다. 해파리 몸체의 헐렁한 주머니는 엄청나게 잘 늘어나는데, 빠른 소화로 인해 이 소화관이 꽉 차는 경우는 거의 없다.

아침이 다시 한 번 바다를 찾아오자 유즐해파리는 극소수 정도밖에 남지 않았다. 해파리들로 가득하던 바다에 낯선 적막감이 흘렀다. 생명 있는 것이라곤 거의 남지 않았기 때문이다.

09

항구

태양이 게자리에 들어온 초여름, 스콤버는 뉴잉글랜드의 고등어 떼와 합류했다. 조수의 차가 가장 큰 7월의 대조(大潮) 무렵 고등어 떼는 길게 뻗은 육지 덕분에 바다로부터 보호를 받는 작은 항구에 도착했다. 바람과 파도가 무기력한 유생 상태의 스콤버를 남쪽 수킬로미터 떨어진 곳으로 데려갔다. 어린 고등어가 지내기에 적당한 곳이었다.

태어난 지 3개월이 지나자 스콤버는 8센티미터 정도로 자랐다. 유생 특유의 둥그렇고 둔탁한 몸체가 해안을 따라 올라가는 여행을 하는 동안 탄탄한 어깨를 지나 옆면이 점점 가늘어지는 어뢰 모양으로 변했다. 이제 어른 고등어로 성장해 바다를 헤엄칠 수 있는 제대로 된 코트를 입은 것이다. 비늘로 덮여 있지만 너무나 작고 섬세한 비늘이라 만져보면 마치 벨벳처럼 부드러울 것이다. 등 부분은 진한 녹청색이었다. 아직 스콤버가 보지 못한 바다의 심연과 닮은 색이다. 불규칙한 녹청색 줄이 등지느러미

절반 정도부터 아래쪽으로 나 있었다. 배 쪽은 은색으로 반짝였는데, 바다 표면 바로 아래서 헤엄을 치다 햇빛을 받으면 무지개색으로 찬란하게 빛났다.

대구와 청어, 고등어와 폴락(북대서양대구), 놀래기, 색줄멸 등 많은 어린 물고기가 먹잇감이 풍성한 항구 인근 바다에서 살았다. 24시간마다 저 넓은 바다에서 좁은 입구를 통해 두 번씩 조수가 밀려들었다. 조수는 한쪽으로는 기다란 방조제에 또 한쪽으로는 돌이 많은 뾰족한 곳에 부딪혔다. 좁은 입구로 들어온 엄청난 양의 바닷물로 인해 파도가 빠르게 쳤다. 좁은 만을 휘몰아치며 들어온 바닷물은 해저에 있다가, 혹은 바위에 붙어 있다가 떨어진 작은 생물체와 함께 엄청난 동물성 플랑크톤을 옮겨왔다. 24시간마다 두 번씩 깨끗하고 자극적인 소금물이 항구로 들어왔고, 어린 물고기들은 흥분에 겨워 바다가 가져다준 먹잇감을 잡아먹느라 정신이 없었다.

항구의 어린 물고기 중엔 고등어 수천 마리도 있었다. 이들은 태어나서 처음 몇 주를 해안가 다른 곳에서 보내다 조류를 만나 마침내 이 항구로 찾아온 터였다. 긴 이동을 마친 후 이들은 해초가 자라는 방조제 벽을 따라 물속을 아래위로 헤엄쳤다. 따뜻하고 얕은 바닷물을 온몸으로 느끼고 물살과 함께 찾아오는 물벼룩이나 어린 새우를 쫓아다니며 항구에 사는 게 지극히 만족스러웠다.

좁은 입구를 통해 들어온 바닷물은 작은 구멍을 메워 없애고 소용돌이를 만들며 흰색 여울에 자리한 바위를 깨뜨렸다. 바닷물은 격렬하고 예측할 수 없게 움직였다. 항구 안팎에서 각기 다른 상황이 벌어져 밀물은 썰물이 되었다가 다시 밀물이 되곤 했다. 양쪽에서 조수가 밀고 당기는 힘

때문에 만은 한 번도 고요한 적이 없었다. 휘감아치는 물살과 쉼 없는 소용돌이를 좋아하는 생물들이 툭 튀어나온 바위와 해초가 감싼 돌기 틈에서 촉수와 털을 내밀고 바닷물과 함께 밀려올 먹잇감을 기다렸다.

이 좁은 내해를 빠져나가면 작은 만을 향해 부채꼴 모양으로 바다가 펼쳐진다. 항구 동쪽 가장자리에 세워진 옛 방파제를 따라 물살이 빠르게 흐르며 부두 말뚝에 부딪히고 닻에 묶여 있는 고기잡이배를 잡아당겼다. 항구 서쪽으로 퍼져나간 바다는 졸참나무와 삼나무의 모습을 반사하고, 해안선의 돌을 부드러운 소리를 내며 살랑거리듯 어루만지고 지나갔다. 바다는 만의 북쪽 가장자리 모래사장을 향해 얇게 퍼지고, 수면 위에서는 바람이 그 아래에서는 파도가 물결을 만들어냈다.

사람 허리 높이의 해초 사이로 바닷물이 밀려왔다. 바닥에 돌이 깔린 곳이라면 모두 이런 수중 정원이 만들어졌을 것이다. 만 밑바닥은 바위와 돌이 많고 군데군데 해초 무더기가 자라고 있어 바다 위를 나는 갈매기와 제비갈매기에게는 얼룩덜룩해 보였다. 해초 숲 사이 모랫바닥 위로 작은 물고기 떼가 몰려왔다. 초록색과 은색으로 반짝이는 무리가 오갔다. 녀석들은 갑자기 방향을 바꾸고 갈라졌다가 다시 합치며 은색 유성우처럼 문득 흩어지곤 했다.

항구에 도착한 스콤버는 좀더 고요한 바다를 찾기 전까지 좁은 만을 빠져나가며 파도에 부딪히고 밀리기를 거듭했다. 바닷속 바위틈에 난 해초 사이 모래밭을 따라가다 오래된 방조제 벽에 도달했다. 그 위에는 잡초가 마치 두툼한 태피스트리처럼 갈색, 붉은색, 초록색으로 돋아 있었다. 스콤버가 방조제 벽에 부딪쳐 급하게 휘도는 물속을 헤엄칠 때 작고 거무스레한 물고기가 해초 속에서 맹렬히 돌진해 나왔다. 놀래기였다. 스콤버는 깜짝 놀라 방향을 바꾸었다. 스콤버와 마찬가지로 놀래기는 부두와 항구 근처에서 지내는 것을 좋아했다. 놀래기는 평생을 후미진 만에 살며 대부분의 시간을 방조제와 부두에서 보냈다. 부두를 지탱하는 기둥에 붙은 삿갓조개나 작은 홍합을 먹었다. 그 밖에 해초나 단각류, 이끼벌레를 비롯해 다른 여러 가지 동물을 먹이로 삼았다. 바다에서 가장 작은 물고기만이 녀석의 먹이였지만 그 포악한 움직임은 자기보다 더 큰 물고기를 놀라게 하기에 충분했다.

방파제 벽을 따라 위로 올라간 스콤버는 낚시용 선창의 그림자가 드리운 어둡고 조용한 물가로 움직였다. 새끼 청어 떼가 어둠 속에서 튀어나왔다. 몸통에 햇살이 드리워 에메랄드색과 은색, 청동색으로 반짝였다. 이 청어 떼는 항구에서 자기보다 작은 물고기를 잡아먹는 폴락을 피해 도망쳐온 참이었다. 청어 떼가 주위를 빙빙 돌자 어린 고등어는 새로운 본능에 눈을 떴다. 스콤버는 갑자기 방향을 바꾸곤 어린 청어에게 달려들었다. 그러곤 뾰족한 이빨을 청어의 부드러운 살에 꽂아 넣었다. 청어를 잡아챈 고등어는 깊은 바닷속으로 들어간 후, 해초가 너울거리는 바로 위에서 먹이를 물고 흔들어 몇 조각으로 찢어놓았다.

스콤버가 먹이로부터 몸을 돌렸을 때, 부두 그림자 속에서 여전히 꾸물거리고 있는 청어를 찾기 위해 폴락이 돌아왔다. 스콤버를 본 폴락은 방향을 바꾸었다. 이제 충분히 자란 고등어는 폴락에게 성공적으로 맞설 수 있었다.

2년생인 폴락은 메인주 해안으로부터 멀리 떨어진 겨울 바다에서 태어났다. 2.5센티미터 정도 되는 어린 새끼였을 때 해류에 휩쓸려 태어난 곳에서 남쪽으로 한참 멀리 온 터였다. 시간이 흘러 지느러미와 근육의 힘이 강해지자 자신이 태어난 바다에서 한참 떨어진 해안가 얕은 물가로 와 다른 어린 물고기를 먹고 살았다. 폴락은 아주 사납고 굶주린 상태였다. 폴락이 덤벼들자 수천 마리 어린 대구는 깜짝 놀라 산산이 흩어졌다. 두려움에 반쯤 마비되어 해초와 바위 사이에 있는 피난처로 도망쳤다.

그날 아침 폴락은 어린 청어 60여 마리를 잡아먹었다. 오후가 되자 밀려온 조수 속에서 코가 뾰족하고 은색으로 빛나는 까나리가 먹을거리를 찾아 모래 밖으로 나왔다. 폴락은 만 얕은 곳을 앞뒤로 오가며 이 작은 물고기를 무차별 공격했다. 지난여름, 한 살배기인 폴락을 따라와 강꼬치고기처럼 사납게 굴며 잔인하게 공격해대던 까나리는 폴락의 가장 무서운 적이었다.

해 질 무렵, 스콤버와 다른 20여 마리 작은 고등어는 수면 1패덤 아래 청회색 바닷속에서 대열을 이루었다. 밀려드는 바닷물과 함께 수많은 플랑크톤이 유입되는 지금이야말로 하루 중 먹이가 가장 풍부한 때였다.

만의 바닷물은 고요했다. 물고기들은 수면 밖으로 주둥이를 내밀고 낯선 세계의 둥그런 하늘을 훔쳐보았다. 바다 건너 저 멀리 모래톱 위에서 천천히 종소리가 울렸다. 생명체들이 작은 굴과 진흙 관 그리고 바위 밑에서 기어 나와 부두 말뚝에 붙어 있다 물 위로 튀어 오를 준비를 하기 시작할 때였다.

햇빛의 마지막 반짝임이 해수면에서 사라지기 전 스콤버의 옆구리가 빠르게 떨리기 시작했다. 갯지렁이 무리가 바닷속에 등장하면서 생긴 가벼운 진동이었다. 몸 중간에 자주색 띠를 두른 청동색 갯지렁이는 15센티미터 정도의 크기를 자랑했다. 그런 갯지렁이 수백 마리가 모래 속 구멍과 만의 얕은 바닷가 조가비 밑에서 나타난 것이다. 이들은 바다 밑바닥 바위 아래나 거머리말 사이에 숨어 있다가 벌레나 단각류가 움직이면 호박색 입이 달린 머리를 내밀어 잡아챘다. 녀석들이 사는 구멍 근처에서 헤매다 그 날카로운 턱과 이빨을 피하지 못해 죽음을 맞이한 바다 생물체가 부지기수였다.

낮에는 자신이 사는 영역에서 사정없이 사냥하는 광폭한 작은 야수나 다름없었다. 저녁이 되면 그중 수컷은 밖으로 나와 동료와 함께 바다의 은색 표면을 향해 올라갔다. 어둠이 거머리말 사이로 내려앉고 저 위에 걸린 바위 그림자가 길어질 때에도 암컷은 바닷속 굴에 남았다. 갯지렁이 암컷에게는 자주색 환대가 없다. 몸 양 옆쪽에서 두 줄로 뻗어 있는 다리는 가늘고 연약한데, 수컷과 달리 헤엄칠 때 평평해지지 않았다.

해가 지기 전 항구로 큰눈새우 떼가 몰려왔다. 이어서 어린 폴락이, 그 뒤를 이어 재갈매기가 따라왔다. 새우의 몸은 투명해서 재갈매기에게는 움직이는 붉은 점의 무리로 보일 뿐이었다. 새우 몸 옆쪽에서 밝게 빛나는 일련의 점 때문이다. 바닷물 속에서 새우가 튀며 내는 강한 인광이 해파리의 초록색 빛과 뒤섞여 빛났다. 어린 스콤버에게 그들은 무서운 존재가 아니었다.

그날 밤 많은 낯선 형체가 부두 근처 바다로 이동했다. 어린 고등어는 어둡고 고요한 물속에서 대열을 이루고 있었다. 모든 어린 물고기의 천적이라고 할 수 있는 오징어가 만으로 들어왔다. 겨울 보금자리인 먼 외해를 떠난 오징어는 여름철 대륙붕에 모여 있는 어린 물고기를 잡아먹었다. 물고기들이 산란을 하고 그 어린 새끼가 보호받을 수 있는 피난처로 오면 오징어는 강력한 배고픔에 사로잡혀 육지 쪽으로 헤엄쳐 갔다.

오징어는 썰물을 거슬러 움직이며 스콤버와 동료들이 쉬고 있는 만 가

까이로 이동했다. 오징어 떼가 다가오는 징조가 나타났다. 그들은 부두 기둥에 와 닿는 바닷물보다 더 조용히, 조수를 타고 마치 화살처럼 빠르게 물속에서 반짝이는 흔적을 따라갔다.

이른 아침 차가운 햇빛 속에서 오징어가 공격을 시작했다. 첫 번째 오징어 무리가 살아 있는 총알처럼 빠르게 고등어 떼 한가운데로 돌격했다. 그리고 갑자기 오른쪽으로 방향을 바꾸더니 고등어 한 마리를 골라 조금의 실수도 없이 바로 머리 뒤에서 공격을 했다. 어린 물고기는 공격을 알아차리지 못하고 그 적을 두려워할 시간조차 갖지 못한 채 즉사했다. 오징어는 상대의 척수를 삼각형 모양으로 깔끔하게 물어버렸다.

바로 그 순간 다른 오징어 예닐곱 마리가 고등어 떼 사이로 돌격했다. 하지만 첫 공격으로 인해 어린 고등어가 사방팔방으로 흩어져버린 상태였다. 바로 추격전이 시작되었다. 오징어가 떼를 지어 움직이는 물고기 사이로 돌진했다. 고등어 떼는 격렬하게 움직이며 방향을 바꾸다 몸을 틀어 뒤집곤 했다. 촉수를 뻗쳐 먹이를 움켜잡고 놀라운 속도로 움직이는 병 모양의 오징어를 속이려는 궁극의 기술이었다.

첫 번째 소란스러운 난투 끝에 스콤버는 부두 그림자 속으로 달아났다. 방조제 벽을 따라 헤엄쳐 그곳에서 자라는 해초 아래에서 보금자리를 찾았다. 다른 많은 고등어도 비슷한 선택을 했고, 더러는 만을 통과해 넓은 바다로 나아갔다. 고등어 무리가 흩어진 것을 확인한 오징어는 해안 바닥으로 내려갔다. 여기서 오징어의 색소는 미묘한 변화를 겪어 해저 모래와 비슷한 색깔로 변했다. 가장 눈이 밝은 물고기조차도 오징어가 어디에 있는지 찾을 수 없을 것이다.

고등어는 두려움을 잊어버리고 다시 배회를 시작했다. 작은 그룹을 지어 원래 자신들이 있던 부두로 돌아가 조수가 바뀌길 기다렸다. 키틴(chitin)으로 둘러싸인 게들이 미동도 않고 있는 모랫바닥 근처로 고등어가 한 마리씩 지나갔다. 눈에 보이는 것이라고는 모래 둔덕뿐이었는데, 갑자기 바닥이 소용돌이치듯 움직이면서 고등어를 잡아챘다.

오징어는 이런 위장술을 사용해 아침 내내 고등어를 공격했다. 방파제 돌 벽에 나 있는 해초 사이에 안전하게 숨은 고등어만 갑작스러운 죽음을 피할 수 있었다.

조수가 차오르자 해안을 향해 헤엄치는 까나리 떼로 바다가 들끓었다. 사람 팔뚝만 한 길이에 단단한 몸매, 배 부분이 은색으로 반짝이고 이빨이 침처럼 뾰족한 폴락 떼가 까나리를 뒤쫓았다. 까나리는 먼 바다에서 조수를 타고 흘러온 요각류를 잡아먹으려고 만에서 3킬로미터 떨어져 있는 모래톱에 모습을 드러낸 터였다. 민대구가 덮치자 까나리는 두려움에 도망을 쳤다. 앞서 흩어질 때처럼 안전을 확보했던 조수를 거슬러 해초가 자리한 곳이 아니라 만 쪽으로, 물이 얕은 모래톱 쪽으로 조수와 함께 나아갔다.

얇은 몸통에 손가락 길이 정도 크기의 까나리 수천 마리를 민대구가 앞뒤로 오가며 공격했다. 지느러미를 떨며 30센티미터 수면 아래 있던 스콤버는 도망치는 까나리가 만들어내는 가냘프고 단발적인 진동과 이를 뒤쫓는 민대구의 좀더 묵직한 소리를 팽팽한 긴장 속에서 느끼고 있었다. 스콤버 주위의 바다는 온통 바쁘게 오가는 그림자로 정신이 없었다. 스콤버는 부두 그림자 속으로, 기둥을 감싸고 있는 해초 속으로 숨었다. 예전에 스콤버는 까나리를 두려워했다. 이제는 까나리만큼 커졌지만 바다는 여전히 사냥하고 사냥당하는 위험으로 가득 차 있었다.

까나리 떼 수백수천 마리는 민대구로 인한 공포에 압도된 나머지 얕은 모래밭에도 신경을 쓰지 못하고 어쩔 줄 몰라 했다. 해안에서부터 이들을 따라온 갈매기들이 저 아래 바닷속에서 무슨 일이 일어나고 있는지 눈치챘다. 갈매기는 모래톱이 은색으로 변하자 흥분에 겨워 꽥꽥거리기 시작했다. 머리가 검은 웃음갈매기와 회색 깃털의 재갈매기가 날개를 치며 아래로 내려와 어깨까지 바닷물에 담그고 까나리를 잡았다. 그러면서 이 성찬에 동참하려는 다른 새들을 향해 위협적인 소리를 냈다. 모두가 먹을 수 있을 만큼 충분한 물고기가 있음에도 말이다.

완만한 해변에 까나리가 몇 센티미터나 밀려와 쌓였다. 헛된 추적을 계속하던 민대구 열 마리 정도가 해변까지 따라왔는데, 썰물이 되자 도망갈 방법이 없어졌다. 바닷물이 해변을 빠져나가자 800미터 정도가 까나리 때문에 온통 은빛이 되었다. 그중 일부는 몸집이 큰 추적자한테 온몸이 찢긴 상태였다. 학살에 매혹을 느낀 오징어는 얕은 바다까지 따라왔고, 그중 상당수는 무기력한 까나리를 잡아먹느라 해변에 남았다. 갈매기와 고기잡이까마귀가 몇 킬로미터 밖에서부터 몰려왔고, 게와 모래벼룩도 함께 까나리를 먹기 시작했다. 그날 밤, 바람과 조수가 함께 힘을 합쳐 해변을 깨끗이 청소했다.

다음 날 아침 검은색과 흰색이 섞이고 몸 전체에 불그스름한 빛이 도는 작은 새가 항구 바위 위에 내려앉더니, 물살이 차오르는 동안 깜빡 잠들었다가 깨어나 바위에 붙은 작고 검은 고둥을 잡아먹었다. 먼 북쪽에서 불어와 자신을 바다로 날려버릴 듯 휘몰아치는 서풍과 맞서느라 지친 이 새는 가을이면 가장 먼저 등장하는 통통한 꼬까물떼새였다.

7월이 8월에 길을 비켜줄 무렵 서풍을 타고 온 따뜻한 공기가 차가운 바닷바람을 만나자 항구는 짙고 습기를 품은 안개 속에 잠겼다. 해안을 따라 1.5킬로미터쯤 되는 곳에서 날카롭고 쇄된 사이렌 소리가 안개 사욱한 낮과 밤을 갈랐다. 사초와 모래톱 위로 안개 경보가 울렸다. 7일 동안 물고기들은 그 어떤 보트 엔진의 진동도 듣지 못했다. 안개 속에서 길을 찾아갈 줄 아는 갈매기를 제외하곤 아무것도 바다 위에서 움직이지 않았다. 왜가리는 고깃배에서 미끼로 쓰는 물고기 냄새를 맡고 부두 기둥에 내려앉았다.

안개가 걷히고 푸른 하늘과 더 푸른 바다가 이어졌다. 물새들은 가을의 나뭇잎처럼 항구로 모여들고, 이는 바람에 날리는 낙엽처럼 여름의 끝을 알리는 증거이기도 했다.

해안과 늪지의 생명체들이 다가오는 가을을 눈치챘다면 바닷속에서는 아직 별다른 반응이 없었다. 가을은 남서풍을 통해 다가왔다. 8월 말경 해안을 향해 부는 바람은 항구의 잿빛 표면보다 더 진한 회색 하늘에 비를 가져왔다. 이틀 밤낮으로 남서쪽에서 불어온 폭풍우가 계속되었다. 끊이지 않는 빗방울이 비스듬한 해면에 사정없이 퍼부었다. 비는 들고 나는 바닷물을 때리고, 파도는 솟아올랐다 내려가길 반복했다. 방조제 맨 위까지 차오른 바닷물이 많은 고깃배를 집어삼킬 듯했다. 배는 그 이상한 모양에 호기심을 느낀 물고기들을 끌어당기듯 바닥까지 흔들렸다. 모든 물고기는 바닷속 깊은 곳에 머물고, 비에 흠뻑 젖어 우울한 제비갈매기는 항구 입구의 바위로 떼 지어 몰려들었다. 비로 인해 바다가 불투명한 회색이 되어 물고기를 잡을 수 없었기 때문이다. 제비갈매기와 달리 갈매기는 태풍으로 인해 상처 입은 바다 생물과 유기물이 많아져 항구에서 배를 채우는 데 문제가 없었다.

폭풍이 멈춘 첫날, 얇고 뾰족한 잎을 지닌 풀과 공기실을 매단 열매 모양의 식물이 만 주변에서 모습을 드러냈다. 그다음 날에는 멕시코 만류를 따라 부는 바람을 타고 모자반이 잔뜩 떠다녔다. 저 먼 남쪽에서 해류를 따라온 작은 물고기들이 해초 사이에 섞였다. 이 물고기는 열대 바다에서 작은 유생으로 여행을 시작한 터였다. 북쪽으로 향하는 며칠간의 여행 내내 해초에 숨어 쉬곤 했는데, 따뜻한 열대 푸른 바다에 바람이 불어 해초와 함께 해안가로 떠밀려온 것이다. 대부분은 여기까지 잘 왔지만 익숙하지 않은 추위가 닥치자 많은 물고기가 목숨을 잃었다.

폭풍이 지난 후 밀려든 바닷물에는 보름달물해파리, 곧 오렐리아(Aurelia)가 가득했다. 아름다운 흰색 해파리에게는 힘든 여행이었다. 겨우내 바위에 붙어 있는 작은 생명체로 삶을 시작한 해파리는 해초가 자라는 바위와 조가비에서 내려와 대양을 떠다녔다. 해파리는 납작한 원반형에서 헤엄치는 작은 종 모양으로 재빨리 변태를 해가며 어느덧 성체가 되었다. 태양이 빛날 때에는 수면 가까이에서 살고, 2개의 해류가 만나는 곳에서는 서로 모여 몇 킬로미터에 이르는 기둥 모양을 만들기도 했다. 갈매기나 재갈매기, 부비새에게는 그들이 유백광의 반짝이는 빛처럼 보였다.

시간이 좀 지나자 해파리는 알을 품었다. 그리고 어린 유생을 갓과 원반 아래쪽에 달린 빈 소매 모양의 자기 몸 한쪽에 넣고 다녔다. 산란하느라 고생해서 쇠약해진 탓에 부풀려진 조직과 알주머니가 뒤집혀 여름내 무기력하게 바다를 떠돌았다. 그러다 굶주린 작은 갑각류 떼에 붙잡힌 해파리는 점점 더 힘을 빼앗기더니 결국 생명이 끊어졌다.

남서부의 태풍이 바다를 깊숙이 뒤흔들자 보름달물해파리들이 모습을 드러냈다. 이들은 거센 바다로 인해 해안까지 밀려갔다. 파도를 밀어내며 부유하는 동안 촉수가 사라지고 부드러운 조직은 찢겨나갔다. 조수가 오갈 때마다 해파리의 창백한 원반형 몸체가 항구로 밀려와 해안선 바위에 걸렸다. 여기서 갖은 시달림을 당한 해파리의 몸체는 다시 한 번 바다의 일부가 된다. 그러나 아직 유생을 촉수 안에 감싸고 얕은 바다로 돌아가는 일이 남았다. 이런 순환을 거쳐 보름달물해파리의 몸은 바다에 의해 다른 방식으로 사용되고, 어린 유생은 돌과 조가비에 붙어 겨울을 난다. 그리고 봄이 되면 작은 종 모양의 작은 해파리 무리가 태어나 바다를 떠다닐 것이다.

10

바닷길

어둠의 시간이 낮 시간과 같아지는 때, 태양이 천칭자리를 지나가고 있었다. 9월의 달은 아주 가늘게 야위어갔다. 만을 통과한 바닷물이 항구로 향하며 흰 물거품을 만들어냈다. 파도는 바위에 부딪혔다 자신들이 온 바다로 되돌아가며 항구의 작은 물고기를 매일매일 실어 날랐다. 밤이 되자 바닷물이 밀려와 어린 고등어 스콤버는 낯설고 불편함을 느꼈다. 그날 밤 썰물 때 스콤버는 바다로 나아갔다. 항구에서 지난여름을 보낸 어린 고등어들이 스콤버와 함께 길을 떠났다. 성인 손바닥보다 조금 긴 물고기 수백 마리의 이동이 펼쳐졌다. 열린 바다로 간다는 것은 죽음이 기다리는 곳으로 향한다는 의미이기도 했다.

소용돌이에 휩쓸렸던 고등어 떼는 항구 입구의 바위를 지나 물살이 급하게 몰아치는 곳으로 향했다. 바닷물은 염분으로 인해 짜고 깨끗하고 차가웠다. 바위와 물고기가 뒤섞이다 보니 수면이 온통 여기저기 갈라져 산소를 구하는 움직임으로 들썩였다. 고등어는 주둥이부터 꼬리지느러미까지 온몸을 흔들어대며 흥분에 겨워 돌진했다. 자신을 기다리는 새로운 인생을 준비하며 또 강렬히 열망했다. 모래톱에서 고등어는 어슴푸레한 농어의 형체를 눈치챘다. 농어는 바닷물이 밀려와 바위에서 떨어지거나 해협 바닥의 구멍이 막혀 모습을 드러낸 작은 갑각류와 갯지렁이를 낚아채려 기다리는 중이었다. 고등어는 재빨리 은색 몸통을 반짝이며 조류가 흐르는 방향으로 머리를 돌렸다. 그리고 해협을 넘어 어두운 형체의 농어로부터 도망쳤다.

항구 밖에서 조수는 꾸준히 더 무거운 파동으로 움직여 고등어를 더 깊은 바닷속으로 데려갔다. 바다 밑은 육지로 파고든 내포로부터 거대한 계단처럼 바닥을 들어 올린 얕은 암붕(岩棚)이 자리하고 있었다. 모래톱 위나 해초가 자란 바윗덩어리 위를 움직이는 고등어는 조류의 이끌림을 느끼곤 했다. 고등어들이 밑바닥에서 위로 올라가자 모래나 조개 위를 움직이는 조용한 물소리도 점차 멀어졌다. 물고기를 서두르게 만든 것은 바다 자체의 리듬과 음파의 진동이었다.

어린 고등어 떼는 마치 한 마리 물고기처럼 움직였다. 앞장서는 리더는 없었지만 각각이 자신의 위치를 파악하고 다른 물고기의 움직임을 이해했다. 가장자리에 있는 물고기가 오른쪽 왼쪽으로 흔들거리거나 속도를 빨리 혹은 늦게 조절하면 다른 물고기들도 적절히 위치를 조정했다.

때때로 이동 경로에 검은 형체의 고깃배가 등장해 고등어 떼가 깜짝 놀라 방향을 바꾸는 일도 있었다. 바다에 걸쳐놓은 그물 속으로 들어간 고등어는 황급히 온갖 방향으로 흩어졌다. 하지만 그물코에 걸리기에는 너무나 작아서 빠져나갈 수 있었다. 검은 바닷물 속에서 어두운 형체가 갑자기 등장했다. 커다란 오징어였다. 오징어가 나타나 쫓아오자 작은 물고기와 연체동물은 또 다른 오징어의 먹이인 2년생 청어 떼 사이로 들어가 사방팔방 흩어졌다.

항구에서 바다 쪽으로 5킬로미터쯤 나아가 작은 섬을 향해 헤엄치던 고등어는 바닷물이 다시 얕아지는 것을 느꼈다. 이 섬은 바닷새의 요새였다. 제비갈매기는 이 섬의 모랫바닥 위에 둥지를 지었고 재갈매기는 비치플럼(beach plum)과 월계수 덤불 아래, 바다를 굽어보는 편평한 바위 위에 알을 낳았다. 섬에서 바닷속으로 긴 모래톱이 이어졌다. 어부들은 이 모래톱을 리플링(Rippling)이라고 불렀다. 그 모래톱 위로 바다가 흰 파도와 거품 이는 소용돌이로 부서졌다. 고등어가 지나갈 때 명태 20여 마리가 거센 파도에서 뛰어오르자 얇은 달빛을 받은 거품이 하얗게 반짝거렸다.

섬과 모래톱을 2킬로미터 정도 지났을 때 돌고래 예닐곱 마리가 갑자기 등장하는 바람에 고등어 떼는 깜짝 놀랐다. 바닷속 모래톱 주위에서 먹이 활동을 하는 돌고래는 밑바닥에 숨어 있는 까나리를 찾는 중이었다. 돌고래는 고등어 무리 사이로 들어가 이가 촘촘히 나 있는 좁은 턱을 사용해 어린 물고기를 잡아먹었다. 하지만 물고기 떼가 깜짝 놀라 도망치자 돌고래는 더 이상 추적하지 않았다. 이미 까나리를 충분히 잡아먹었기 때문이다.

이른 새벽 무렵, 어린 고등어들은 몇 킬로미터 정도 멀리 헤엄쳐 난생 처음으로 다 자란 고등어들을 만났다. 어른 고등어 무리는 바다 표면에 붙어서 거센 잔물결 위로 재빨리 움직였다. 고등어는 주둥이로 물살을 가르고 물로 인해 뿌연 시야에도 불구하고 열망에 찬 눈으로 대기와 하늘을 바라보았다. 어른 물고기와 어린 물고기 두 무리의 이동 경로가 겹치며 잠시 동안 하나로 합쳐졌다. 하지만 두 무리는 곧 각자의 길을 가기 시작했다.

갈매기는 해안가 섬에 있는 자신의 휴식처를 떠나 바다 위를 순찰했다. 갈매기의 눈은 바다에서 일어나는 일을 하나도 놓치지 않았다. 태양이 솟아오르고 반짝이는 햇살이 수면으로 잦아들 때면 저 아래 깊은 데까지 확인하곤 했다. 갈매기는 어린 고등어 떼가 바다 표면 30센티미터 아래에서 헤엄치는 것을 보았다. 동쪽으로 파도의 골을 10개 남짓 넘어 마치 낫의 날처럼 보이는 2개의 검은 지느러미가 바다를 가르고 있었다. 이 지느러미가 바닷속에서 떠다니는 거대한 물고기의 일부분이라는 사실을 갈매기도 알아차렸다. 하지만 기다란 등지느러미와 툭 튀어나온 꼬리지느러미의 윗부분만 확인할 수 있었다. 주둥이부터 꼬리 끝까지 3미터나 되는 황새치는 등지느러미로 수면에 잔물결을 일으켜 바람을 가늠하고 이동 경로를 정하며 수면 아래서 한적하게 떠다녔다. 이런 방식으로 황새치는 바람에 앞서 수면과 함께 움직이는 플랑크톤 무리와 그들을 뒤쫓는 포식자 물고기를 만날 수 있었다.

황새치와 어린 고등어 떼를 지켜보던 갈매기는 남동쪽에서 뭔가 소동이 일어나고 있음을 알아차렸다. 육지를 향해 불어오는 바람 때문에 더 강해진 해류를 따라 엄청난 새우 떼가 밀려온 것이다. 하지만 갈매기가 보기에 새우는 작은 플랑크톤에 관심이 별로 없고 수면에서 평화롭게 떠다니지도 못하는 듯했다. 새우는 자신들과 함께 바다를 가르며 나타나 입을 크게 벌린 무시무시한 어떤 존재로부터 도망치는 중이었다. 재빨리 돌진해 새우를 잡아먹는 청어 떼가 그 주인공이었다. 새우는 칼날을 평평하게 만든 듯한 다리를 마치 노처럼 사용해 빠른 속도로 정신없이 움직였다. 쫓는 자와 쫓기는 자 사이의 거리는 서서히 줄어들었다. 새우는 투명한 몸에 아직 남아 있는 힘을 온통 쏟아부어 물 밖으로 튀어나가며 입을 벌리고 쫓아오는 청어로부터 도망가려 애썼다. 청어는 쉴 새 없이 따라왔고, 예닐곱 번 공중으로 뛰어오르며 도망치던 새우는 포식자로부터 벗어나기 힘들었다.

바람과 해류가 몰아온 플랑크톤 무리와 이들을 따라온 물고기가 육지 쪽으로 움직였다. 이들을 향해 고등어 떼가 북동쪽에서 덤벼들고, 북서쪽에서는 황새치가 몰려왔다. 플랑크톤 무리 끝자락이 고등어 떼를 지나자 어린 물고기가 새우를 낚아채기 시작했다. 새우는 항구에서 먹던 대부분의 먹이보다 훨씬 몸집이 큰 편이었다. 순식간에 고등어는 자신이 청어 떼 사이에 들어와 있는 것을 깨닫고 커다란 물고기의 돌진에 깜짝 놀라 더 깊은 바다로 내려갔다.

갈매기들은 2개의 검은 지느러미가 해면 아래로 가라앉는 것을 보았다. 황새치가 바닷속 깊이 들어가 청어 떼 뒤로 움직일 때 나타나는 희미한 윤곽선도 확인할 수 있었다. 파도치는 바다와 물보라 때문에 갈매기들은 그다음 일어난 일은 잘 볼 수 없었다. 하지만 이내 살육이 벌어지리라는 걸 인식하고 아래로 내려가 짧은 날갯짓을 하며 바다 위를 맴돌았다. 커다란 검은 그림자가 소용돌이치더니 빽빽하게 모여 있는 청어 떼 한가운데로 날카로운 공격을 하기 시작했다. 흰색 거품이 일던 바다가 조용해지면서 등에 상처를 입은 청어 20여 마리가 수면 위로 떠올랐다. 다른 청어 몇 마리는 황새치의 뾰족한 입에 타격을 입고 휘청대듯 기운 없이 헤엄을 쳤다. 황새치들이 죽인 청어 상당수는 성찬을 즐기려는 갈매기 차지가 되었다.

청어를 충분히 배부르게 먹고 난 황새치는 수면 위로 올라가 나른한 졸음에 빠져들었다. 청어 떼는 바다 깊이 내려갔고, 갈매기는 멀리 날아가 저 아래 바닷속에서 벌어질 일을 기다렸다.

수심 5패덤쯤에서 어린 고등어 무리는 조수를 따라 떠다니는 요각류인 칼라누스 수백만 마리로 이루어진 자주색 구름을 만났다. 고등어는 가장 좋아하는 먹이인 붉은색 갑각류를 잡아먹었다. 밀려들던 조수가 플랑크톤을 이동시키지 못할 만큼 잠잠해지자 요각류는 바다 깊이 내려갔다. 물고기 역시 이들을 따라 아래로 향했다. 수심 300미터 정도 되는 곳에서 고등어는 자갈로 된 바닥에 도달했다. 남쪽에서 길게 이어져 서쪽으로 뻗은 해저 구릉이 다른 구릉과 만나는 편평한 윗부분이었다. 두 구릉은 깊은 협곡을 사이에 둔 반원형 산맥처럼 연결되었다. 그 모양 때문에 이 모래톱은 어부들 사이에 '호스슈(horseshoe, 말편자)'라고 알려져 있다. 대구, 해덕(haddock), 북대서양대구를 잡기 위해 어부들은 이곳에 고깔 모양의 그물이나 저인망 그물을 놓곤 했다.

모래톱을 건넌 고등어는 서서히 경사면이 시작되는 해저 부분을 발견했다. 고등어는 15미터 정도 아래, 이 모래톱에서 가장 높은 부분의 협곡 가장자리에 도착했다. 여기서 90미터 밑에는 자갈과 부서진 조가비 대신 부드럽고 끈적이는 진흙 바닥으로 된 협곡이 자리하고 있었다. 헤이크(hake: 남방대구—옮긴이)라고 부르는 물고기들이 이 협곡에 살았는데, 해저면 바로 위에서 길고 예민한 지느러미를 진흙 위로 끌며 먹잇감을 사냥했다. 심해에 대한 본능적 두려움 때문에 고등어 떼는 모래톱의 경사면을 따라 위로 올라갔다. 해면 가까이에 사는 어린 물고기에게 해저는 새롭고 낯선 세상이었다. 이런 해저면 바로 위에서 헤이크들이 움직이고 있었다.

모랫바닥에서는 머리 위 가까운 곳을 오가는 모든 것을 지켜보던 눈이 고등어 무리를 주목했다. 얇은 필름처럼 평편한 회색 몸체를 모랫바닥에 딱 붙이고 자신을 잡아먹으려는 커다란 포식 어류로부터, 또 바다 밑을 총총 움직이며 먹잇감이 되어줄 새우와 게로부터 몸을 숨기고 있는 가자미의 눈이었다. 가자미의 커다란 입에는 뾰족한 이빨이 나 있는데, 눈이 있는 곳까지 입을 가능한 한 크게 벌려 무섭게 보이도록 했다. 고등어가 너무나도 활발하고 재빠르게 움직여 도다리의 주위를 끌었다. 가자미는 숨어 있던 곳을 벗어나 고등어를 쫓았다.

어린 고등어가 모래톱 위를 움직일 때 뾰족한 등지느러미에 몸체가 커다란 대구과 물고기인 해덕이 갑자기 나타나 주위를 휩쓸고 지나갔다. 주위는 이내 다시 고요해졌다. '호스슈' 일대에는 볼락이 많았다. 먹이인 갑각류, 극피동물과 강장류 등이 풍부했기 때문이다. 열 마리쯤 되는 고등어 무리가 나타났음에도 해덕은 마치 돼지처럼 코로 바닥을 파며 부드러운 모래 속에 사는 벌레를 찾아냈다. 주둥이로 모랫바닥을 팔 때 '악마의 문신'이라고 부르는 가슴지느러미 위쪽 검은색 점이 어슴푸레한 빛 속에서 선명하게 드러났다. 계속 땅을 파던 해덕은 깜짝 놀라 꼬리를 흔들며 지나가는 어린 고등어한테 크게 신경을 쓰지 않았다. 해덕은 해저면의 생물이 풍부할 때에는 다른 물고기를 별로 잡아먹지 않았다.

방망이 비슷한 모양에 길이가 3미터에 이르는 커다란 생물체가 모래 속에서 모습을 드러내더니 얇은 몸을 한 번 뒤집었다. 이 무섭고 흉한 모습에 놀란 어린 고등어들은 바닷물이 가오리의 모습을 가려줄 때까지 몇 패덤가량 위로 올라갔다.

가파른 바위 앞에서 낯선 물체가 흔들거렸다. 스스로 움직이는 게 아니라 모래톱을 건너 임칭닌 힘으로 거세게 밀려오는 조수에 따라 흔들리는 것이었다. 바닷물에서 생선의 맛이 느껴졌다. 스콤버는 금속 갈고리에 걸려 있는 청어의 살 조각에 코를 대보았다. 쏨뱅이 몇 마리는 작은 물고기가 먹기에는 너무나 큰 미끼를 조금씩 갉아먹다 깜짝 놀라 도망치고 말았다. 갈고리바늘 위로 얇은 줄이 달려 있었다. 줄은 얕은 바다에 2킬로미터 정도에 걸쳐 수평으로 놓여 있었다. 스콤버와 친구들은 바다 밑 평지에서 트롤망에 짧은 줄로 연결된 수많은 갈고리낚시(주낙)를 보았다. 그중 어떤 것에는 해덕같이 커다란 물고기가 걸려 있었다. 입에 걸린 갈고리 때문에 몸이 뒤집힌 것도 있었다. 갈고리 하나에는 1미터나 되는 커다랗고 육중한 대구과 물고기 커스크(cusk)가 걸려 있었다. 커스크는 모래톱에서 사는데, 바닷속 툭 튀어나온 바위에 난 해초 사이에 숨어 대부분의 시간을 보내는 외로운 물고기였다. 미끼인 청어 냄새를 맡고 숨어 있던 곳에서 나왔다가 낚싯바늘에 걸린 것이다. 빠져나가려고 애를 썼지만 커스크의 몸은 그물에 계속 감겨버렸다.

작은 고등어가 이 낯선 장소에서 벗어났을 때, 커스크의 몸이 수면 위 괴물 물고기처럼 보이는 어슴푸레한 그림자를 향해 물 밖으로 천천히 올라갔다. 어부들이 연이어 트롤망을 끌어당겼다. 낚싯바늘에 물고기가 걸려 있으면 짧은 방망이를 사용해 떼어낸 후 팔뚝만 한 것은 고깃배에 던져 넣고, 그렇지 않은 것은 다시 바다로 돌려보냈다. 조수가 만조로 바뀌고 한 시간쯤 지난 터라 어부들은 두 시간밖에 작업할 수 없었다. 호스슈의 조류는 아주 강해서 그물을 고정시켜놓았다 조수가 잠잠해질 때에만 끌어당길 수 있었다.

고등어는 모래밭을 떠나 바위 절벽이 해저로 150미터 정도 뻗어 있는 곳으로 향했다. 모래톱의 외곽은 단단한 바위여서 넓게 열린 바다에서 오가는 물의 압력을 막아주었다. 연안을 지나 푸른색이 짙어지는 심해로 들어선 스콤버는 수중 절벽 꼭대기에서 6미터 정도 아래에 있는 좁은 암붕을 발견했다. 가죽처럼 단단한 대형 갈조류들이 그 갈라진 틈과 암붕 사이에서 자라고 있었다. 바위 벽을 감고 도는 강한 조류 속에서 긴 리본 같은 잎이 나부꼈다. 스콤버는 나부끼는 편평한 대형 갈조류 잎 사이로 들어갔다. 해초 사이를 지나가는 물고기 눈에 띄지 않기 위해 암붕에 숨어 쉬고 있던 바닷가재가 깜짝 놀랐다. 가재는 몸통 아래쪽 털로 가득한 다리에 수천 개의 알을 달고 있었다. 이 알들은 이듬해 봄이 되어야 부화하는데, 그동안 배고프고 호기심 많은 뱀장어나 놀래기한테 알을 빼앗길 위험에 항상 노출되어 있었다.

암붕 위를 따라 움직이던 스콤버는 갑자기 길이 2미터, 무게 90킬로그램에 이르는 볼락과 마주쳤다. 해초가 자라는 암붕에 사는 볼락은 나이가 들어 무척 영리하고 또 무척 컸다. 몇 년 전 깊은 구멍이 있는 암붕을 발견하고 본능적으로 그곳이 좋은 사냥터임을 알아챈 후 자신의 은신처로 삼고 맹렬히 다른 대구를 쫓아냈다. 태양이 하늘의 중심을 지나가면 진한 자주색 그림자가 드리우는 암붕에서 대부분의 시간을 보냈다. 그리고 물고기들이 바위 벽을 따라 움직일 때 굴속에서 재빨리 나와 놀래기와 둑중개, 너울너울한 지느러미를 자랑하는 삼세기, 가자미와 성대, 베도라치, 홍어 등을 사냥했다.

어린 고등어 떼를 본 대구는 지난번 마지막 먹이를 먹고 난 후의 반(半)마비 상태에서 서서히 깨어나 배고픔을 느꼈다. 대구는 커다란 몸을 흔들며 암붕에서 나와 모래톱으로 가파르게 올라갔다. 스콤버는 대구를 피해 도망쳤다. 그리고 깎아지른 절벽 근처에서 상승 조류를 타고 있던 동료 고등어 무리에 합류했다. 고등어 무리는 재빨리 다가올 위험을 알아채고 모래톱을 건너 사라졌다. 대구의 어두운 형체가 뒤늦게 바위 벽 가장자리에서 모습을 드러냈다.

대구는 호스슈 위를 돌아다녔다. 해저에서 움직이며 작고 단단한 껍데기가 있는 것과 없는 것을 가리지 않고 잡아먹었다. 모래 위에 바싹 붙어 있는 가자미를 몰아내고 몸을 흔들며 작은 해덕을 잡았다. 또 한동안 수면 근처에서 살며 이제 성체가 되어 바다 깊은 곳으로 내려가려는 어린 대구들을 이끌고 해저로 향했다. 대구는 커다란 대합을 12개 정도 통째로 삼켰다. 살을 소화시키고 나면 껍데기를 내뱉는데, 며칠 동안 배 속에 조개 12개 정도는 깔끔하게 넣고 다닐 정도였다. 조개를 더 찾을 수 없을 때는 평편한 암붕 바닥에 두텁고 푹신한 매트처럼 깔린 홍조류 사이 동그랗게 말린 잎 속에 숨어 있는 게를 사냥하곤 했다.

2킬로미터쯤 떨어진 호스슈를 건넌 고등어 무리는 바닷속에서 무언가 낯선 소동이 일어나는 것을 느꼈다. 항구에서 지낼 때는 물론 다른 플랑크톤과 함께 떠다닌 이후 경험하지 못한 일이었다. 예민한 옆구리를 따라난 측선을 통해 강력하고 무거운 진동이 느껴졌다. 바위가 많은 사초에서 느껴지는 바닷물의 진동도 아니고, 조수나 여울의 파도도 아니었다. 어린 고등어는 지금과 같은 진동을 경험한 적이 한 번도 없었다.

불편한 요동이 점점 커지자 어린 대구들은 급하게 바다 외곽으로 계속해서 헤엄을 쳤다. 한 마리씩 또 한 무리씩 커다란 방망이 같은 가오리, 해덕, 대구, 가자미, 작은 넙치 등 다른 물고기도 물살을 갈랐다. 주변 바

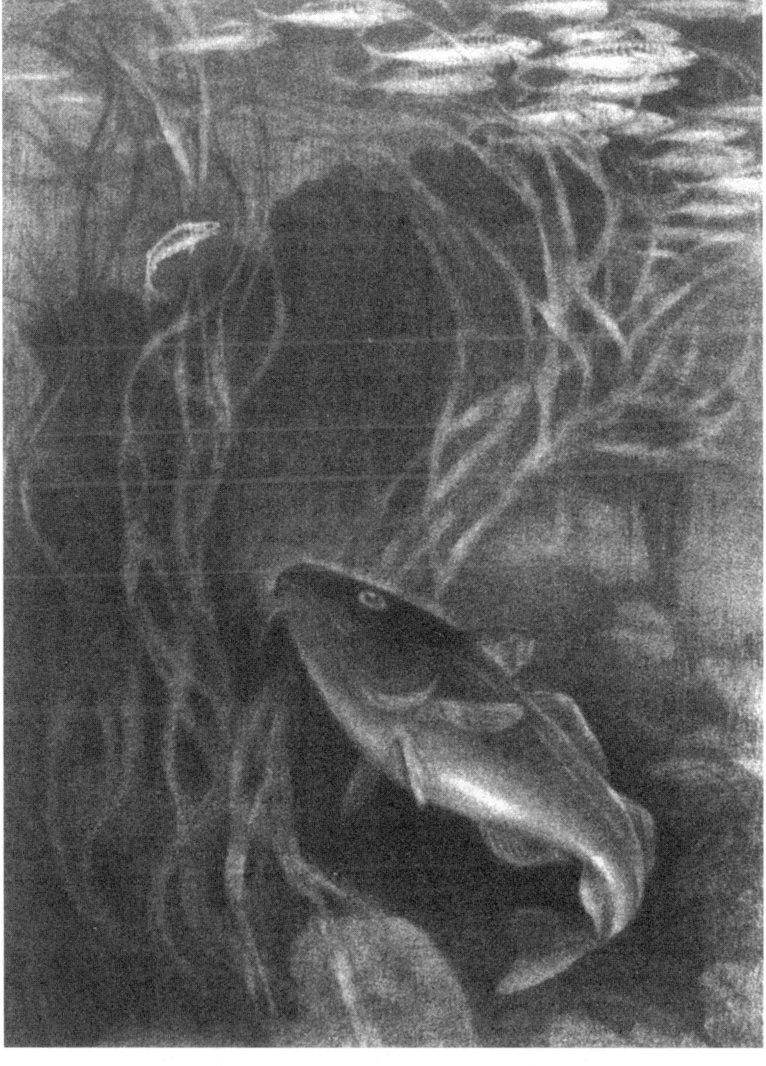

다를 흔드는 문제의 근원지에서 모두가 서둘러 멀리 떨어진 바닷속 절벽의 끝자락으로 향했다.

무언가 크고 어둡고 커다랗게 입을 벌린, 믿을 수 없을 만큼 거대한 형체가 바닷속에서 모습을 드러냈다. 낯선 진동에 혼란스럽고 불안해진 고등어들은 고깔 모양의 그물을 보고 갑자기 한 무리가 되어 방향을 바꾸었다. 그리고 이 낯설고 우울한 세상을 떠나 자신들이 원래 있던 바다 표면의 세계로 이동했다.

모래톱의 물고기에게는 햇살 가득한 바다와 피신처로 이끄는 본능이 없었다. 호스슈 전체를 덮을 정도로 큰 트롤망을 끌어올리자 불가사리, 게, 조개, 새조개, 해삼, 갯지렁이로 가득한 수천 킬로그램의 바다 생명체가 올라와 그물이 움푹 들어갈 정도였다.

절벽의 암붕에 살던 나이 많은 대구는 트롤망 앞쪽으로 이동했다. 거대한 몸집을 자랑하는 이 대구가 트롤망을 만난 게 처음은 아니지만 그렇다고 아주 자주 봐서 익숙한 정도도 아니었다. 대구 바로 뒤쪽에서는 쇠를 씌워 단단히 마감한 2개의 문이 다가오고 있었다. 물 위까지 뻗어 있는 긴 견인용 줄에 연결되어 그물 입구를 열어주는 문이었다. 그물은 이 줄을 통해 300미터쯤 떨어진 배와 연결되어 있었다.

대구는 해저면 바로 위를 여유 있게 헤엄쳤다. 자기 앞에 놓인 바다가 변하고 있음을 알 수 있었다. 엄청나게 깊은 바닷속 낭떠러지 때문에 물색이 진해졌다. 바닷속 깊은 틈 바로 위에 사는 대구한테는 안심되는 공간이었다. 트롤망이 대구의 꼬리지느러미를 스쳐 지나갔다. 자기 몸 근육 속에 잠자고 있던 엄청난 힘을 발휘해 대구는 속도를 올렸고, 푸른색 진공 속으로 사라져 암붕 밑 6미터 아래로 정확히 내려갔다.

그 직후 대구는 흔들리는 대형 갈조류의 잎 사이를 지나갔다. 아래쪽에서 암붕의 부드러운 바위가 느껴졌다. 트롤망이 신해 절벽의 한쪽 끝에서 펼쳐 지더니 빙글빙글 회전하며 그 아래 깊은 바다로 내려갔다.

II

바다의 인디언 서머

바다에 가을이 왔음을 알린 것은 10월 중순 무리를 지어 도착한 세가락 갈매기의 소리였다. 서리갈매기(frost gull)라고도 부르는 이들은 바다 위를 수천 마리씩 무리 지어 빙빙 돌다가 투명한 초록색 물 위로 모습을 드러내는 작은 물고기를 잡기 위해 날개를 구부리며 급강하하곤 했다. 세가락 갈매기는 북극해 연안과 그린란드 빙하 절벽에 자리한 둥지를 떠나 남쪽을 향해 이동했는데, 이들과 함께 겨울의 차가운 첫 번째 숨결이 회색 바다를 건너왔다.

바다에 가을이 찾아온 또 다른 증거도 있었다. 9월이 되자 그린란드와 래브라도, 키웨이틴과 배핀랜드 연안의 희박한 공기 흐름을 따라 날아온 바닷새의 비행이 매일 늘어났다. 서둘러 바다로 돌아가려는 새가 많아졌기 때문이다. 부비새와 풀머갈매기, 도둑갈매기, 각시바다쇠오리, 깝짝도요 등이 대륙붕 위를 날았다. 물고기는 이 대륙붕에서 무리 지어 움직이

고 플랑크톤 떼는 온 바다를 휘젓고 다녔다.

물고기를 사냥하는 부비새가 먹이를 찾아 바다를 살필 때면 몸에 새겨진 흰 십자 문양이 독특한 패턴을 나타냈다. 사람 눈에 띄면 이들은 대기 중으로 30미터가량 날아오르는데, 그럴 때면 무거운 몸 때문에 바다 표면이 갈라지면서 공기 방울이 튀곤 했다. 풀머갈매기는 부비새처럼 다이빙을 할 수 없기 때문에 작은 물고기와 오징어, 각종 갑각류 등을 바다 위에서 잡아먹었다. 고기잡이배에서 떨어진 썩은 찌꺼기도 주워 먹었다. 각시바다쇠오리와 지느러미발도요는 플랑크톤을 잡아먹었다. 도둑갈매기는 스스로 사냥을 하는 대신 주로 다른 새들이 잡은 먹이를 훔쳐 먹었다.

이런 조류 중 봄이 오기 전에 다시 육지를 보는 경우는 거의 없었다. 그들은 겨울 바다를 무대로 낮과 밤을 보내며 태풍과 고요를, 진눈깨비와 눈을, 태양과 안개를 견뎌냈다.

지난 9월 항구를 떠난 한 살배기 고등어는 넓은 바다에 압도당한 채 소심하게 살아갔다. 작은 만에서 안전하게 생활한 3개월 동안 바닷물의 흐름에 밀려오는 먹이를 찾고 썰물에 몸을 쉬는 법을 익혔다. 태양과 달의 인력에 따라 해안은 물론 넓은 대양 한가운데에서 나타나는 잔잔한 파도를 고등어는 느낄 수 없었다. 바닷물의 거대한 뒤척임 속에 조수의 흐름이 사라진 듯했다. 대양을 배회하며 아직 익숙하지 않은 조류와 지역에 따라 다르게 느껴지는 염도 때문에 고생했다. 그러면서 안전하게 쉴 수 있는 항구의 피난처, 고기잡이 부두의 그림자, 모자반 숲을 찾았지만 헛된 일이었다. 고등어는 항상 초록색 공간 속에서 움직여야 했다.

스콤버와 다른 한 살배기 고등어들은 항구를 떠난 후 넓은 바다에서 풍부한 먹이를 먹고 쑥쑥 자랐다. 태어난 지 6개월이 되자 20~25센티미터로 커졌는데, 이 정도 크기의 물고기를 어부들은 '택스(tacks)'라고 불렀다. 바다에서 보낸 첫 몇 주일 동안 고등어는 꾸준히 북동쪽으로 향했다. 이 차가운 바닷속에는 고등어가 가장 좋아하는 붉은색 요각류가 몇 킬로미터에 걸쳐 자리 잡고 있었다. 이들로 인해 바다가 붉은색으로 보일 정도였다. 해안에서 멀어지며 태양의 움직임으로 10월의 나날을 느낄 수 있을 때 한 살배기 고등어는 12년 정도 자란 어른 고등어들을 만났다. 가을은 고등어가 거대한 이동을 하는 계절이다. 세인트로렌스만과 노바스코샤의 해안을 향해 북쪽으로 움직이는 여름철 이동이 최고조에 달한다. 밀물이 썰물로 바뀌듯 물고기는 다시 한 번 남쪽으로 이동했다.

여름의 더위가 바다로부터 서서히 사라지고 있었다. 바다에서 봄과 여름은 어린 게와 홍합, 따개비, 갯지렁이, 불가사리, 20여 종의 갑각류가 태어나고 자라나는 시기였다. 인디언 서머(Indian Summer: 북아메리카에서 한가을과 늦가을 사이에 비정상적으로 따뜻한 날이 계속되는 시기—옮긴이) 기간 동안 가장 단순한 형태의 바다 생물은 짧고 활발한 생명의 부활을 만끽하며 수백만 마리로 증식했다. 그중엔 핀으로 한 번 찌른 구멍만큼 작은 단세포 원생동물도 있는데, 이들이야말로 바다의 빛을 만들어내는 주인공이었다. 3개의 요상한 뿔이 나 있는 원형질의 세라티움(Ceratium)은 10월의 밤바다를 반짝이는 은색 점으로 장식하며 바람 아래 서서히 움직이는 깊은 바다의 표면을 가득 채웠다. 육안으로 간신히 확인할 수 있을 만큼 작은 야광충은 보통 현미경으로는 보이지도 않는 빛을 뿜어내며 서로를 비추었다. 풍요로운 가을은 원생생물 떼가 가장 많이 모이는 시기였고, 물고기들은 빛으로 목욕을 할 수 있는 이곳으로 이동했다. 모래톱에 부딪친 파도가 액체로 된 불빛을 흘리고, 어부들이 노를 저을 때마다 어둠 속에서 섬광이 반짝였다.

어느 날 저녁 고등어들은 물속에 버려진 자망을 만났다. 부표에 연결된 채 떠 있는 그물은 코르크 라인에서 수직으로 매달려 마치 거대한 테니스 네트처럼 보였다. 그물눈이 꽤 커서 큰 물고기라면 걸리겠지만 한 살짜리 고등어가 통과하는 데에는 별문제가 없었다. 오늘 밤에는 이 그물을 통과하려는 물고기가 없었다. 그물에 작은 경고등이 달려 있었기 때문이다. 반짝이는 원생동물과 물벼룩, 단각류가 어두운 그물에 달려 있었다. 바다의 맥박은 그들의 몸체에서 셀 수 없는 불빛을 만들어냈다. 티끌처럼 작은 식물, 모래알보다 작은 동물 등의 바다 생명체는 태어나서 죽을 때까지 큰 대양에서 엄청난 떼로 몰려다니다 그물의 눈에 사로잡혔다. 녹록지 않은 세상의 단단한 현실을 만나 원형질 섬모로, 촉수와 갈고리로 매달려 있었다. 자망은 마치 그 자체가 생명력을 지닌 것처럼 반짝였다. 그 빛이 검은 바다를 비추고, 또 그 아래에 자리한 심연을 비추었다. 이 빛에 매혹된 주위의 많은 작은 생명체가 그날 밤 어둡고 넓은 바다에서 쉬다 깨어나 그물로 올라와 달라붙었다.

고등어가 호기심에 겨워 그물에 코를 밀어 넣자 플랑크톤이 더 환하게 불을 밝혔다. 고등어는 부분 부분 서로 연결되어 있는 그물을 2킬로미터 정도 따라갔다. 다른 물고기들도 그물에 와서 부딪쳤다. 어떤 물고기는 그물에 붙어 있는 작은 바다 생물을 잡아먹었다. 그럼에도 그물에 걸려든 물고기는 없었다.

달빛이 비치는 밤이라 그 빛에 반사되어 플랑크톤이 내는 빛이 희미해졌다. 그 때문에 많은 물고기가 그물을 보지 못해 잡힐 가능성이 높았다. 이런 사실을 알기에 어부들은 오직 달빛이 환한 밤에만 그물을 던졌다.

이 그물은 2주 전인 보름 무렵에 친 것이었다. 며칠 동안 어부 2명이 가솔린 모터가 달린 보트를 타고 와서 그물을 쳤다. 비바람이 바다를 건너 심하게 불어왔다. 그날 2킬로미터 떨어진 모래톱에서 고깃배가 부서졌기 때문에 어부들은 다시 돌아오지 않았다. 부서진 그 배는 조수에 밀려가다 그물에 걸리고 말았다.

홀로 남겨진 그물은 매일 밤 혼자 자리를 지켰다. 달빛이 비추는 동안 많은 물고기가 그물에 걸렸다. 그물을 발견한 돔발상어가 그 속을 왔다 갔다 하며 큰 구멍을 냈다. 하지만 달빛이 기울고 플랑크톤 불빛이 더 환해지면서 그물에 걸리는 물고기는 없었다.

아침 일찍 고등어 떼는 동쪽으로 헤엄쳐 갔다. 스콤버는 조류에 밀려온 나무토막의 길고 좁은 그림자가 자기 바로 위에 드리우는 것을 보았다. 이 그림자 언저리에서 작은 물고기의 은빛 비늘이 반짝였다. 나무토막은 노바스코샤를 떠나 남쪽을 향하다가 북동풍을 타고 밀려와 케이프곶 해안에 도착한 화물선의 목재 일부였다. 만에서 침몰한 화물선에서 쏟아진 목재가 바람과 파도를 따라 흘러온 것이다. 어떤 나무토막은 폭풍이 잔잔해지자 해안으로 밀려와 어초 주위를 시계 방향으로 도는 조수를 따라 움직였다. 떠다니는 목재는 넓은 바다에서 찾을 수 있는 유일한 안식처여서 스콤버는 그 밑의 작은 물고기 무리에 끼어들었다. 그리고 당분간 고등어 떼의 움직임에 무관심해졌다. 갈매기와 오징어, 커다랗고 사나운 물고기의 공격으로부터 안전을 상징하던 부두의 그림자와 닻을 내린 보트와 함께하던 어린 시절의 기억이 떠올랐다.

스콤버가 목재 아래 있는 물고기 떼에 합류하자마자 날카로운 날갯짓 소리를 내는 제비갈매기 대여섯 마리가 해초 때문에 미끄러운 목재 표면에 가느다란 발가락을 내디뎠다. 그 전날 해변을 떠나 북쪽으로 날아온 제비갈매기들이 처음으로 날갯짓을 쉰 순간이었다. 바다 위에서 사는 세비갈매기이지만 확신이 없을 때에는 물 위에 내려앉는 것을 두려워했다. 이들에게 바다란 물고기를 잡기 위해 들어가는 짧고 두려운 순간 견뎌내야 하는 별난 대상이지, 약한 몸을 기꺼이 쉬어가는 맘 편한 장소가 아니었다.

움직이는 파도가 언덕을 이루며 밑으로 미끄러져 들어오자 나무토막은 끝부분이 하늘을 향한 채 물결 사이를 따라 재빨리 흘러갔다. 파도를 따라 요동치는 나무토막을 작은 물고기 일곱 마리가 따라갔다. 제비갈매기도 뗏목 위 어부처럼 이들을 따라갔다. 흘러가는 나무토막 위에 만족스럽게 앉은 갈매기는 바다 한가운데에서 날개의 깃을 가다듬었다. 날개를 머리 위로 높이 올려 지친 근육을 폈다. 그중 몇 마리는 지친 잠 속으로 빠져들었다.

바다제비 몇 마리가 발을 종종거리고 날개를 퍼덕거리며 나무토막 근처 물 위에 내려앉았다. 이들이 내는 소리는 아주 가늘었다. "피트렐, 피트렐" 하고 마치 자기 이름을 속삭이는 것 같았다. 죽은 채 물 위에 떠 있는 오징어에 달라붙은 작은 갑각류를 살펴보기 위해 내려온 것이다. 이 새들이 내려앉자마자 800미터쯤 밖에서 날고 있던 조금 더 큰 바다제비가 울음소리를 내며 다가왔다. 큰 바다제비의 흥분한 울음소리를 듣고 어디서 왔는지 같은 종의 새 스무 마리가 서둘러 날아왔다. 바다 가까이 내려온 새들이 가슴과 큰 날갯짓으로 표면을 쳤다. 탐욕스러운 큰 바다제비가 먹이를 찾기 위해 날아온 작은 새를 쫓아버렸다. 첫 번째 바다제비는 이미 오징어를 잡아채고 꽥꽥거리며 동료가 가까이 다가오는 걸 막았다.

바다제비는 통째로 먹기엔 너무 큰 오징어를 삼키려 애썼다. 녀석이 이렇게 두려워하며 욕심을 내는 데는 이유가 있었다.

바람을 타고 갑자기 시끄러운 소리가 들렸다. 진한 밤색 새 한 마리가 바다제비 무리의 가장자리를 휩쓸고 지나갔다. 도둑갈매기는 오징어를 물고 있는 바다제비 위를 맴돌다 날아가더니 갑자기 방향을 바꿔 되돌아와 바다제비를 공격했다. 바다제비는 날갯짓을 하며 도둑갈매기를 떼어버리고 오징어를 삼키려 했다. 커다란 오징어 조각이 물 위에 떨어졌다. 물속으로 가라앉기 전에 도둑갈매기가 이 조각을 낚아챘다. 노획품을 삼킨 도둑갈매기는 해적질을 마친 후 다시 바다를 건너갔다. 화가 난 바다제비는 공중에서 빙빙 돌았다.

늦은 오후 두꺼운 안개가 날고 있는 바다제비의 높이만큼 바다에 내려앉았다. 황록색 해수면이 따뜻함이나 색채를 찾을 수 없는 회색으로 변해갔다. 해가 비치지 않자 작은 동물들이 표면으로 올라왔다. 작은 물고기가 위로 올라오자 이들을 먹고 사는 오징어와 다른 큰 물고기도 따라왔다.

안개는 거친 날씨와 함께 일주일이나 계속되었다. 해면 한참 아래에서 지내던 고등어는 거칠어진 바다에 놀라 평소보다 깊은 바다로 내려갔다. 그들은 대륙붕의 우묵하게 파인 곳을 지나갔다. 주말쯤 되자 고등어는 해저 분지의 바깥쪽으로 접근해 갔다. 여기엔 해안과 깊은 대서양 사이에 해저 산맥이 자리하고 있었다.

가을 폭풍이 수그러들고 다시 태양이 빛났다. 고등어는 먹이를 찾기 위해 깊은 바다를 벗어나 다시 해면 가까이 올라왔다. 도중에 바닷속 산맥의 높은 등성이를 지났다. 바다가 엄청난 물결로 휩쓸어버렸지만 해저 산맥을 깎아내지는 못했다. 이런 조수의 움직임이 불편했던 고등어는 이후 더 깊고 고요한 장소를 찾아 아래쪽으로 내려갔다.

20여 마리의 한 살배기 고등어들은 수억 년 전 만들어진 깊고 텅 빈 골짜기 주변 어두운 절벽을 따라 헤엄쳤다. 골짜기로 푸른 바닷물이 밀려 들었다. 투명한 바다로 햇빛이 들어와 절벽 서쪽 벽에 짙은 푸른색 그림자를 남겼다. 완만한 암붕을 따라 여기저기서 밝은 녹색의 해초 숲이 등장했다. 아래쪽 뿌연 공간의 뾰족한 바위로부터 다양한 색채가 뿜어져 나왔다.

절벽 완만한 경사면에 붕장어가 살고 있었다. 때때로 붕장어는 바위에 깊게 난 틈 속으로 사라졌는데, 이렇게 하면 적으로부터 몸을 피하기가 쉬웠다. 골짜기를 오가던 청새리상어가 몸통이 두터운 붕장어를 공격하기 위해 경사면으로 향했다. 돌고래는 돌로 된 벽을 따라와 암붕 주위에서 사냥을 계속했다. 그리고 절벽에 있는 동굴로 들어가 먹잇감의 동정을 살폈다. 하지만 이런 적들 중 그 누구도 붕장어를 잡지는 못했다.

스콤버 일행이 암붕 쪽으로 다가올 때 장어는 작은 눈으로 고등어의 반짝이는 몸체를 주시했다. 튼튼한 꼬리로 동굴의 벽을 지탱하고 두툼한 몸통을 끌어당겼다. 고등어 무리가 동굴 옆으로 다가갈 때, 스콤버는 절벽을 따라 방향을 바꾸었다. 좁은 암붕의 먹잇감 위를 맴도는 작은 단각류 무리를 살피기 위해서였다. 바로 그때 장어가 바위에서 모습을 드러내더니 부드럽게 똬리를 풀며 돌진했다. 갑작스러운 출몰에 놀란 고등어 무리는 급하게 도망쳤다. 하지만 단각류에 정신을 쏟고 있던 스콤버는 장어가 코앞에 나타날 때까지 눈치를 채지 못했다.

바닷속 절벽을 따라 두 물고기가 경주를 벌였다. 햇빛을 받으면 길쭉하고 가는 몸통에서 무지갯빛을 띠는 고등어와 키 크고 몸집 좋은 남자 또는 소방 호스처럼 몸통이 굵고 긴 장어. 장어를 적으로 여기는 작은 동물들이 절벽을 따라 해초 숲과 바위틈 작은 구멍으로 도망쳤다. 스콤버는 벽을 따라 도망치며 튀어나온 바위 꼭대기 사이를 위아래로 오갔다. 그러다 결국 해초가 무성한 암붕 아래로 숨어들었다. 암붕 끝자락에서 햇빛을 받으며 지느러미를 펄럭거리던 놀래기 두 마리가 깜짝 놀라 해초 사이로 몸을 숨겼다.

스콤버는 조용히 멈춰서 아가미만 빠르게 움직였다. 바위로 된 벽을 따라 밀려온 조수에 장어의 흔적이 남아 있었다. 커다란 장어는 절벽 주위를 돌아다니며 작은 물고기의 은신처인 갈라진 틈을 모두 살폈다. 천적의 냄새를 맡은 스콤버는 넓은 바다를 빙빙 돌며 다시 한 번 수면으로 올라갔다. 장어가 반짝거리는 고등어의 움직임을 목격했다. 장어는 방향을 바꾸며 속도를 냈지만 고등어는 이미 6미터 이상 앞서고 있었다. 암붕과 어둡고 깊은 굴속에 사는 장어는 일반적으로 탁 트인 곳을 회피한다. 그래서 잠시 주저하며 속도를 늦췄다. 순간, 작고 깊은 눈에 회색을 띤 물고기가 나타났다. 장어는 본능적으로 몸을 돌리고 저 멀리 떨어진 바위틈 안식처로 재빨리 몸을 피했다. 돔발상어 떼가 돌진했다. 언제나 굶주린 듯 항상 피 맛을 볼 준비가 되어 있는 작은 상어는 순식간에 장어의 두툼한 몸체에 거침없는 공격을 가했다.

돔발상어는 이틀 동안 이 일대에 나타나 고등어, 청어, 명태, 대구 등을 먹이로 삼았다. 그 두 번째 날, 스콤버 무리는 참다못해 많은 해저 언덕과 골짜기를 지나 상어가 뒤덮인 바다에서 남서쪽으로 여행을 떠났다.

그날 밤 고등어는 반짝이는 바다를 계속 헤엄쳤다. 이 빛은 2.5센티미터 정도 되는 새우의 몸에 박힌 반짝이는 점에서 나오는 것이었다. 새우한테는 눈 아래, 배나 꼬리 옆쪽에 빛을 내는 기관이 있다. 새우는 헤엄을 치면서 몸을 굽혀 이 불빛을 자기 뒤 또 아래로 향함으로써 작은 요각류, 작은 새우, 고둥, 단세포 동식물을 좀더 잘 살필 수 있었다. 대부분의 새우는 먹잇감의 팔이나 빳빳한 부속지를 잡곤 하는데, 꼬리를 움직여 조류 속에서 이런 먹이를 잡아두기도 했다. 새우에게서 나오는 작은 빛을 따라 다니며 고등어는 충분한 먹이를 섭취했다.

여명이 바다의 암흑을 희석시키는 새벽이 되자 바다의 작은 램프들도 빛을 잃었다. 뜨는 해를 향해 헤엄치면서 고등어는 익족류로 가득한 바다에 도달했다. 이른 아침 햇살이 바다를 비출 때 흐릿하고 푸른 구름처럼 넓게 퍼진 익족류 무리가 고등어의 시야를 가로막았다. 하지만 한 시간쯤 지나 햇살이 비스듬하게 비치자 바다는 반짝이는 거품으로 가득하고 익족류는 마치 섬세한 유리처럼 투명해졌다.

그날 아침 고등어는 익족류 무리를 지나 몇 킬로미터나 헤엄쳤다. 그 과정에서 연체동물 떼를 지나고 입을 벌린 채 유영하는 고래를 만나기도 했다. 쫓아오는 것도 아닌데 고등어는 이 거대한 고래로부터 도망을 쳤다. 고둥 수백만 마리는 자신들을 사냥할 고래에 대해 아무것도 알지 못했다. 고래는 계속해서 먹이를 찾아다니며 평화롭게 바다를 훑었다. 고둥은 엄청난 바닷물과 함께 커다란 입속으로 빨려 들어간 후에야 끔찍한 사냥꾼의 존재를 깨달았다.

익족류 무리를 뚫고 헤엄치면서 스콤버는 자기 뒤에서 움직이는 커다란 물고기를 발견했다. 그 움직임에 따라 바닷물이 흔들리는 게 느껴졌다. 하지만 물고기는 빠르게 사라졌고, 스콤버는 다시금 먹잇감인 작고 투명한 고등에 관해서만 생각했다. 그런데 몇 패덤 아래에서 갑자기 엄청난 요동을 느꼈다. 아래쪽 가장자리에 있던 고등어 무리가 황급히 위쪽으로 올라갔다. 12마리 정도의 커다란 참치가 고등어 떼를 공격한 것이다. 참치는 아래쪽에서 작은 고등어 떼를 수면 쪽으로 밀어 올렸다.

참치가 고등어 떼 사이를 지나가자 공포와 혼란이 밀려왔다. 앞뒤로는 물론 오른쪽과 왼쪽으로도 도망갈 곳이 없었다. 참치 때문에 아래로 내려갈 수도 없었다. 동료들과 함께 스콤버는 계속해서 위로 올라갔다. 해면이 가까워질수록 바닷물 색은 연해졌다. 스콤버는 뒤에서 쫓아오는 거대한 물고기의 엄청난 진동을 느꼈다. 물고기는 작은 고등어보다 훨씬 빨랐다. 고등어 옆으로 무려 230킬로그램에 달하는 참치가 스쳐 지나갔다. 고등어가 해면 가까이 올라갔는데도 참치는 여전히 따라왔다. 대기 중으로 뛰어올랐다 다시 물속으로 들어가기를 반복했다. 공중에서는 새들이 날카로운 부리로 공격을 했다. 먹이를 잡으려는 참치가 만들어낸 물보라를 본 갈매기들이 서둘러 이곳으로 찾아온 것이다. 물고기들이 뛰어올랐다 떨어지며 만드는 물보라 사이에 새들의 울음소리가 섞여들었다.

스콤버는 도약이 점점 짧아지고 힘이 빠져 기진맥진했다. 참치의 입을 간신히 두 번 정도 피한 스콤버는 동료들이 공격당하는 모습을 보았다.

고등어나 참치의 눈에 띄지 않게, 동쪽에서 커다랗고 검은 지느러미가 나타났다. 첫 번째 지느러미가 나타난 곳에서 남동쪽으로 90미터 떨어진 곳에서 사람 키 정도의 칼날 같은 지느러미 2개가 모습을 드러냈다. 피 냄새를 맡은 범고래 세 마리였다.

6미터에 달하는 고래가 마치 늑대처럼 커다란 참치를 공격하는 모습을 목격한 스콤버는 큰 혼란에 빠졌다. 스콤버는 커다란 참치가 천적으로부터 도망치기 위해 방향을 바꾸느라 소란스러운 곳에서 겨우 빠져나왔다. 작은 고등어를 따라와 공격하던 참치들은 이내 사라졌다. 천적의 습격을 받은 한 마리를 제외하고는 모두 범고래의 시야에서 도망친 것이다. 고등어가 내려간 초록색 바다는 고요하고 잔잔했다. 스콤버는 또다시 먹이를 찾아다니는 동료들과 섞여 주위에 있는 투명한 고둥을 바라보았다.

12

후릿그물 끌기

그날 밤 바다는 보기 드물게 인광으로 번쩍였다. 물고기들은 해면 가까이 올라와 먹이를 찾았다. 11월의 쌀쌀한 한기에 움직임을 재촉한 물고기 무리가 물속을 오가자 혼란에 빠진 수백만 마리의 플랑크톤이 강한 불빛을 내뿜었다. 여기저기 오가며 환하게 타올랐다 스러지는 플랑크톤의 불빛으로 달도 뜨지 않은 밤의 칠흑 같은 어둠이 깨졌다.

다른 한 살배기 고등어 500여 마리와 함께 바닷속을 헤매던 스콤버는 어둠 속에서 반짝이는 은색 불빛을 발견했다. 바다벼룩을 따라가는 커다란 고등어 떼의 비늘이 반사된 것이다. 고등어 수천 마리가 천천히 조류를 따라 헤엄치고 있었다. 그 일대가 흐릿하게 반짝이는 고등어로 가득했는데, 움직일 때마다 빛을 만들어내는 플랑크톤과 부딪혔다.

1년생 고등어는 다 자란 고등어 무리와 섞였다. 스콤버가 예전에 본 것보다 훨씬 큰 무리였다. 주변이 온통 고등어였다. 바닷속 위아래로 층층이 왼쪽과 오른쪽으로도, 앞과 뒤로도 고등어뿐이었다.

일반적으로 그해에 태어나 20~25센티미터 자란 고등어를 '택스'라 부르는데, 따로 무리를 이루어 움직인다. 작은 고등어들은 조금 천천히 이동하다 보니 그렇다. 조금 더 큰 6~8년생 고등어들 역시 먹이인 플랑크톤의 이동 속도에 맞춰 조금 천천히 움직이므로 1년생 고등어가 쉽게 그 무리를 따라갈 수 있었다.

바닷속에서는 다양한 물고기가 움직였다. 어둠 속을 돌진하며 빙빙 돌다 몸을 뒤집을 때 빛을 받아 반짝이는 커다란 고등어의 모습에 한 살배기 스콤버는 긴장하고 한편으론 놀랐다. 하지만 먹이를 먹는 데 마음을 빼앗겨 어린 고등어나 큰 고등어 또는 수면 가까이에서 헤엄치는 거대한 물고기가 지나가는 자국처럼 머리 위에서 반짝이는 바닷길을 인식하지 못했다.

바다 위에서 쉬던 새들은 둔탁한 진동으로 밤의 침묵이 깨지는 것을 확인했다. 다른 새보다 좀더 깊이 잠든 새들은 재빨리 깨어나 운항하는 배와 부딪히지 않도록 조심했다. 하지만 풀머갈매기의 깜짝 놀란 울음소리나 슴새의 날갯짓 소리도 저 바닷속에 있는 물고기들에게 경고 메시지를 전달하지는 못했다.

"고등어다!" 돛대 끝에 앉은 파수꾼이 외쳤다.

엔진의 진동이 거의 들리지 않을 정도로 잦아들었다. 12명 정도의 어부가 어둠을 살피며 고등어 예인망의 가로대를 내렸다. 물고기가 놀라지 않도록 예인망에는 조명이 달려 있지 않았다. 온통 어둠뿐이었다. 두터운 벨벳 같은 어둠으로 인해 하늘과 바다를 구분할 수조차 없었다.

하지만 기다려야 한다! 반짝이는 빛이 보였다. 좌현 쪽 바다에서 빛나는 것은 귀신불일까? 만일 그렇다면 불빛은 어둠 속에 희미해지고 바다는 다시 정체불명의 어둠, 생명이 존재하지 않는 심연 속으로 빠져들 터였다. 하지만 산들바람에 흔들리는 불꽃처럼, 손안의 성냥불처럼 다시 불빛이 주위의 어둠을 밝혀주었다. 불빛은 형태 없는 구름처럼 바다에서 움직였다.

"고등어다!" 몇 분 동안 불빛을 지켜본 선장이 말했다. "잘 살펴!"

처음에는 뱃전에 부딪치는 파도를 제외하곤 아무 소리도 들리지 않았다. 어둠 속에서 날아올라 다시 어둠 속으로 사라지던 바닷새가 돛에 부딪혀 갑판 위로 떨어지며 퍼덕거렸다.

다시 고요함이 찾아왔다.

그리고 뒤를 이어 비가 내리는 것처럼 희미하지만 놓칠 수 없는 소리가 들렸다. 수면 가까이에서 먹이를 찾는 고등어 무리의 소리였다.

선장은 그물을 치라는 명령을 내리고, 자신은 돛대 꼭대기에 올라가 작업을 지시했다. 선원들은 모두 자기 자리를 찾아갔다. 10명은 배 오른쪽에 달린 방책과 연결된 예인망 보트에 올라탔다. 나머지 2명은 예인망 보트 뒤에 묶어둔 도리선(dory: 밑바닥이 편평한 소형 어선—옮긴이)에 올랐다. 엔진 소리가 다시 커졌다. 반짝거리며 출렁이는 바다 위에서 배가 커다란 원을 그리며 움직이기 시작했다. 예인망이 고등어 떼 주위를 세 번 돌았다. 두 번째 돌 때는 첫 번째보다 좀더 작게, 세 번째는 두 번째보다 좀더 작게 원을 그렸다. 바다 위 불빛은 좀더 밝아졌고, 빛의 궤적도 좀더 집중되었다.

고등어 무리 주위를 세 번째 돈 후 예인망 보트의 선미에 있던 어부들이 바닥에 쌓아놓았던 1.5킬로미터 길이의 그물 한쪽 끝을 도리선에 있는 선원에게 건넸다. 그날 저녁 물고기를 잡지 않아 예인망에는 물기가 없었다. 도리선에서 밧줄을 풀고 노를 잡고 있던 선원들은 물살을 밀었다. 배가 다시 예인선을 끌며 움직이기 시작했다. 예인선과 도리선 사이가 멀어졌다. 그물은 천천히 더 큰 배 쪽으로 미끄러져 내려갔다. 줄은 두 배 사이의 코르크 부표로 연결되어 있었다. 테두리에 납을 매단 그물이 코르크 라인에서 수백 미터 아래로 수직 커튼처럼 내려갔다. 부표로 위치를 표시하는 그물줄은 활 모양 아치에서 반원으로 퍼지고, 반원에서 다시 완전한 원 모양으로 퍼져 120미터에 걸쳐 고등어를 잡아 가두었다.

고등어들은 예민하고 불안해졌다. 무리 밖에 있는 녀석들은 거대한 바다 생물이 가까이 등장하는 듯 무언가의 육중한 움직임을 눈치챘다. 물살을 가르는 거대한 궤적, 바다에서 그 흐름을 느낀 것이다. 몇몇 물고기는 길쭉한 타원 모양으로 움직이는 은색 물체를 목격했다. 그 옆에서는 좀더 작은 물체 2개가 앞뒤로 나란히 움직이고 있었다. 새끼 두 마리를 옆에 두고 움직이는 고래 같았다. 이 낯선 괴물에 놀라 무리 가장자리에 있던 고등어는 가운데로 들어오기 위해 애썼다. 고등어들은 이 반짝이는 이상한 물체가 보이지 않는 곳, 헤엄치는 동료 수천 마리가 있는 곳으로 돌진해 들어갔다.

이상한 바다 괴물이 주위를 다시 한 바퀴 선회했다. 이번에는 커다란 물체 옆에 작은 물체가 하나만 뒤따랐다. 다른 물체는 위쪽으로 움직여 기다란 지느러미로 물을 차는 것처럼 보였다. 예인망선이 물살을 가르며 조금 잦아든 불빛을 따라가는 동안, 물고기가 오가는 길에 그물이 내려갔다. 바닷속으로 내려간 그물이 창백하게 빛나며 커튼처럼 펴지자 정신없이 불꽃이 일고, 플랑크톤이 그 주위로 몰려왔다. 물고기들은 그물로 된 벽을 무서워했다. 드리운 그물이 넓게 흔들리며 입구가 좁아지더니 조금씩 둥근 모양이 되어 닫혔다. 그 안에 들어간 고등어는 서로의 간격이 점점 줄어들어 그물에 거의 붙을 정도가 되었다.

무리 한가운데에서 스콤버는 다른 물고기들의 압력이 가중되는 것을 느꼈다. 바다의 빛을 반사해 반짝이는 몸통들 때문에 눈도 제대로 뜨지 못할 지경이었다. 플랑크톤이 촘촘히 박힌 그물을 본 적도 없고, 코나 옆구리로 그물눈을 건드려본 적도 없는 스콤버에게 그물은 존재하지 않는 듯했다. 불안감이 바닷속에 퍼져 마치 전기가 통하듯 이 물고기에서 다른 물고기로 전해졌다. 고등어 떼는 온몸으로 그물을 밀기 시작했는데, 방향을 바꾸어 다시 무리를 뚫고 돌진하는 동안 공포가 물고기 떼 사이에 번지기 시작했다.

예인망선에서 일하는 어부 중 한 명은 바다에 나온 지 2년밖에 안 되었다. 이 일을 시작할 때 지녔던 호기심과 궁금증을 잊어버리는 데는 시간이 그리 오래 걸리지 않았다. 바다 저 아래에는 무엇이 있을까? 갑판 위에서 펄떡이는 물고기나 얼음에 재워놓은 물고기를 보면서 때때로 그런 생각을 했다. 이 고등어는 바닷속에서 무엇을 보았을까? 물고기는 그가 보지 못한 것들을 보고, 그가 가보지 못한 곳을 가봤을 것이다. 말로 표현하지 않았지만 바다에서 활기 있게 살아가던 생명체가, 알고 있는 모든 가혹한 적으로부터 고난을 받던 존재가 어부 자신의 눈이 미치지 못하는 심연을 통과하고 나서 결국 흉한 모습으로 미끌거리는 예인망선 갑판 위에서 죽음을 맞이하는 것은 옳지 않다고 느꼈다. 하지만 그는 어부였고,

더 이상 그런 생각을 할 여유도 없었다.

그날 밤, 바다에 던진 예인망이 번쩍거리며 내려가는 모습을 보면서 어부는 물고기 수천 마리가 저 아래에서 정처 없이 헤엄치고 있을 거라고 생각했다. 어부는 고기를 볼 수 없었다. 맨 위쪽에서 헤엄치는 물고기조차도 어둠 속에서 도약하는 빛의 흐름, 전도된 어두운 하늘의 불꽃놀이처럼 보였다. 그는 잠시 어지러움을 느꼈다. 그물로 뛰어들었다가 물러서는 고등어를 마음속에 그렸다. 바닷속에서 번쩍이는 움직임으로 그 크기를 짐작하며 아주 커다란 고등어들일 거라고 생각했다. 인광은 물렁거리는 금속 덩어리처럼 물속에서 응축되었다. 그 모습으로 양 끝이 막힌 그물 속 물고기가 이리저리 돌진했다 깜짝 놀라 물러서는 것을 짐작할 수 있었다. 예인망선이 도리선과 겹치며 그물의 양 끝이 하나로 묶였다.

어부는 140킬로그램 무게의 그물을 들어 올리는 일을 도왔다. 그물 바닥에 뚫려 있는 구멍을 막기 위해 줄을 서서히 놓기 시작했다. 어부들이 긴 조임줄을 당겼다. 그물에는 도망갈 길을 찾지 못한 채 갇혀버린 고등어들이 들어 있을 것이다. 어부는 바다를 향해 미끄러지듯 도망치는 물고기를 생각했다. 조임줄을 당기자 수심을 알려주는 측연선에 달려 있는 커다란 구리 고리가 서로 가까워졌다. 그물은 점점 좁혀졌지만 도망갈 통로는 아직 열려 있었다.

물고기들이 분명 당황했을 거라고 어부는 생각했다. 바다 위쪽의 물고기 떼가 마치 쏟아지는 수백 개의 유성처럼 보였다. 전체 무리가 내는 빛이 줄어들었다가 다시 반짝였다. 하늘에 있는 강철 화로에서 빛이 나오는 것 같았다. 그물을 조절하는 조임줄이 느슨한 부분을 통해 물고기들이 빠져나갔다. 아직 도망갈 틈이 있었던 것이다. 커다란 고등어들은 점점 더 거칠어졌다. 다루기에는 너무나 큰 무리였지만, 선장은 물고기 떼가 흩어지도록 내버려두지 않았다. 물고기 떼는 바다 깊은 곳으로 향했다. 아래쪽으로 방향을 튼 큰 고등어들은 전체 무리를 이끌고 좁아지는 그물을 통해 아래로 내려갔다.

어부는 몸을 돌려 예인망선 바닥에 놓인 축축한 밧줄을 손으로 잡았다. 보트에 밧줄이 얼마나 남아 있는지, 예인망을 걷어 올리려면 얼마나 시간이 걸릴지 짐작해보았다.

가까운 곳에서 고함 소리가 들려 어부는 다시 바다 쪽을 보았다. 그물 안에서 나오는 빛이 점점 희미해지다 깜빡이면서 스러지더니 창백한 빛을 내며 결국 어둠 속으로 사라져버렸다. 물고기들은 더 깊은 바다로 내려갔다. 어부는 뱃전에 기대 어두운 바닷속을 들여다보며 그 빛이 사라지는 것을 확인했다. 직접 볼 수는 없지만, 수천 마리 고등어 떼가 당황해서 황급히 급강하하는 모습을 상상했다. 문득 자신이 저 바닷속 30미터 아래 깊은 곳 그물의 측연선에 있었으면 좋겠다는 생각이 들었다. 물고기들이 유성처럼 반짝이며 최고 속도로 헤엄치는 광경은 얼마나 대단한가! 고등어가 심해로 내려가는 것이 어떤 의미인지 370미터짜리 예인망을 다시 끌어올려 정리하는 힘든 일이 끝난 후에야 어부는 겨우 이해할 수 있을 것이다.

예인망 바닥을 향해 정신없이 내달린 고등어들은 곳곳으로 흩어졌다. 휘감아 도는 그물의 공포를 깨달은 고등어들은 밤이 지나고 나서야 무리를 지어 조용히 먹이 활동을 시작했다.

새벽이 되기 전 근처 바다에서 고기잡이를 하던 대부분의 예인망선은 서쪽을 향해 어둠 속으로 사라졌다. 수심을 측정해가며 여섯 번 그물을 던졌지만 다섯 번이나 실패해 그날 밤 내내 운이 좋지 않았던 배 한 척만 남았다. 동쪽이 회색으로 물들고 검은 바다가 은빛 광선으로 빛날 때, 그날 아침 바다에서 유일하게 움직인 것은 이 배 한 척이었다. 선원들은 그 전날 밤 바다 깊은 곳으로 내려간 고등어들이 새벽녘 다시 수면 근처로 올라올 때를 기다리며 한 번 더 그물질을 준비했다.

하늘이 동쪽부터 조금씩 밝아왔다. 키 높은 돛대와 갑판실이 서서히 모습을 드러냈다. 이어서 뱃전에 돛대의 그림자가 드리웠다가 그물 더미 속으로 사라졌다. 파도의 마루가 반짝이고, 골은 어둠에 잠겨 있었다.

세가락갈매기 두 마리가 어둠 속에서 날아오더니 돛대 위에 앉아 물고기가 잡히기를 기다렸다.

남서쪽으로 400미터쯤 갔을 때 바다 위에 어둡고 불규칙한 조각 같은 게 보였다. 바로 동쪽으로 천천히 움직이고 있는 고등어 떼였다.

고등어 떼를 앞에 두고 예인망선은 재빨리 방향을 바꾸었다. 배가 빠르게 움직이는 바람에 기물이 여기저기 떨어졌다. 선원들은 정신없이 서둘러 조임줄을 내려보내고, 그물을 끌어당겨 예인망의 밑바닥을 닫았다. 어부들은 예인망의 느슨한 부분을 확인해 가장 무거운 부분인 그물 한가운데로 물고기를 몰았다. 배가 예인망선 옆으로 다가와 느슨한 그물 더미를 건네받았다.

배 옆으로 예인망이 내려가고 코르크 라인에 서너 개씩 단단히 연결된 코르크 부표가 바다 위에 떴다. 그물에는 수천 킬로그램에 이르는 고등어가 담겨 있었다. 대부분의 물고기는 성년이 된 다 큰 고등어였지만, 뉴잉글랜드 항구에서 여름을 보내고 최근 넓은 바다로 나온 1년생 고등어도

100여 마리 포함되어 있었다. 그중 한 마리가 바로 스콤버였다.

긴 나무 손잡이가 달린 국자처럼 생긴 그물이 예인선 위에 자리 잡더니 도르래로 들어 올린 물고기를 갑판 위에 풀어놓았다. 유연하고 남성적인 고등어들이 갑판 위에서 펄떡거렸다. 이들의 섬세한 비늘이 공기 중에서 무지갯빛을 만들어냈다.

그물에 갇힌 물고기들이 좀 이상해 보였다. 격렬하게 움직이는 모습이 마치 그물을 맞이하려고 뛰어드는 것 같았다. 일반적으로 예인망 안에 갇힌 물고기는 몸을 격렬하게 움직여 그물을 아래쪽으로 떨어뜨리려 애쓴다. 하지만 이 물고기들은 바다에서 무언가에 크게 놀란 듯했다. 바다에 등장한 괴물 같은 커다란 배보다 더 무서운 존재는 무엇이었을까.

예인망 밖 바다에서는 커다란 동요가 일었다. 작은 삼각형 모양의 지느러미와 길고 둥근 꼬리가 바다를 가르며 나타났다. 이어서 갑자기 그물 주위로 12개 정도의 지느러미가 등장했다. 1.2미터 정도 되는 날렵한 회색 몸체의 물고기가 코르크 라인을 건너 고등어를 잡아먹었다.

돔발상어들은 거칠게 예인망에 달려들어 그물 안 고등어를 잡아먹으려 했다. 그물이 마치 얇은 거즈 천인 듯 면도날처럼 날카로운 이빨로 물어뜯어 커다란 구멍을 냈다. 형언할 수 없는 혼란이 일어났다. 코르크 라인으로 둘러싸인 그물은 튀어 오르는 물고기와 날카로운 이빨, 녹색과 은색의 반짝임이 들끓는 소용돌이로 변했다.

그러다 문득 이 난리와 소용돌이가 가라앉았다. 불안과 혼란이 가시자 고등어들은 예인망에 난 구멍을 통해 돌진하는 그림자처럼 재빨리 도망쳤다.

예인망과 공격해오는 상어를 모두 피한 고등어 중엔 한 살짜리 스콤버도 있었다. 그날 지녁 스콤버는 나이 많은 물고기들과 함께 압도적 본능에 이끌려 자망과 예인망이 자주 등장하는 바다로 몇 킬로미터를 이동했다. 표면에서 한참 더 내려가 헤엄치다 낯선 바닷길을 따라 진한 녹색으로 변한 깊은 바다로 들어갔다. 스콤버는 언제나 남쪽과 동쪽으로 움직였다. 그렇게 자신이 절대 알 수 없는 곳, 버지니아곶의 대륙붕을 따라 펼쳐진 깊고 조용한 바다로 향했다.

그곳에서 곧 겨울 바다가 스콤버를 맞이할 터였다.

3부

Under the Sea-Wind

강과 바다

13

바다로 가는 여행

마가목, 히커리나무, 떡갈밤나무, 솔송나무 뿌리가 토양에 빗물을 잡아두는 언덕 아래 연못이 하나 있었다. 서쪽 고지대에서 흘러 내려온 2개의 개울이 바위 많은 언덕을 지나며 이 연못에 물을 공급해주었다. 부들, 흑삼릉, 사초와 물옥잠이 부드러운 진흙에 뿌리를 내리고 연못 중간 정도까지 뻗쳐갔다. 연못 동쪽을 따라 축축한 땅에서 버드나무가 자랐다. 풀이 길게 난 방수로를 따라 흘러넘친 물이 바다로 갈 길을 찾는 듯했다.

대기와 연못의 경계를 이루는 매끄러운 수면에 잉어, 황어를 비롯해 다른 민물고기가 동그란 파문을 만들어냈다. 갈대와 골풀 사이에 사는 작은 수생 곤충이 바삐게 움직여 수면이 마치 보조개가 생긴 듯 움푹 들어가기도 했다. 봄이 올 때마다 연못가에 자리한 갈대숲에 둥지를 튼 수줍은 해오라기 몇 마리를 볼 수 있었다. 그래서 이 연못을 '해오라기 연못'이라고도 불렀다. 빛과 그림자가 뒤섞인 부들 숲에서 들리는 이 새의 낯선 울음은 연못을 지키는 보이지 않는 정령의 소리 같았다.

해오라기 연못에서 바다로 가려면 물고기는 320킬로미터 정도를 헤엄쳐야 한다. 50킬로미터쯤 되는 좁은 시냇물을 지나고, 해안가 평원을 따라 느릿느릿 굽이치는 강을 100킬로미터 따라간다. 그리고 바닷물이 들어오는 얕은 만에 접한 소금기 있는 물길을 160킬로미터 정도 지난 후 강어귀에 닿는다.

매년 봄마다 작은 생명체들은 바다에서 320킬로미터에 이르는 여행을 하며 풀이 무성한 방수로를 올라가 해오라기 연못에 도달했다. 사람 손가락보다 조금 짧고 가느다란 유리판 모양의 이 생명체는 깊은 바다에서 태어난 뱀장어와 실뱀장어 새끼였다. 뱀장어 중 어떤 것은 개울물을 따라 언덕 높은 지대까지 올라가지만 또 어떤 것은 연못에 남아 가재나 닭새우, 물방개는 물론 개구리나 작은 물고기 등을 잡아먹으며 점점 어른으로 성장했다.

때는 어느덧 가을로 접어들어 연말을 향해 가고 있었다. 하현달이 반달이 되고, 비가 와 시냇물이 넘쳐흘렀다. 연못으로 세차게 들어온 두 시냇물이 바위를 흔들어대며 서둘러 바다로 향했다. 연못으로 밀어닥친 물은 주변의 잡초를 쓸어버리고 가재들이 사는 작은 구멍도 휩쓸었다. 주변에 있는 버드나무 둥치에 15센티미터 높이로 물이 차올랐다.

어둑해질 무렵, 바람이 불어왔다. 처음에는 산들바람이어서 연못의 수면을 벨벳처럼 부드럽게 어루만지고 지나갔다. 한밤이 되자 강풍으로 변해 골풀을 거칠게 흔들었다. 잡초의 씨앗 주머니를 흔들고 수면에 깊은 골을 만들어냈다. 바람은 언덕 아래에서 불어와 참나무와 너도밤나무, 히커리나무, 소나무를 흔들어댔다. 바람은 또한 320킬로미터 떨어져 있는 바다를 향해 동쪽으로도 불었다. 뱀장어는 연못에서 나와 흘러가는 물에 몸을 실었다.

뱀장어 앤귈라는 연못에서 넘쳐흐른 물을 타고 똑바로 나아갔다. 날카로운 감각으로 낯선 맛과 냄새를 감지했다. 빗물에 젖은 낙엽의 씁쓸한 맛과 냄새였다. 이끼와 부엽토 맛도 느꼈다. 뱀장어는 굽이치는 물에 휩쓸려 바다로 향했다.

10년 전 뱀장어는 손가락 길이 정도의 크기로 해오라기 연못에 도착했다. 몇 번의 여름과 가을, 겨울과 봄을 거치며 낮에는 수초 속에 숨어 있다가 밤이 되면 연못 속을 배회했다. 앤귈라는 다른 모든 뱀장어와 마찬가지로 어둠을 좋아했다. 언덕 아래 진흙 제방으로 벌집처럼 연결된 가재의 은신처를 속속들이 알고 있었다. 개구리가 앉아 있는 수련의 미끌거리는 줄기 사이로 지나가는 뱀장어는 풀잎에 매달려 있는 청개구리를 어디서 찾을 수 있는지, 봄이 되면 연못이 어디서 넘쳐흘러 북쪽 해안으로 물이 흘러가는지 알고 있었다. 사향뒤쥐가 찍찍거리며 달려가다 물에 미끄러져 첨벙 소리를 내는 강둑도 쉽게 찾을 수 있었다. 뒤쥐는 뱀장어에게 손쉬운 먹잇감이었다. 연못 속 부드러운 진흙 바닥에 대해서도 잘 알고 있어 겨울이면 추위를 피해 그 속에 들어가 지냈다. 다른 모든 뱀장어와 마찬가지로 앤귈라는 따뜻한 것을 좋아했다.

가을이 되어 구릉지의 산맥에서 떨어진 차가운 비로 인해 연못의 물도 차가워졌다. 앤귈라는 낯선 불안감을 느꼈다. 다 자라고 나서 처음으로 배고픔을 잊었다. 대신 형체도 없고 불분명한 낯선 갈망을 느꼈다. 어렴풋이 해오라기 연못의 가장 어두운 밤보다 더 어둡고 따듯한 어떤 장소가 떠올랐다. 그런 장소를 딱 하나 알고 있었다. 기억이 존재하기 이전, 자신이 처음 대이나던 그 어슴푸레한 순간. 10년 전 기어오른 연못의 출구를 지나 있는 그곳. 그날 밤 바람과 비가 몇 차례나 연못의 표면을 갈가리 찢어놓았다. 뱀장어는 물살에 저항하지 못하고 바다와 연결된 연못 입구로 향했다. 언덕 위 농가에서 닭이 새로운 하루의 세 번째 시간을 알릴 때, 뱀장어는 움직이는 수로의 물살을 따라 시냇물로 미끄러져 갔다.

만조 때였지만 그리 깊지 않은 시냇물은 꿀럭거리며 흘러갔다. 돌끼리 서로 부딪치는 소리도 났다. 뱀장어는 수압의 변화를 느끼며 시냇물을 따라갔다. 밤과 어둠에 익숙한 생명체이기에 온통 어두운 물길에 당황하지도, 혼란스러워하지도 않았다.

8킬로미터 정도 지나자 시냇물이 30미터 아래로 갑자기 뚝 떨어져 거칠고 둥근 돌무더기 위로 흘러내렸다. 그 길의 마지막쯤에 이르자 시냇물은 두 언덕 사이의 골짜기로 미끄러져 몇 년 전 물이 불어나면서 만들어진 깊은 틈을 따라 흘렀다. 언덕에는 참나무와 떡갈밤나무, 히커리나무가 빽빽하고 시냇물은 서로 얽힌 나무뿌리 사이를 지났다.

새벽녘이 되자 뱀장어 앤귈라는 조약돌과 작은 자갈에 부딪치며 졸졸 흘러가는 얕은 여울물에 도착했다. 물은 갑자기 급하게 움직여 3미터 정도 되는 폭포 언저리 쪽으로 흘러갔다. 깎아지른 듯한 바위를 지나 아래쪽 웅덩이로 넘쳐흘렀다. 이런 움직임과 함께 뱀장어도 가파르게 흐르는 얇은 물줄기를 따라 웅덩이로 향했다. 깊고 고요한 웅덩이에 차가운 물이 고여 있었다. 수백 년 동안 물이 떨어져 주위 바위들도 둥글게 깎여 있었다. 어두운 물이끼가 옆쪽에서 자랐다. 민물 조류인 차축조(stonewort, 車軸藻) 역시 둥글고 연약한 줄기를 이용해 자리를 잡고 끈끈이를 뿜어내며 번성했다. 얕은 시냇물에 환한 빛이 들어오자 뱀장어는 은신처를 찾아 웅덩이의 녹조류 사이에 숨었다.

한 시간 정도 웅덩이에서 쉬고 있을 때 다른 뱀장어가 폭포를 지나 낙엽과 조류가 만들어낸 어둡고 깊은 안식처로 찾아왔다. 언덕 높은 곳에서 살던 두 번째 뱀장어는 이곳까지 내려오는 동안 좁은 개울의 돌 조각에 긁혀 몸 여기저기 상처를 입었다. 다 자라기 전 2년 동안을 담수에서 보낸 이 뱀장어는 앤귈라보다 더 크고 힘도 셌다.

1년 동안 해오라기 연못에서 가장 큰 뱀장어였던 앤귈라는 낯선 뱀장어를 보자 녹조 속으로 몸을 숨겼다. 앤귈라의 움직임에 뻣뻣하고 끈적이는 조류의 줄기가 흔들려 여기에 붙어 있던 물벌레 세 마리가 깜짝 놀랐다. 물벌레는 꺾인 다리로 자세를 유지하며 줄기를 꼭 잡고 있었다. 물벌레는 차축조 줄기를 감싸고 있는 먼지말과 규조류의 얇은 막을 먹고 살았다. 수면 속으로 뛰어들 때는 물이 묻어 온몸이 반짝이는 천을 두른 것처럼 보였다. 뱀장어가 지나가며 고요한 거처를 흔들자 물벌레는 가벼운 몸 덕분에 마치 공기 방울처럼 수면 위로 올라갈 수 있었다.

6개의 구부러진 다리로 몸을 지지하며 물 위에 떠 있는, 나뭇잎처럼 보이는 곤충이 수면 위에서 미끄러지듯 움직였다. 마치 부드러운 비단 위를 움직이는 것 같았다. 실소금쟁이(marsh treader)의 발이 닿자 매끄러운 수면 위에 6개의 홈이 만들어졌다. 워낙 몸이 가볍기 때문에 이 얇은 수면의 막이 찢어지는 일은 없었다. 이 곤충의 학명은 '늪 위를 걷는다'는 뜻이다. 늪의 물이끼 주위에 살며 수면 위로 올라오는 모기 유충이나 작은 갑각류를 주시하다 잡아먹곤 했다. 물벌레 한 마리가 고요한 수면에 발을 내딛자 나뭇잎처럼 보이는 곤충은 입에서 단검처럼 나온 뾰족한 대롱을 상대의 작은 몸에 꽂아 체액을 빨아 먹었다.

낯선 뱀장어가 웅덩이 바닥, 낙엽으로 만든 두터운 깔개 속으로 들어가는 것을 확인한 앤귈라는 폭포 뒤 어두운 곳으로 몸을 숨겼다. 뱀장어 머리 위로 부드러운 이끼가 낀 초록색 바위가 있었다. 폭포에서 내려오는 물보라로 항상 습기가 찬 상태였다. 봄이 되면 작은 곤충이 찾아와 축축한 바위에 알을 낳은 후 얇고 하얀 실타래로 감아놓곤 했다. 나중에 이 알이 부화하면 투명한 날개를 가진 곤충이 폭포로부터 떼를 지어 날아올랐다. 그러면 나뭇가지 위에서 눈을 빛내며 지키고 있던 새들이 곤충 사이로 입을 벌리고 돌진했다. 이 곤충이 사라지면 축축한 이끼에서 사는 또 다른 작은 동물이 등장했다. 딱정벌레와 동애등에, 각다귀의 유충이다. 유충은 갈고리나 빨판이 없어 몸이 매끈하고 편평했다. 유선형이어서 폭포의 급속한 물살 속에서도 살 수 있고, 6미터 떨어진 웅덩이에서 넘친 물이 시냇물로 이어져 흐르는 곳에서도 살 수 있었다. 웅덩이에 거의 수직으로 떨어지는 수면과 얼마 멀지 않은 곳에서 살고 있지만, 녀석들은 급히 흐르는 물살과 그 위험에 관해 알지 못했다. 물이 이끼로 덮인 숲 사이를 느릿느릿 흘러가는 평화로운 세상이 녀석들이 아는 전부였다.

2주일간 계속된 비와 더불어 나뭇잎이 떨어지기 시작했다. 하루 종일 숲 꼭대기에서 바닥까지 나뭇잎이 떨어졌다. 잎이 조용히 떨어져 바닥에 닿으며 내는 바삭거리는 소리가 생쥐의 발자국 소리보다 더 작게 느껴질 정도였다.

매가 넓은 날개를 펴고 산등성이를 따라 남쪽으로 날아갔다. 넓게 편 날개를 퍼덕거리지도 않은 채 비행했다. 서풍이 불어와 위쪽으로 띄워 올랐다가 다시 산등성이를 따라 흐르는 상승 기류를 탔기 때문이다. 매는 캐나다에서 온 가을 철새로 비행을 쉽게 해줄 기류를 타고 애팔래치아산맥을 따라 날아온 터였다.

황혼 무렵, 올빼미가 숲속에서 울기 시작했다. 앤귈라는 웅덩이를 떠나 혼자 시냇물을 따라 내려갔다. 농가들이 있는 마을까지 개울이 흘렀다. 그날 밤 앤귈라는 달빛을 받아 하얗게 빛나는 작은 물방아용 저수지를 2개 지났다. 두 번째 저수지의 툭 튀어나온 둑 아래에서 잠시 몸을 쉬었다. 격하게 흐르는 물살이 무성한 잔디밭을 깎아냈다. 비스듬히 기운 판자 위로 흐르는 물소리에 뱀장어는 깜짝 놀랐다. 예전 물웅덩이에 함께 있던 다른 뱀장어가 저수지로 넘어오더니 냇물을 따라 하류로 향했다. 그 뱀장어를 따라 앤귈라는 물살 때문에 흔들거리며 재빠르게 더 깊은 곳으로 미끄러져 들어갔다. 물속에서 무언가 어두운 물체가 가까이에서 움직이는 것을 느낄 수 있었다. 시냇물의 상류에서 내려온 다른 뱀장어들이었다. 앤귈라와 마찬가지로, 길고 가느다란 몸통의 뱀장어들은 급하게 흘러가는 물에 몸을 맡기고 여행을 계속했다. 이동하는 뱀장어는 모두 알을 배고 있었다. 오직 암컷만이 바다에 대한 모든 추억 저편으로, 맑은 시냇물을 따라 내려갔다.

그날 밤 움직이는 생물은 뱀장어가 유일했다. 너도밤나무 잡목림 속에서 시냇물은 급하게 방향을 바꾸고 강바닥을 깊게 파며 흘러갔다. 앤귈라가 곡선을 그리며 흐르는 강 유역을 헤엄치고 있을 때 물에서 절반쯤 몸을 드러내고 있던 개구리 몇 마리가 부드러운 진흙 강둑에서 뛰어내리더니 연못 바닥의 쓰러진 나무줄기에 숨었다. 작고 까만 얼굴에 역시 까만 고리 모양의 꼬리를 지닌 털북숭이 동물이 부드러운 진흙 위에 마치 사람 발자국 같은 흔적을 남기며 어스름 달빛 아래 접근하는 모습을 보고 깜짝 놀랐기 때문이다. 미국너구리 라쿤(Raccoon)은 근처 너도밤나무 위 높은 곳에 구멍을 파고 살았는데, 자주 강가로 내려와 개구리나 가재를 잡아먹곤 했다. 어리석은 개구리들이 어디에 숨을지 알기에 자신의 접근을 반기는 첨벙 소리에도 당황하지 않았다. 쓰러진 나무 뒤에서 나온 라쿤는 그루터기에 가만히 엎드린 채 뒷발톱과 왼쪽 앞발톱으로 나무껍질을 단단히 움켜쥐었다. 그러곤 오른쪽 발톱을 물에 담그고 가능한 한 깊이 넣어 예민한 발가락으로 잎사귀와 진흙을 헤집었다. 개구리들은 낙엽 속으로 더 깊이 들어가 강물에 쓸려온 다른 부유물에 달라붙었다. 참을성 많은 발가락이 모든 구멍과 틈새를 비집고 들어가 낙엽을 밀쳐내고 진흙 속을 뒤졌다. 발가락 아래로 작고 단단한 물체가 만져졌다. 개구리는 도망치려고 움직였다. 순간, 너구리가 개구리를 단단히 움켜쥐고 재빨리 건져 올렸다. 그러곤 곧바로 죽인 다음 개울물에 조심스럽게 씻어 먹었다. 너구리가 식사를 마치자 작고 검은 얼굴을 한 다른 너구리 세 마리가 개울가 달빛 속에서 등장했다. 먹을 것을 찾아 내려온 암컷과 새끼 두 마리였다.

습관 때문인지 뱀장어는 본능적으로 낙엽 쓰레기에 코를 박고 개구리에게 위협을 더하고 있었다. 연못에서 그랬던 것처럼 개구리를 괴롭히지는 않았다. 개울물과 함께 흘러가려는 더 강한 본능으로 인해 배고픔을 잊었기 때문이다. 앤귈라가 나무토막 끝을 지나 흘러가는 물길 한가운데로 미끄러져 들어갔을 때, 새끼 너구리 두 마리와 어미가 나무둥치에서 걸어 나왔다. 너구리 가족은 물속을 살펴보며 개구리 사냥을 준비했다.

아침이 되면서 개울의 폭이 넓어지고 깊이도 깊어졌다. 개울은 고요하게 흐르며 플라타너스와 참나무, 층층나무 등이 우거진 숲의 정경을 반사했다. 개울물이 숲을 통과하며 바스락 소리를 낼 때 여러 가지 색으로 물든 나뭇잎이 떨어졌다. 참나무에서 떨어진 밝은 빨간색 단풍잎, 플라타너스에서 떨어진 초록색과 노란색 잎사귀, 층층나무에서 떨어진 가죽처럼 뻣뻣한 진한 빨간색 잎사귀. 강한 바람에 떨어진 층층나무 잎사귀에는 진홍색 열매가 달려 있었다. 어제는 울새가 층층나무에 모여들어 열매를 따먹었다. 오늘은 남쪽으로 날아간 울새 대신 서로 떠들고 울고 노래하는 찌르레기가 이 나무에서 저 나무로 오가며 열매를 따먹었다. 밝은 깃털이 보송보송하게 난 찌르레기의 가슴은 흰색이었다.

앤귈라는 10년 전 가을 태풍에 뿌리 뽑힌 참나무가 시냇가를 가로지르며 쓰러질 때 생긴 얕은 여울에 도달했다. 참나무 댐과 얕은 여울은 앤귈라가 그해 봄 실뱀장어로서 시냇물을 올라간 이후 처음 만나는 것이었다. 지금은 잡초와 토사, 나뭇가지와 그 밖에 다른 부유물이 커다란 나무둥치 주위에 쌓여 생긴 60센티미터 깊이의 웅덩이가 있었다. 보름달이 뜨는 기간 동안 뱀장어는 참나무 댐으로 막힌 물웅덩이 속에서 자신이 햇빛만큼이나 두려워하는 달빛이 비치는 강으로 떠날 여행을 준비했다.

웅덩이 진흙 속엔 구멍이 있고 작은 벌레 같은 칠성장어 유생이 여기에 자리 잡고 있었다. 이들은 아직 진짜 뱀장어는 아니었다. 뼈 대신 연골을 지녔고 턱이 없기 때문에 뾰족한 이빨이 난 둥근 입을 항상 벌리고 있는 일반 물고기 비슷한 형상이었다. 어린 칠성장어 몇 마리는 4년 전 알에서 깨어나 대부분의 시간을 시냇가 진흙 속에서 보냈다. 눈도 아직 뜨지 못하고 이빨도 없었다. 태어난 지 조금 더 오래된 유생은 사람 손가락 2배 정도 크기로 자랐고, 가을쯤에는 어른 물고기가 되어 처음으로 눈을 뜨고 자신들이 사는 물속 세계를 볼 수 있었다. 이제 진짜 뱀장어처럼 무언가에 이끌려 바다를 향해 내려갈 때였다. 바다에서 이들은 대구와 해덕, 고등어와 연어 등을 잡아먹고 때가 되면 자신의 부모처럼 다시 강으로 돌아가 새끼를 낳고 목숨을 다할 것이다. 어린 칠성장어 몇 마리는 구름이 잔뜩 낀 날 안개가 개울 주위를 감쌀 때 매일 통나무 댐을 넘어갔고, 어린 뱀장어들도 그 뒤를 따랐다.

그다음 날 밤 뱀장어는 빽빽하게 자란 버드나무가 섬을 이뤄 개울이 갈라지는 곳에 도착했다. 뱀장어는 넓은 진흙 바닥이 있는 섬 주위 남쪽 수로를 따라갔다. 수백 년 동안 시냇물이 강의 본류와 합류하기 전에 토사를 가져와 섬을 만들었다. 풀씨가 뿌리를 내리고, 새가 운반해온 나무 씨앗도 뿌리를 내렸다. 홍수에 밀려온 부러진 나뭇가지에서 버드나무 새순이 돋아났다.

뱀장어가 강 본류에 도달할 무렵 새날이 밝으며 강물이 회색으로 빛났다. 강의 수로는 깊이가 3.6미터 정도였는데, 가을비로 불어난 각 지류에서 물이 흘러와 색이 탁하고 흐렸다. 뱀장어는 산등성이에서 내려온 시냇물이 모이는 환한 모래톱은 두려워했지만 이 어두컴컴한 수로는 무서워하지 않았다. 그래서 낮에도 쉬지 않고 강물을 따라 내려갔다. 강에는 다른 뱀장어가 많았다. 수많은 지류를 타고 온 뱀장어였다. 무리가 많아지면서 뱀장어들이 느끼는 흥분도 커져갔다. 날이 지날수록 쉬는 횟수가 줄고 열광적으로 서두르며 강 아래쪽으로 향했다.

강의 폭이 넓고 깊어지면서 물에서 낯선 맛이 느껴졌다. 조금 씁쓸한 맛이라고 할까. 낮과 밤의 특정 시간이 되면 맛이 강해지는 물을 뱀장어는 입으로 들이마시고 아가미로 내보냈다. 물살의 낯선 움직임과 함께 쓴맛이 느껴졌다. 강을 거스르는 압력이 느슨해진 후에는 급류처럼 빠르게 물살이 흘렀다.

가느다란 기둥이 적당한 간격을 두고 강에 늘어서 있었다. 기둥은 해안을 향해 기울어져 깔때기 모양이 되었다. 미끌거리는 해초가 달라붙은 그물이 수면 몇십 센티미터 위로 이 기둥에서 저 기둥으로 걸려 있었다. 이따금 갈매기들이 정치망 위에 내려앉아 어부가 고기를 잡으러 나갈 때를 기다렸다. 사람들이 던져버리거나 놓친 고기를 먹을 수 있기 때문이다. 이 기둥은 따개비와 작은 굴로 뒤덮여 있었다. 적절한 염분 덕에 갑각류들이 잘 자랐다. 휴식을 취하거나 바다 끝에서 고둥과 새우, 벌레를 잡는 작은 바닷새를 강 모래톱 곳곳에서 볼 수 있었다. 파도 끝에 있는 바닷새의 수를 통해 바다가 얼마나 가까이 있는지 알 수 있었다.

물은 낯설고 쓴맛이 강해졌다. 조수의 맥박도 점점 더 세졌다. 썰물을 따라 60센티미터 정도 되는 작은 뱀장어 떼가 소금기 있는 습지의 물을 타고 들어와 산등성이 계곡에서 온 뱀장어들과 합류했다. 이들은 강을 올라간 적이 한 번도 없는 수컷으로, 조수가 밀려오는 염분 있는 물속에 남아 있었다.

모든 회유어에게 놀라운 외적 변화가 일어났다. 강에서 생활할 때는 몸통이 올리브브라운색이었는데 점점 더 반짝이는 검은색으로 변해갔다. 배는 은색으로 바뀌었다. 멀리 바다로 여행을 떠나는 성숙한 뱀장어에게서 볼 수 있는 색깔이었다. 뱀장어의 몸통에 지방이 쌓여 단단하고 통통해졌다. 여행이 끝날 때까지 필요한 에너지를 축적해야 하기 때문이다. 이미 많은 회유성 물고기들의 주둥이가 높고 편평해졌다. 마치 후각을 가다듬는 것처럼 말이다. 어두운 바닷길을 여행하기 위해 눈도 평소보다 2배나 커졌다.

강이 넓어지는 어귀, 남쪽 제방에 높은 진흙 절벽이 있었다. 절벽에는 수만 년 전 고대 상어의 이빨 수천 개와 고래 뼈, 지상에 처음 등장한 뱀장어가 잡아먹은 갑각류 껍데기가 묻혀 있었다. 이런 이빨과 뼈, 껍데기는 따뜻한 바다가 모든 해안의 평원과 어두운 해저 속에 자리 잡은 생명체의 딱딱한 흔적을 감싸 안을 때의 유물이었다. 어둠 속에서 수백만 년 묻혀 있다가 태풍에 진흙이 조금씩 씻기고, 태양빛을 받아 온기를 되찾고, 비에 목욕을 하며 조금씩 그 모습을 드러냈다.

물의 염도가 높아지는 것을 느낀 뱀장어는 일주일 정도 강을 따라 더 내려갔다. 강도 바다도 아닌 무언가의 리듬을 따라 이동했다. 만으로 흘러드는 강의 입구와 바닷속 10~12미터 아래 진흙 바닥에 뚫린 구멍에서 나오는 바람의 영향을 받아 바닷물이 움직였다. 강에서 뿜어져 나온 물이 바다에서 들어오는 물을 막아 썰물이 밀물보다 강하게 내달았다.

앤귈라는 드디어 만 입구 가까이로 다가갔다. 수천 평방킬로미터에 이르는 언덕과 고지대로부터, 모든 시냇물과 강으로부터 앤귈라와 함께 뱀장어 수천 마리가 쏟아져 들어왔다. 뱀장어들은 만 동쪽에 면한 깊은 수로를 따라 이동해 거대한 염습지가 있는 지점에 도달했다. 이 염습지와 바다 사이에 만의 넓고 얕은 강어귀가 자리했다. 여기에는 녹색 습지 식물이 군데군데 자라고 있었다. 뱀장어는 습지에 모여 바다로 나아갈 순간을 기다렸다.

다음 날 밤, 강한 남동풍이 바다에서 불어왔다. 조수가 높아질 무렵 바람이 파도를 몰아 만을 지나고 습지로 향했다. 그 밤 물고기와 새, 게, 각종 갑각류와 다른 모든 늪지 생물이 짭짤한 물을 맛보았다. 바람을 타고 온 바닷물이 만 가까이 다가와 매 시간 점점 더 짠맛이 강해지는 가운데,

뱀장어는 물속 깊은 곳에 자리하고 있었다. 소금기가 바다에서 밀려왔다. 뱀장어는 바다로 향할 준비를 갖추고 있었다. 자신들을 향해 활짝 열려 있는 깊은 바다. 이제 강에서의 생활은 막을 내린 것이다.

바람이 달과 태양보다 강하고 자정을 한 시간 넘겨 조수가 바뀌자 강 아래 깊은 곳의 물이 바다로 빠져나가고 염분 높은 물이 밀려오더니 흐름을 거슬러 점점 더 늪에 차올랐다.

곧이어 조수가 바뀌고 뱀장어들은 바다로 움직이기 시작했다. 삶이 시작될 때는 알고 있었지만, 그 후 오랫동안 잊고 있던 엄청난 물의 거대하고 낯선 리듬 속에서 주저하며 썰물에 몸을 맡겼다. 바닷물의 흐름을 따라 두 섬 사이의 좁은 해협으로 헤엄치면서 닻에 묶여 있는 굴 채취선 바닥까지 이르렀다. 아침이 되자 뱀장어는 멀리 떠났다. 좁은 해협의 수로를 알려주는 원주(圓柱) 부표를 지나고 모래톱과 바위에 연결되어 있는 몇 개의 기적(汽笛) 부표와 타종(打鐘) 부표를 지나갔다. 조수에 밀려 큰 섬의 바람 없는 해안 가까이 다가가자 등대가 바다를 향해 보내는 긴 불빛을 볼 수 있었다.

연안에 살며 썰물 때면 어둠 속에서 먹이를 찾는 새의 울음소리가 섬의 모래톱으로부터 들려왔다. 새의 울음소리와 파도 부서지는 소리, 땅의 끝자락과 바다의 끝자락에서 나는 소리가 뒤섞였다.

뱀장어는 부딪치는 파도를 따라 움직이느라 고생하고 있었다. 등대 불빛 사이로 언뜻 보이는 검은 바다에서 흰색 거품이 일었다. 바람이 만들어낸 파도를 넘으면 더 잔잔한 바다를 만날 수 있었다. 뱀장어는 모래톱을 넘어 바람과 파도의 폭정에서 자유로운 더 깊은 바닷속으로 가라앉았다.

썰물이 지속되는 동안 뱀장어는 늪지를 떠나 바다로 나아갔다. 수천 마리 뱀장어, 있는 그대로 말하면 늪지에 있던 모든 은색뱀장어(silver eel)가 그날 밤 등대를 지나 길고 긴 바다로의 여행에 나섰다. 파도를 넘어 바다로 나아가면서 사람의 눈은 물론 생각과 관심으로부터도 사라졌다.

14

겨울의 피신처

그다음 보름달이 뜬 밤, 북서풍에 실려 눈이 내렸다. 흰색 담요가 점점 다가와 언덕과 골짜기, 바다를 향해 달려가는 강과 이어진 늪지대까지 덮어버렸다. 소용돌이치는 눈구름이 바다와 만을 휘감고, 밤 내내 바람이 바다 위로 밀어닥쳐 어두운 만을 완전히 부숴버릴 듯했다.

24시간 만에 기온이 40도나 떨어졌다. 아침이 되자 만 입구로 바닷물이 빠져나가며 얇게 퍼진 진흙 바닥에 단단한 물웅덩이를 남겼다. 마지막 썰물은 다시 바다로 돌아가지 못했다.

도요새와 물떼새의 울음이 잦아든 염습지와 개펄 위로 바람 소리만 들렸다. 마지막 썰물이 빠져나가자 새들은 만의 끝자락으로 달려가 모래밭을 살폈다. 그들은 눈바람이 몰아치기 전인 오늘 떠날 예정이었다.

하늘에 여전히 눈발이 날리는 아침, 바다꿩 한 무리가 바람이 불어오기 전 북서쪽에서 모습을 드러냈다. 얼음과 눈, 겨울바람에 익숙한 바다꿩은 눈보라를 반겼다. 눈발 속에서 모습을 나타내며 동료와 시끄럽게 울어대던 너석들은 만 입구를 알려주는 등대의 기다랗고 흰 불빛을 보았다. 그 너머 광대한 회색빛이 바로 바다였다. 바다꿩은 바다를 좋아했다. 겨우내 바다 얕은 곳에서 조개류를 잡아먹고 살았다. 밤에는 파도선을 넘어 넓은 바다에서 잠이 들었다. 바다꿩은 시커멓게 몰려오는 눈보라를 벗어나 만 어귀 염습지 바로 밖에 있는 모래톱으로 내려왔다. 그러곤 작은 홍합을 잡기 위해 수면 6미터 밑까지 내려가 아침 내내 실컷 포식을 했다.

강 하류 어귀 깊은 바닷속 구멍에는 바다송어, 동갈민어, 농어, 넙치 등 연안 어류 몇 마리가 남아 있었다. 그들은 모래톱이나 강어귀, 해저면 깊숙이 구멍을 파고 지내며 만에서 여름을 나고 산란을 했다. 썰물 때 던진 유자망(drift net, 流刺網)으로부터 도망친, 정치망 그물의 미로를 잘 피해간 물고기들이었다.

만에 접한 바다는 이제 겨울을 맞이했고, 물이 얕은 모래톱과 바닷물을 공급해주는 겨울 산의 개울에는 이미 얼음이 얼고 있었다. 만 어귀로부터 굽어 돌아가는 비탈진 평원을 온몸으로 기억하는 물고기들은 바다로 향했다. 이들은 고요하고 평원 끝자락에 푸른 여명이 비치는 따뜻한 곳으로 바다를 기억하고 있었다.

눈보라가 친 첫날 밤, 바다송어 떼는 염습지에서 바다로 이어지는 얕은 모래톱에서 차가운 기운을 느꼈다. 따뜻한 바다를 좋아하는 송어는 차가운 바닷물을 만나자 갑자기 온몸이 마비되어 거의 반쯤 죽은 듯한 상태로 해저면에 떠 있었다. 썰물을 따라 움직이지 못한 채 점점 빠져나가는 바다에서 겨우 살아남았다. 다음 날 아침, 만 연안 곳곳에 얼음이 얼자 송어 수백 마리가 죽었다.

다른 송어 떼는 염습지에서 떨어진 깊은 바다에 있어 죽음을 피할 수 있었다. 송어는 만 상류에서 먹이 활동을 하다가 한 달쯤 전에 내려온 터였다. 강력한 썰물로 인해 이들도 얼음처럼 차가운 물이 강에서 내려와 모래톱과 진흙 해저면으로 다가오는 것을 느낄 수 있었다.

송어는 모래사장에 남은 커다란 갈매기의 발자국처럼 생긴 세 갈래 골짜기 중 하나인 깊은 수로를 향해 이동하기 시작했다. 수로 밑바닥은 내려갈수록 점점 더 고요하고 수온도 높았다. 조류의 흐름에 따라 흔들리는 해초가 촘촘하게 자라고 있었다. 조수의 압력도 모래톱의 경사면보다 덜하고 가장 세찬 움직임도 물 위쪽만으로 한정되었다. 계곡 바닥을 따라 뿜어져 나오는 썰물이 모래와 빈 새조개 껍데기를 들어 올려 완만한 비탈로 굴렸다. 모래와 조개껍데기는 이내 깊은 해구 아래로 떨어졌다.

수로로 들어온 바다송어 밑으로 만에서 내려온 꽃게들이 지나갔다. 겨울을 보낼 깊고 따뜻한 구멍을 찾아 비탈에서 미끄러져 얕은 곳으로 가던 중이었다. 꽃게는 카펫처럼 촘촘히 깔려 있는 해초가 게와 새우, 작은 물고기를 숨겨주는 곳을 기어갔다.

밤이 되기 직전, 썰물이 시작될 무렵 송어는 수로로 들어갔다. 이른 밤 다른 물고기들은 수로를 통해 조류를 타고 바다로 헤엄쳐 갔다. 무리를 이루어 바다 바닥까지 내려가 수많은 물고기들이 지나가는 길목에서 흔들리는 해초를 헤치며 나아갔다. 차가워진 수온을 느끼며 주변 모래톱에서 동갈민어가 떼를 지어 나왔다. 3~4층을 이룬 동갈민어 무리는 송어 떼 밑에서 모래톱보다 몇 도쯤 더 따뜻한 수온을 즐겼다.

아침이 되자 수로로 들어온 햇살이 마치 짙은 녹색 안개처럼 보였다. 수로 속은 모래와 토사 때문에 흐리고 어둑어둑해졌다. 10패덤 위로 밀물의 마지막 자락이 밀려오더니 고깃배에 수로의 시작을 알려주는 마름모꼴 부표의 붉은색 고깔을 서쪽으로 밀어냈다. 부표는 사슬로 닻에 연결된 채 수면 위에서 엎어졌다 굴러다니길 반복했다. 송어는 3개의 수로가 교차하는 지점, 곧 갈매기 발의 뒤쪽처럼 바다를 향해 삐죽 나와 있는 곳에 도달했다.

다음 썰물 때 동갈민어 떼는 만보다 수온이 높은 곳을 찾아 수로를 지나 바다로 향했다. 송어들은 느릿느릿 헤엄쳐 갔다.

마지막 썰물이 가까워지자 어린 섀드는 수로를 지나 서둘러 바다로 향했다. 섀드는 백금처럼 반짝이는 비늘을 달고, 길이는 손가락 크기 정도였다. 이 만을 떠나는 제일 마지막 새끼 섀드로, 지류에서 봄에 산란한 알로부터 깨어난 것들이다. 그해에 같이 부화한 수천 마리 다른 섀드는 이미 담수를 맛볼 수 있는 만 어귀를 지나 미지의 세계인 광대한 바다로 나갔다. 짭짤한 바닷물을 만난 어린 섀드는 낯선 맛과 리듬에 흥분해 재빨리 움직였다.

눈은 그쳤지만 바람은 여전히 북서쪽에서 불어왔다. 바람은 눈을 한쪽으로 쌓아놓고 지면에 남아 있던 눈을 놀라운 모양으로 소용돌이치게 했다. 살을 에일 듯 추웠다. 폭이 좁은 강 한쪽 끝에서 건너 쪽까지 모두 얼어붙었다. 굴을 채취하는 배는 항구에 정박해 있었다. 얼음과 눈에 뒤덮인 만은 추위 속에 웅크리고 있었다. 썰물 때마다 강에서 새로운 물이 들어와 바다송어가 자리 잡고 있는 수로는 한층 더 추워졌다.

눈보라가 불어오고 4일째 되는 밤, 달빛이 수면을 강하게 비추었다. 바람이 달빛을 수천 개의 조각으로 부숴 만의 모든 허공이 춤추고 흔들거리는 빛의 파편과 흐름으로 반짝였다. 그날 밤 어두운 그림자가 은색 장막

아래 자리를 잡았고, 송어는 깊은 수로 속에서 물고기 수백 마리가 자기들 위쪽에서 움직여 바다로 향하는 것을 지켜보았다. 그들은 만에서 16킬로미터쯤 떨어진 곳, 바닷물이 밀려와 만이 되어버린 태곳적 강의 물길 곳곳 30미터 구멍 속에 자리 잡고 있던 다른 바다송어 떼였다. 갈매기 발 모양 수로에 있던 송어는 깊은 구멍 속에서 나와 바다로 이동하는 무리에 합류했다.

수로를 나온 송어는 모래 언덕이 자리한 곳에 도달했다. 바닷속 모래 언덕은 바람 부는 해변에 있는 모래 언덕보다 훨씬 불안정했다. 깊은 대서양 바닷속 경사지에서 밀려오는 물살로부터 몸을 지탱해주는 시오츠나 모래 속에 뿌리를 내리는 잔디 같은 지지물이 존재하지 않기 때문이다. 이런 언덕 중 어떤 것은 수면에서 몇 패덤 정도 아래에 위치했다. 모래 언덕은 폭풍이 몰아칠 때마다 흔들렸다. 바닷물이 밀려오는 짧은 시간 동안 몇 톤의 모래가 쌓이거나 흩어지곤 했다.

하루 종일 바닷속 모래 언덕을 돌아다닌 후, 송어는 모래 언덕의 끝을 알리는 해저 고원 지대로 올라갔다. 이 고원은 폭이 1킬로미터, 길이는 3킬로미터 되는 녹색 심연으로 완만하게 이어지는 비탈면을 관망할 수 있는 장소였다. 모래톱은 수면에서 9미터 정도 아래 있었다. 예전에 남서풍에 물결이 강하게 밀려오면서 모래가 흩어져 물고기를 1톤이나 싣고 항구로 향하던 쌍돛대 배가 부서진 일이 있었다. 그 메리 B호의 잔해가 여전히 모래톱에 남아 있었다. 스파(spar: 돛이나 활대 등의 나무로 된 막대—옮긴이)와 장두(masthead, 檣頭: 돛대의 맨 꼭대기—옮긴이) 주위에서 잡초가 자라고 초록색 긴 해초 줄기가 물속에 나부끼며 밀물 때는 육지 쪽으로, 썰물 때는 바다 쪽으로 향했다.

메리 B호의 선체는 모래 속에 절반가량 묻힌 채 육지 쪽으로 45도가량 기울어져 있었다. 선체 안쪽과 우현 쪽에 해초가 무성했다. 잡은 물고기를 보관하는 어창의 해치는 배가 파손될 때 사라졌다. 그래서 어창은 마치 갑판 위 기울어진 바닥에 나 있는 어두운 동굴 같았다. 어둠 속에 숨는 걸 좋아하는 생명체를 위한 바다 동굴이나 다름없었다. 배가 가라앉을 때 빠져나가지 못한 물고기는 게들한테 먹혀 뼈만 남은 채 어창을 절반 정도 채우고 있었다. 갑판 창문 역시 파도에 부서졌다. 창문은 난파선을 서식처로 삼은 작은 물고기의 통로였다. 물고기들은 창문 표면에서 자라는 해초를 갉아먹곤 했다. 은색 룩다운(lookdown: 전갱이과 은백색 물고기의 총칭—옮긴이), 나비고기, 쥐치의 일종인 트리거피시(triggerfish) 등이 이 창을 통해 끝없이 나가고 들어오길 반복했다.

메리 B호는 몇 킬로미터나 이어지는 바닷속 사막에서 오아시스 같은 곳이었다. 힘없고 작은 무척추동물들은 고착해서 살아갈 장소를 이곳에서 찾았다. 작은 물고기 사냥꾼은 판자와 스파 표면을 덮고 있는 해초에서 먹잇감을 발견했다. 그리고 조금 더 몸집이 큰 포식자들은 이곳에서 숨을 곳을 찾았다.

마지막 녹색 불빛이 회색으로 희미해질 무렵, 바다송어는 난파선의 어두운 선체 가까이 다가갔다. 배 주위에서 작은 물고기와 게를 잡아먹으며 추운 만에서 빠져나오는 동안의 길고 힘든 여행의 허기를 채웠다. 그리고 해초가 잔뜩 낀 메리 B호의 목재 근처에서 밤을 보냈다.

기운이 빠진 송어 떼는 난파선에서 잠이 들었다. 바닷물이 모래톱으로 밀려오자 난파선의 움직임, 그리고 다른 물고기의 움직임에 따라 자리를 유지하기 위해 지느러미를 부드럽게 움직였다.

해 질 무렵 갑판의 창문과 썩은 나무판자에 난 구멍으로 들고 나던 작은 물고기 행렬이 흩어졌다. 무리는 난파선 주위에서 쉴 곳을 찾았다. 어스름한 황혼이 되자 난파선 주변에 사는 몸집 큰 사냥꾼들이 활동을 시작했다.

물고기를 담아두는 어창의 어두운 동굴에서 뱀처럼 긴 팔이 뻗어 나오더니 두 겹의 빨판으로 갑판을 움켜잡았다. 하나씩 하나씩, 8개나 되는 팔과 함께 어두운 물체가 기어 올라왔다. 메리 B호의 어창에 사는 거대한 문어였다. 어창에서 기어 나온 문어는 갑판 아래 벽장으로 미끄러지듯 들어가 그날 밤 사냥을 시작할 때까지 숨어 있었다. 해초가 무성한 나무판자에서 팔을 쉴 새 없이 모든 방향으로 움직이며 조심성 없는 먹잇감을 찾기 위해 이미 익숙한 틈새를 더듬었다.

난파선의 목재에서 히드로충을 먹으려는 작은 놀래기가 갑판 벽을 따라 움직이다 문어 앞에 나타났다. 위험을 감지하지 못한 놀래기는 점점 더 가까이 다가왔다. 문어는 움직이는 상대에게 눈을 고정하고 더듬거리던 팔을 멈춘 채 기다렸다. 작은 물고기는 갑판 모퉁이까지 다가와 몸체를 45도 정도 기울였다. 그때 긴 촉수가 모퉁이를 돌아 나타나더니 놀래기를 휘감았다. 놀래기는 비늘과 지느러미, 아가미에 들러붙은 빨판으로부터 도망치려 온 힘을 다했지만, 이내 앵무새 부리처럼 생긴 문어의 무서운 입속으로 들어가 갈가리 찢기고 말았다.

그날 밤 문어는 자기 촉수 범위 안에 들어오는 조심성 없는 물고기나 게를 잡아채고 멀리 지나가는 물고기를 사냥하기 위해 거대한 몸체를 밖으로 내밀곤 했다. 문어는 축 늘어진 자루 같은 몸통을 흔들거나 흡입관에서 물을 분출해 추진력을 얻는 방식으로 움직였다. 상대를 둥글게 감을 수 있는 팔과 흡착력 좋은 빨판 덕에 목표물을 놓치는 일이 거의 없어 목구멍에서 느껴지는 배고픔을 해소할 수 있었다.

메리 B호의 뱃머리 아래쪽에서 자라는 해초가 조수의 흐름에 따라 정신없이 흔들릴 때, 커다란 바닷가재가 해초 무더기 뒤쪽에서 등장해 해안선 쪽으로 움직였다. 바닷가재의 거추장스러운 몸통은 무게가 13킬로그램이나 나갔는데, 해저에서는 바닷물의 지지를 받아 네 쌍의 가느다란 다리 끝으로 재빨리 움직일 수 있었다. 바닷가재는 몸 앞쪽으로 커다란 집게발이 나와 있어 먹이를 사로잡거나 적을 공격할 만반의 준비를 갖추고 있었다.

선체를 따라 움직이던 바닷가재는 배 뒷머리를 덮고 있는 따개비 더미 위로 기어오르는 커다란 불가사리를 잡기 위해 잠시 멈췄다. 맨 앞쪽 다리 끝부분으로 불가사리를 잡아 입으로 가져가는 동안 수많은 관절로 이루어져 부지런히 움직이는 다른 다리는 이 극피동물의 다른 부분을 움켜잡고 있었다.

바닷가재는 불가사리의 일부를 먹은 후 그 나머지를 뒤처리 전담인 게들한테 넘겨주고 모래밭을 지나갔다. 그러다 문득 멈춰서 조개를 찾기 위해 모래를 바쁘게 파냈다. 그동안 먹이 냄새를 맡기 위해 길고 예민한 더듬이를 이리저리 움직였다. 조개를 찾지 못한 바닷가재는 그날 밤 먹을 것을 찾기 위해 으슥한 그림자 속으로 숨어들었다.

황혼 무렵, 어린 바다송어는 난파선에 살고 있는 또 다른 포식자를 발견했다. 세 번째 포식자는 기다랗게 찢어진 입에 뾰족한 이빨이 잔뜩 나 있는, 풀무처럼 생긴 괴이한 모습의 아귀였다. 이상하게 생긴 지팡이가 입 위에 자리 잡고 있었는데, 끝에 미끼나 잎사귀처럼 생긴 살덩이가 달려 유연한 낚싯대처럼 보였다. 너덜너덜한 겉껍질이 물속에서 흔들리는 모습은 마치 해초로 덮인 바윗덩어리 같았다. 물고기의 것이라기보다 수중 포유류의 발처럼 두텁고 살점 많은 지느러미가 몸 옆에 나 있었다. 아귀는 해저에서 움직일 때 이 지느러미를 사용해 앞으로 나아갔다.

어린 송어는 메리 B호의 뱃머리 아래 있던 아귀와 맞닥뜨렸다. 아귀는 평편한 머리에 달린 2개의 작고 흉측한 눈을 앞으로 향한 채 꼼짝 않고 있었다. 몸의 절반 정도는 해초에 가려졌고, 몸통 윤곽은 흐늘거리는 살갗으로 인해 제대로 보이지 않았다. 난파선 주위에서 움직이는 물체 중 물고기한테 가장 두려운 존재는 아귀였다. 바다송어는 아귀의 존재를 알아차리지 못했지만 대신 모래 위 45센티미터 정도 위에 밝은색의 작은 물체가 매달려 있는 것을 보았다. 그 물체가 위로 솟았다 가라앉았다 하며 움직였다. 작은 새우나 수생 곤충, 그 밖에 다른 먹잇감이 송어를 보곤 움직였다. 송어는 먹잇감을 살피기 위해 아래쪽으로 헤엄쳐 갔다. 자기 몸길이의 2배만큼 다가갔을 때, 나비고기가 갑자기 나타나더니 미끼를 물었다. 그때 희고 날카로운 두 줄의 이빨이 등장했다. 해초가 조수에 따라 흔들거릴 때 나비고기는 아귀의 입속으로 사라져버렸다.

송어는 갑작스러운 움직임에 놀라 공포에 사로잡힌 채 썩어가는 갑판 목재 아래로 숨었다. 아가미를 바쁘게 움직이며 가쁘게 호흡을 했다. 아귀가 완벽하게 은폐를 했기 때문에 송어는 그 형체를 알아보지 못했다. 단 하나 위험 신호는 반짝이는 이빨과 갑자기 사라진 나비고기뿐이었다. 달랑거리며 움직이는 미끼를 보던 송어는 물고기 떼가 이 미끼를 확인하느라 위쪽으로 헤엄치는 것을 세 번이나 지켜보았다. 놀래미 두 마리와 편평한 몸통에 은색으로 빛나는 룩다운 한 마리였다. 세 마리 모두 미끼를 건드려보더니 아귀의 입속으로 사라졌다.

반짝이는 불빛이 어둠 속으로 사라지고, 썩은 갑판 목재 아래에 자리 잡고 있던 송어는 더 이상 아무것도 볼 수 없었다. 하지만 밤이 느릿느릿 지나가는 사이 아래쪽에서 거대한 몸체가 갑자기 움직이는 것을 느꼈다. 자정이 지날 무렵 메리 B호의 뱃머리 아래 해초 사이에서는 그 어떤 움직임도 없었다. 아귀는 미끼를 알아보려 다가오는 작은 물고기보다 훨씬 더 큰 목표물을 찾아 나섰다.

모래톱 위 바다에서 밤을 보내기 위해 솜털오리 무리가 찾아왔다. 육지를 향해 3킬로미터쯤 물에 떠서 움직였는데, 거친 지형을 넘어 부서진 파도가 밀려와 오리 떼 주위의 어두운 바다에서 거품으로 변했다. 육지를 향해 불어온 바람이 바닷물과 맞닥뜨렸다. 잠을 자던 오리 떼는 요동을 느꼈고, 물결이 좀더 고요한 모래톱으로 날아가 바다 끝자락에 다시 한 번 자리를 잡았다. 짐을 실은 고기잡이배처럼 오리 떼는 수심이 낮은 바다에 내려앉았다. 머리를 어깻죽지에 파묻고 잠을 잤지만 때때로 물갈퀴를 저어 흔들리는 파도 속에서 중심을 잡으려 애썼다.

동쪽 하늘이 환해지고 모래톱 끝자락의 바다가 검은색에서 회색으로 변해갈 무렵, 해저에서 올려다본 오리의 대열은 깃털과 수면 사이 반짝이는 공기가 만들어낸 어두운 타원형 그림자 같았다. 물속에서 천천히 그리고 어색한 동작으로 움직이는 물체, 거대하고 흉측한 물체의 작고 불길한 눈 2개가 오리 떼를 지켜보았다.

아귀는 오리 떼가 풍기는 냄새와 맛이 입속 혀의 미뢰와 민감한 피부

를 통해 전해지는 것을 느꼈다. 날이 점점 밝아오면서 아귀의 원추 모양 시각 안에 수면 위 그림자가 들어왔다. 물속에서 흔들리는 오리의 발에서 인광이 번쩍였다. 아귀는 이런 불빛을 예전에 본 적이 있었다. 수면에서 오리가 쉬고 있다는 의미였다. 아귀는 밤 동안 여기저기 헤맸지만 중간 크기 물고기 몇 마리만 잡았을 뿐이다. 배를 채우려면 스무 마리 정도의 커다란 도다리나 청어 예순 마리, 혹은 자기만큼이나 큰 물고기가 필요했다.

아귀는 지느러미를 위로 움직이며 수면 가까이 이동했다. 동료들과 조금 떨어져 있는 오리를 목표로 삼았다. 오리는 부리를 깃털 속에 파묻고 한 발은 물속에 축 늘어뜨린 채 잠들어 있었다. 위험을 채 알아차리기 전 30센티미터가량 쫙 벌어진 입속의 날카로운 이빨에 물렸다. 갑작스러운 공포에 오리는 날갯짓을 했고, 물리지 않은 다리를 저어 수면에서 튀어 올랐다. 온 힘을 다해 날아오르려 했지만 매달린 아귀의 무게로 인해 쉽지 않았다.

괴로운 운명에 처한 오리의 울음소리와 날갯짓 소리에 놀란 동료들은 힘껏 위로 날아올라 바다 위로 퍼져나가는 옅은 안개 속으로 사라졌다. 상처 입은 오리의 다리 동맥에서 피가 흘러나왔다. 오리의 모습이 반짝이는 수면 아래로 잠겨 희미해지고 저항은 점점 더 약해졌다. 몸집 큰 아귀의 힘이 우세했던 것이다. 아귀는 오리를 끌어당겨 붉은색이 번지는 바닷속으로 이끌었다. 피 냄새를 맡은 상어가 어슴푸레한 어둠 속에서 모습을 드러냈다. 아귀는 바다 밑바닥으로 오리를 끌고 내려가 통째로 삼켰다.

30분쯤 후 난파선 주위에서 작은 물고기를 사냥하던 송어는 손 같은 역할을 하는 가슴지느러미를 움직이며 아귀가 메리 B호의 뱃머리 아래 있는 자신의 굴로 돌아오는 것을 보았다. 아귀가 난파선 그림자 속으로 기어들고 뱃머리 아래 있는 해초들이 그 아귀를 맞이했다. 그곳에서 아귀는 휴면 상태로 며칠을 보내며 먹이를 소화시킬 터였다.

오후에는 썰물로 인해 차가운 물이 만에서 유입되어 바다의 온도가 미세하게 떨어졌다. 그날 저녁 추위를 피해 난파선을 떠난 송어는 비스듬히 경사진 해저면 위를 밤새 내달았다. 가끔 조가비 더미로 이루어진 둔덕과 모래톱을 지나고 편평한 모랫바닥 위를 움직였다. 점점 추워졌기 때문에 거의 쉬지 않고 서둘렀다. 시간이 지날수록 수심은 깊어졌다.

뱀장어는 모래 언덕을 넘고 바닷속 경사진 목초지와 초원을 지나가야 했다.

며칠 동안 잠시 멈춰서 먹이 활동을 하는 송어 곁으로 다른 물고기 무리가 지나갔다. 먹이를 사냥하는 또 다른 물고기 무리도 만났다. 물고기들은 겨울 추위를 피해 수킬로미터에 걸친 연안의 수많은 만과 강을 떠나온 터였다. 어떤 것들은 북쪽 멀리 로드아일랜드와 코네티컷 해안에서 찾아왔다. 높고 둥글게 휜 등에 몸체가 얇고 편평한 감성돔은 뾰족한 지느러미에 접시 같은 비늘이 온몸에 덮여 있었다. 겨울철마다 감성돔은 뉴잉글랜드에서 버지니아곶으로 향했는데, 봄이 되면 북쪽 바다에서 산란을 하다 덫과 후릿그물에 갇히곤 했다. 대륙붕을 건너 더 멀리 나아갈수록 송어는 안개 같은 초록색 바다에서 감성돔 떼를 더 자주 목격했다. 커다란 청동색 물고기들이 벌레나 연잎성게 또는 게를 잡기 위해 땅을 파고 오르락내리락했다. 때론 먹잇감을 씹어 삼키기 위해 1패덤 이상 뛰어오르기도 했다.

낸터킷(Nantucket: 매사추세츠주 동남 해안 앞바다에 있는 섬—옮긴이) 여울을 떠나 좀더 따뜻한 남쪽 바다에서 겨울을 나려는 대구 무리도 종종 보였다. 몇몇 대구는 전혀 낯선 이곳에서 산란을 하고 대양에 새끼를 남겨놓을 것이다. 이렇게 태어난 새끼 대구는 원래 고향인 북쪽으로는 절대 돌아가지 않을 터였다.

한기가 갈수록 더해졌다. 한기는 해안을 따라 자리한 평원을 가로지르는 바다의 움직이는 벽 같았다. 그건 보거나 만질 수 있는 게 아니었다. 하지만 어떤 물고기도 뚫을 수 없는, 마치 돌로 만든 것 같은 단단한 장벽이었다. 조금 따뜻한 겨울이라면 물고기들이 대륙붕 위로 넓게 흩어졌을 것이다. 동갈민어는 연안에, 넙치는 바다 밑 모래더미에, 도미는 먹이가 풍부한 비탈진 해저에, 농어는 바위 곳곳에 자리를 잡았다. 추위가 대륙붕 끝으로, 깊은 바다로 몇 마일씩 밀려왔다. 멕시코 만류 덕에 따뜻하고 깊은 바닷속에 겨울 안식처가 있었다.

모든 만과 강에서 몰려나온 물고기들이 대륙붕을 가로지르고 고깃배들은 남쪽으로 향했다. 온갖 낚싯줄과 그물을 매단 배들이 겨울 바다 곳곳에 웅크리고 자리를 잡았다. 겨울 휴식처를 찾는 물고기를 잡기 위해 북쪽 항구 곳곳에서 몰려온 저인망 트롤선이었다.

10여 년 전만 해도 송어와 넙치, 도미와 민어는 만과 해협을 벗어나면 어부의 그물로부터 안전했다. 그런데 어느 해인가 선박들이 오더니 긴 자루 같은 그물을 드리웠다가 끌어당겼다. 북쪽과 해안에서 나타난 배들이 해저에 그물을 내렸다. 처음에는 아무것도 잡지 못했다. 이후 배들은 1.5킬로미터씩 앞으로 나아갔고, 마침내 그물에 물고기들이 가득 차기 시작했다. 만과 강어귀에 사는 연안 어류의 겨울철 서식지를 발견한 것이다.

그 후 트롤망 어선은 매년 이곳에서 수백만 킬로그램의 물고기를 잡아들였다. 배들은 이제 막 북쪽에 있는 항구를 떠나 물고기의 겨울철 서식지로 향하는 길이었다. 보스턴에서 온 대구잡이 트롤선과 뉴베드포드(New Bedford)에서 온 넙치잡이 저인망선, 그로스터(Gloucester)에서 온 볼락 낚싯배와 포틀랜드에서 온 대구잡이 배도 있었다. 남쪽 바다에서의 겨울철 조업은 스코시언뱅크스(Scotian Banks) 혹은 그랜드뱅크스(Grand Banks)에서의 겨울 낚시보다 훨씬 쉽고 조지뱅크스(George Banks)나 브라운뱅크스(Brown Banks)는 물론 영국해협에서의 조업보다 한결 수월했다.

하지만 올해 겨울은 추웠다. 만에는 얼음이 얼고 바다에는 강풍이 몰아닥쳤다. 물고기 떼는 100킬로미터, 150킬로미터 밖 따뜻한 바닷속 100패덤 아래 자리했다.

배 양옆과 바닷물이 얼어붙어 미끄러운 갑판에서 트롤망이 펴졌다. 트롤망은 얼어서 딱딱하고 밧줄과 케이블도 서리 때문에 삐걱대는 소리가 났다. 트롤망이 수백 패덤 아래로 내려갔다. 얼음이 얼고 진눈깨비가 내리고 파도가 굽이치고 바람이 울부짖는 곳에서 따뜻하고 고요한 곳으로, 물고기 떼가 푸른 여명 속에서 움직이는 깊은 바닷속으로 내려갔다.

15

귀향

산란 장소로 이동하는 뱀장어에 대한 기록은 바닷속 깊은 곳에 감춰져 있다. 바람과 조류를 통해 따뜻한 대양을 느낀 11월 저녁, 뱀장어가 어떻게 만을 지나 800킬로미터 떨어진 버뮤다 남쪽과 플로리다까지 이동하는지, 만의 입구에 자리한 염습지를 떠난 그들의 경로를 추적할 수 있는 사람은 아무도 없다. 그린란드에서 중남미에 이르는 대서양 해안의 모든 강과 개울에서 나와 바다로 향하는 다른 뱀장어 무리의 여정에 관한 확실한 기록도 알 수 없다.

뱀장어가 어떻게 공통된 목적지를 향해 여행하는지 아는 사람은 없다. 아마 낮에 내려가길 두려워하는 개울물처럼 황량한 바람에 차가워진 녹색 수면을 피해 가는 것일지도 모른다. 어쩌면 수백만 년 전 해안 평야를 건너 해협을 가로지르는 강의 익곡(溺谷: 육지의 계곡이 내려앉거나 해수면 상승으로 바닷물이 침입해 생긴 지형—옮긴이)을 따라 내려가 중간 정도 깊이에서 헤엄치거나 완만한 대륙붕의 윤곽을 따라가는지도 모른다. 하지만 어쨌건 진흙으로 된 비탈이 가팔라지는 곳, 대륙 끝자락에 도달해 대서양의 가장 깊은 심연을 지나간다. 깊은 바다의 어둠 속에서 어린 뱀장어는 태어나고 나이 든 뱀장어는 죽어 다시 바다로 돌아갈 것이다.

2월 초엽, 어둠 속에서 움직이던 미세 세포질 수십억 개가 수면 바로 아래 떠 있었다. 갓 부화한 배아는 부모 뱀장어를 떠올리게 하는 유일한 흔적이었다. 어린 뱀장어는 수면과 심해 사이의 지역에서 처음으로 생명을 확인했다. 그 300미터 위에서 햇살이 빛나고 있었다. 가장 파장이 길고 가장 강한 햇살, 빨간색과 노란색 그리고 녹색의 따뜻함은 모두 끊어졌다. 차갑고 메마른 푸른색과 자외선 파장만이 뱀장어가 살고 있는 깊은 바다까지 투과할 수 있었다. 하루의 20분의 1 동안 어둠은 위쪽에서 내려쬐는 강렬하고 초자연적인 푸른색의 낯선 빛으로 대체되었다. 하지만 태양이 천정(天頂)을 지나갈 때 위에서 내리꽂히는 긴 파장의 햇살은 이 어둠을 헤칠 힘을 갖고 있었다. 어슴푸레한 여명만 들어오는 깊은 바다의 시간은 황혼의 시간으로 변해갔다. 푸른색 빛은 금세 사라지고 뱀장어는 심연만큼이나 어둡고 끝을 알 수 없는 암흑 속에서 지냈다.

자신이 앞으로 몸담게 될 세상을 알지 못하는 어린 뱀장어는 바닷속에서 그저 수동적으로 살 뿐이었다. 먹이 활동도 하지 않아 배아 세포 조직의 흔적을 달고 있는 잎사귀 모양의 몸통이 납작한 형태를 그대로 유지했다. 그 덕분인지 바닷속 이웃 중에는 천적이 없었다. 노력하지 않아도 잎사귀처럼 생긴 몸체로 균형을 잡으며 떠다닐 수 있기 때문이다. 새끼 뱀장어의 작은 몸체는 수정처럼 투명했다. 눈에 보이지도 않는 크기의 심장에서 뿜어져 나와 온몸을 도는 피에도 아직 색소가 들어 있지 않았다. 바늘구멍처럼 작은 눈만이 색을 지니고 있었다. 이런 투명한 몸체로 인해 뱀장어 새끼들은 어슴푸레한 바다에서 사는 데 적합했다. 주변과 완벽하게 구분되지 않을 때 배고픈 포식자들로부터 안전을 보장받을 수 있기 때문이다.

새끼 뱀장어 수억 마리, 수억 쌍의 조그만 눈들이 심연을 건너 자리한 낯선 바다 세상을 바라보고 있었다. 뱀장어의 눈앞에서는 구름 같은 요각류 떼가 끊임없이 생명의 춤을 추며 몸을 흔들었다. 투명한 몸체가 저 위쪽으로부터 푸른색 섬광이 내려올 때면 먼지 티끌처럼 빛을 받았다. 투명한 종 모양의 물체가 물속에서 흔들거렸다. 연약한 해파리들은 1제곱인치당 230킬로그램의 압력이 가해지는 삶의 환경에 익숙했다. 쏟아지는 빛을 피해 도망치는 익족류 무리가 뱀장어 눈앞에 등장했다. 온몸에 빛을 받은 이들은 칼 모양, 나선형, 원추형 등 이상한 형태의 우박처럼 투명하게 반짝였다. 새우들이 위로 솟아올랐다. 어슴푸레한 빛 사이로 등장한 창백한 유령처럼. 때로는 살이 물컹거리는 회색 옆면에 보석처럼 빛나는 발광 기관이 한 줄로 나 있고 입이 둥근 투명한 물고기(round-mouthed fish: 둥근입고기—옮긴이)들이 새우를 추격했다. 새우는 반짝이는 액체를 분사했는데, 이 액체가 타오르는 구름처럼 변해 적들의 눈을 가리고 혼란스럽게 만들었다. 뱀장어가 본 대부분의 물고기는 은색 갑옷을 입고 있었다. 은색은 햇빛의 파장 맨 끝에 자리해 바닷속에서 가장 자주 볼 수 있는 색깔이다. 길쭉하고 얇은 몸통의 작은 드래건피시(dragonfish)는 먹이를 찾느라 입을 벌리고 번쩍이는 흰 이빨을 드러낸 채 쉴 새 없이 돌아다녔다. 물고기 중 가장 이상한 것은 사람 손가락 절반 정도 되는 길이에 가죽처럼 단단한 껍질을 지니고 몸통 옆쪽이 터키석과 자수정빛을 띤 수은처럼 반짝이는 종류였다. 몸체는 얇고 뾰족했다. 천적이 위에서 내려다봐도 거의 안전했다. 도끼고기의 등은 푸른색이 도는 검정색이라 어두운 바닷속에서 눈에 띄지 않기 때문이다. 바다의 사냥꾼들은 혼란스러워서 먹잇감을 확실히 구분할 수 없었다. 유리처럼 반짝이는 옆구리가 바닷물의 푸른색을 반사하고 희미한 빛 속에서 윤곽을 확인할 수도 없었다.

새끼 뱀장어들은 갈조류 잎에서 잎으로 옮겨 다니며 실을 자아내는 환형동물부터 깊은 바닥을 위험하게 기어 다니는 바다거미와 새우에 이르기까지 수평으로 층을 이루고 사는 공동체에서 한 층을 차지했다.

뱀장어 위층은 식물이 자라고 작은 물고기들이 햇빛을 받아 초록색과 청색으로 빛나며 투명한 해파리들이 움직이는 환한 세상이었다.

이어서 유백색 또는 은색 물고기, 붉은색 새우가 밝은 오렌지색 알을 낳고 몸체가 투명하고 입이 둥근 물고기들이 발광 기관을 깜빡이는 층이 있었다.

그다음에는 첫 번째 어두운 층이 나타났다. 은색이나 유백색 광채 같은 것은 찾아볼 수 없었다. 자신들이 살고 있는 바다처럼 단조로운 색, 붉은색과 갈색, 검정색의 물고기들이 어두컴컴한 주위로 몸을 숨겨 적의 입속에서 죽음을 맞이할 순간을 미룰 수 있었다. 이곳에서 붉은새우는 진한 붉은색 알을 낳았고 몸체가 검은 둥근입고기들이 돌아다녔다. 이곳의 생물체들은 친구나 적을 구별할 수 있게 몸에 반짝이는 점이나 줄, 문양을 지니고 있었다.

뱀장어 아래에는 깊은 심연이 자리했다. 바다의 가장 밑, 대서양의 가장 깊은 곳이었다. 바다 밑은 변화가 서서히 일어나는 곳이다. 시간의 흐름이 아무런 의미를 지니지 못하며 계절도 바뀌지 않는 곳이다. 이렇게 깊은 곳에서는 태양도 아무런 힘을 쓰지 못했다. 끝도 없고 시작도 없고 무한한 어둠이 이어졌다. 몇 킬로미터 위에 있는 태양도 여름과 겨울 내내, 수세기 동안 1년 내내, 지구가 생겨난 이래 수세기 내내 거의 변화가 없는 깊고 깊은 바다의 황량한 차가움을 덜어내지 못했다.

물속 깊은 곳 6킬로미터 아래에 영겁의 시간 동안 조금씩 쌓여온 부드럽고 깊은 침전물이 자리했다. 대서양 깊은 곳은 붉은 점토로 덮여 있는데, 해저 화산에서 나온 속돌 부산물도 발견할 수 있다. 멀리 떨어진 태양으로부터 기원해 행성들을 지나 수백만 킬로미터를 건너온 철과 니켈의 작은 조각이 지구 대기권으로 들어와 바다 깊은 곳을 무덤으로 삼았다. 별 모양의 유공충(Foraminifera, 有孔蟲) 껍데기, 해초와 산호의 석회질 화석, 부싯돌처럼 생긴 방산충(radiolarian, 放散蟲)의 뼈대, 규조각 등 대서양 심해 분지 경사면에는 수면에 사는 작은 바다 생물의 유체가 두툼하게 쌓여 있었다. 이런 연약한 피조물은 해저에 도달하기 훨씬 전 물에 녹아들어 바다와 하나가 되었다. 차갑고 조용한 해저에 도달하기 전 물에 녹아들지 않은 거의 유일한 유기체는 고래의 귀 뼈와 상어의 날카로운 이빨이었다. 고래가 바다로 오기 전부터, 대형 고사리가 지상 곳곳에서 번성하기 전부터, 협탄층(coal measures, 陝炭層)이 자리를 잡기 전부터 바다에 살던 상어들의 오래된 흔적이 붉은 점토 위 어둡고 고요한 곳에 남아 있었다. 상어의 살점은 이미 수백만 년 전 사라져 흔적도 남지 않았다. 해저의 붉은색 점토 위 여기저기에—저 멀리 태양으로부터 온 철의 부스러기를 입은 채—상어의 이빨이 남아 있었다.

버뮤다 남쪽 심해는 서쪽과 동쪽에서 온 뱀장어가 한데 모이는 장소였다.

유럽과 미국 사이 대양 속, 해저 산맥 사이에 깊은 틈처럼 가라앉은 커다란 해구가 몇 개 있었다. 하지만 뱀장어가 산란하는 데 필요한 조건을 갖춘 충분히 깊고 따뜻한 해구는 한 곳이었다. 1년에 한 번 유럽 쪽에서 성숙한 뱀장어는 대양을 건너 8000~9000킬로미터를 헤엄쳤고, 미국 동부 해안의 뱀장어도 1년에 한 번 바다를 건너갔다. 해초가 떠다니는 이 바다의 서쪽 끝에서, 유럽의 가장 서쪽에서 온 무리와 미국의 가장 동쪽에서 온 두 뱀장어 무리가 뒤섞였다. 뱀장어의 광활한 산란처 한가운데에서 두 종류의 뱀장어 알과 새끼 뱀장어들이 나란히 떠다녔다. 겉모습으로는 정말 비슷해 잘 살펴보지 않으면 등뼈가 될 척추골과 그 등뼈를 지탱할 근육과 살을 구분할 수 없을 정도였다. 유생 상태 말기가 되면 그들은 다시 원래 서식지로 돌아가 잘못된 대륙에 머무르는 일은 없었다.

몇 달이 지나자 뱀장어는 점점 성장해 몸이 길고 두툼해졌다. 자라날수록 몸체 조직이 촘촘하게 변해서 바닷속을 가볍게 떠다닐 수 있었다. 바다 위쪽으로 향하는 통로는 점점 더 낮이 길어지는 봄철 북극 지역을 지나는 길이었다. 조금씩 푸르스름한 한낮의 안개가 길어지고 긴 밤은 조금씩 짧아졌다. 곧 하늘 위에서 걸러져 내려온 빛의 초록색 광선이 닿는 푸른색 바다로 뱀장어들이 올라왔다. 이들은 바다 식물이 무성한 지역을 거쳐 처음으로 먹이를 찾아 나섰다.

바다를 뚫고 들어온 햇빛에서 에너지를 축적해 살아가는 바닷속 식물은 수면 위를 떠다니는 미세한 공 모양이었다. 갈조류는 뱀장어가 처음 지구에 모습을 드러내기 전, 아니 최초의 척추동물이 바다에 등장하기 수백만 년 전부터 살아온 생명체다. 이 오래된 갈조류 세포 위에서 뱀장어는 처음으로 투명한 몸에 영양을 공급했다. 셀 수 없이 오랜 시간 내내 새로운 생명체가 등장하고 또 사라져가는 동안 바다에서 살아온 갈조류는 석회 끈끈이를 보호 장비 삼아 조상들로부터 물려받은 모양을 거의 그대로 유지할 수 있었다.

이런 바닷말 사이를 움직이는 것은 뱀장어뿐이 아니었다. 청록색 바다에는 떠다니는 바다 식물을 먹고 사는 요각류와 그 밖에 다른 플랑크톤이 풍부했다. 요각류를 먹고 사는 새우처럼 생긴 작은 바다 동물이 몰려다녔다. 이들을 따라다니는 작은 물고기의 은색 몸통이 반짝였다. 어린 뱀장어는 배고픈 갑각류와 오징어, 해파리, 입을 크게 벌린 채 바닷물을 들이마시고 아가미를 통해 물을 뱉어내며 먹이를 찾는 물고기들의 사냥감이 되었다.

한여름이 되자 어린 뱀장어는 2.5센티미터까지 자랐다. 바다 조류를 타고 떠다니기에 가장 적합한 버드나무 잎 같은 모양으로 성장한 뱀장어는 해면 가까이 올라갔다. 검은 점처럼 보이는 뱀장어의 눈은 밝은 녹색 바다에서 적한테 쉽게 띄었다. 뱀장어는 파도의 요동을 느꼈다. 또 활짝 열린 대양의 깨끗한 물살 위에 내리쬐는 눈부신 한낮의 태양도 느꼈다. 때때로 둥둥 떠다니는 해초 속에서 움직이기도 했다. 쏜살같이 헤엄치는 물고기의 휴식처 밑을 은신처로 삼고, 고깔해파리의 푸른 갓 아래 그늘 속에 숨곤 했다.

해수면에서 조류가 움직이자 어린 뱀장어는 이를 따라 이동했다. 유럽과 미국에서 온 어린 뱀장어는 북대서양 조류의 소용돌이에 휩쓸렸다. 마치 강물이 흐르듯 버뮤다 남쪽으로부터 셀 수 없이 많은 어린 뱀장어가 거대한 무리를 이루며 바다를 건넜다. 이 살아 있는 흐름에서 어느 때는 두 종류의 뱀장어 떼가 뒤섞여 나란히 여행을 했지만, 이제는 단 한눈에 이들을 구분할 수 있을 정도가 되었다. 미국 뱀장어가 유럽 뱀장어에 비해 거의 2배가량 몸집이 컸기 때문이다.

서쪽과 북쪽을 거쳐 남쪽으로 움직이는 해류가 이 거대한 무리를 지나갔다. 여름은 이제 끝에 다다랐다. 규조류, 자라서 셀 수 없을 만큼 증식한 플랑크톤, 이 플랑크톤을 먹고 사는 작은 물고기 등 바다의 생물체들이 번성하는 계절이었다. 잠잠한 가을의 정적이 바다를 찾아왔다.

어린 뱀장어는 자신들의 첫 번째 고향에서 멀리 떨어져 있었다. 점차 뱀장어 떼가 두 줄로 나뉘더니 대열 하나는 서쪽으로, 또 다른 대열 하나는 동쪽으로 향했다. 점점 성장하는 뱀장어 무리가 자연에 응답하는 데 미묘한 변화가 있음에 틀림없었다. 해수면에서 움직이는 이 무리를 점점 더 서쪽으로 이끄는 무엇인가가 작동한 것이다. 시간이 흐르면서 잎사귀 같던 뱀장어 유생의 몸체가 그 부모처럼 점점 둥글어지고 굴곡이 생겼다. 유생들은 염분이 적은 얕은 물을 찾아가려는 본능을 발동했다. 그동안 사용하지 않던 잠재적인 근력을 발견하고 바다와 조류에 맞서 해안 근처로 나아갔다. 분명하지는 않지만 강력한 본능에 따라 어린 뱀장어의 작고 투명한 몸체는 무의식적으로 경험의 범위를 넘어서는 목표를 달성하기 위해 움직였다. 모든 뱀장어의 기억 속에 깊이 자리 잡은 그 무엇인가로 인해 주저하지 않고 부모가 살았던 바로 그 해안으로 향하는 것이다.

대서양 동쪽 출신의 뱀장어 유생 몇 마리가 대서양 서쪽에서 온 뱀장어 유생 사이를 함께 떠다녔다. 하지만 깊은 바다를 떠나려는 유생은 없었다. 뱀장어 유생의 성장과 발달 속도는 예전보다 좀 늦었다. 이들도 2년 정도 있으면 어른 뱀장어 같은 형체를 갖추고 소금기 없는 곳을 찾아 이동할 것이다. 그래서 조류를 따라 수동적으로 떠다니고 있는 것이다.

대서양 한가운데쯤에서는 잎사귀 모양을 한 또 다른 무리가 동쪽으로 이동했다. 1년 전 알에서 깨어난 뱀장어였다. 동쪽으로 더 나아가면 유럽 해안 가까운 곳에서 또 다른 뱀장어 유생이 떠다니고 있었다. 1년 먼저 태어나 충분히 큰 뱀장어였다. 네 번째 어린 뱀장어 무리는 이제 막 엄청난 여정의 끝에 도달해 만과 여울을 거쳐 유럽의 강으로 거슬러 올라가기 시작했다.

미국에서 탄생한 뱀장어의 여행은 이보다 조금 짧았다. 겨울이 한창일 때 이들 무리는 대륙붕을 넘어 해안으로 이동했다. 매서운 바람에 바다가 차가워지고 태양이 가장 멀리서 비추는 계절이지만, 해수면 가까이에서 이동하는 뱀장어는 자신들이 태어난 열대 바다의 따뜻함을 더 이상 필요로 하지 않았다.

어린 뱀장어들이 해안으로 향할 때 또 다른 무리가 바닷속을 지나갔다. 이제 거의 자라서 검은색과 은색으로 빛나는 뱀장어들이 자신의 첫 번째 고향을 향해 이동하는 것이었다. 이 두 세대의 뱀장어들은 깨닫지 못하고 있지만, 한쪽은 새로운 삶의 문턱을 넘고 또 다른 한쪽은 깊은 바다의 심연 속에서 생을 마감할 터였다.

해안으로 다가갈수록 수심이 얕아졌다. 어린 뱀장어는 강을 오르기 위해 새로운 모습을 갖추어갔다. 잎사귀처럼 얇은 몸이 수축하며 단단해지고 납작한 나뭇잎 모양에서 더 굵어져 원통형이 되었다. 유생 시절의 커다란 이빨이 빠지고 머리는 훨씬 둥글어졌다. 등뼈를 따라 약간의 색소가 비쳤지만 전반적으로는 몸체가 유리처럼 투명했다. 이 시기의 새끼 뱀장어를 '유리뱀장어' 혹은 '엘버(elver)'라고 부른다.

심해에서 태어난 이 생명체들은 3월의 회색 바다에서 육지로 향하기 위해 기다리는 중이었다. 습지와 호수 물목, 걸프만의 야생 벼 군락지, 남대서양의 작은 만, 큰 강을 따라 자리 잡은 해협과 녹색 늪지로 향할 준비를 마친 것이다. 눈이 녹아 수량이 풍부해졌다. 신선한 담수를 바다로 흘려보내는 차가운 북쪽 강물을 기다리다 낯선 물맛을 느끼고 흥분한 뱀장어는 그 수원지로 향해 움직였다. 수백수천 마리가 무리를 지어 만 입구로 향했는데, 1년 전쯤 앤귈라와 그 친구들이 깊은 바다를 향해 떠난 바로 그곳이었다. 어린 뱀장어들은 이렇게 맹목적으로 강으로 돌아와 종족의 본능을 충족시켰다.

뱀장어는 흰색으로 길게 늘어진 등대 불빛이 드리운 육지로 다가갔다. 매일 오후 근해의 육지에서 먹이 활동을 하고 돌아가던 바다오리—얼룩무늬 바다꿩—무리가 하늘 높이 맴돌며 어둠이 짙어지는 바다 가까이 내려오다 이 장면을 목격했다. 봄이 되어 북쪽으로 무리 지어 날아가던 고니 떼도 해 뜰 무렵 저 아래 녹색 바다에서 펼쳐지는 장면을 지켜보았다. 캐롤라이나해협으로부터 북극의 황무지로 향하는 긴 비행의 첫 번째 기착지 근처쯤 이르렀을 때 고니 무리의 리더들이 그 장면을 보고 동시에 숨을 몰아 쉬었다.

달이 차오르면서 조수 역시 높아졌다. 썰물이 되자 바다에 있던 물고기들은 소금기 없는 담수를 강하게 느꼈고 모든 강은 넘칠 듯 차올랐다.

달빛이 비추자 어린 뱀장어는 크고 배가 불룩하고 은빛 비늘을 자랑하는 다양한 물고기들이 모여드는 것을 보았다. 먹이가 풍부한 바다에서 막 돌아온 섀드였다. 만에서 차가운 물이 밀려와 산란할 강으로 거슬러 올라갈 때를 기다리는 것이었다. 동갈민어 떼는 바닥에서 북 치는 듯한 소리를 냈다. 동갈민어, 바다송어와 스폿류(spots)는 해안과 좀 떨어진 곳에서 겨울을 보내고 먹이를 찾아 이주해온 터였다. 조수를 따라 이동한 또 다른 물고기가 조류 방향으로 머리를 틀고 물살에 밀려온 작은 바다 동물을 낚아채기 위해 자리를 잡았다. 이 물고기는 바다에서 온 배스(bass)로 강을 거슬러 올라가지 않을 터였다.

달이 기울고 밀려오는 조류가 점점 약해지자 실뱀장어는 만의 어귀를 향해 앞으로 나아갔다. 대부분의 눈이 녹아 바다로 흘러간 후, 달빛과 조수의 압력이 약해지고 따듯한 비가 와 주변이 축축해졌다. 움트는 꽃봉오리에서 달콤한 향이 퍼지며 곧 밤이 찾아왔다. 만으로 들어간 실뱀장어는 해안을 따라 헤엄쳐 강을 찾아갈 터였다.

몇 마리는 강어귀를 맴돌다 짭짤한 염분을 느꼈다. 어린 뱀장어 수컷은 소금기 없는 담수가 낯설어 깜짝 놀랐다. 암컷은 강 흐름을 거슬러 올라갔다. 자신들의 부모가 따라 내려온 길을 재빠르게 이동했다. 몇 킬로미터나 되는 이 대열은 강과 개울의 얕은 곳까지 이어졌고, 실뱀장어들은 서로의 꼬리와 입이 이어져 엄청난 길이를 자랑하는 뱀처럼 보였다.

이들을 가로막을 고난이나 장애물은 없는 것처럼 보였다. 하지만 이들은 송어, 배스, 강꼬치, 심지어 다 자란 뱀장어에 이르기까지 많은 물고기의 먹이가 될 터였다. 또 갈매기, 왜가리, 물총새, 까마귀, 논병아리, 아비새(loon) 등의 먹이도 되곤 했다. 이들은 폭포가 있는 곳에 모여들어 이끼 끼고 물보라로 젖은 바위를 기어오르고 댐의 방수로를 꿈틀거리며 올라갔다. 어떤 뱀장어는 수백 킬로미터나 이동했다. 깊은 바다에서 탄생한 이 피조물은 이렇게 그 바다가 오래전 스스로 만들어낸 육지 곳곳으로 퍼져갔다.

3월의 바다에 자리 잡은 뱀장어는 육지의 물길로 들어갈 때를 기다렸다. 바다 역시 불안정한 상태로 다시 한 번 해안에 자리한 평원을 침범하고 언덕의 경사면을 올라 산맥의 밑부분을 감쌀 때를 기다리고 있었다. 만 어귀에 있는 뱀장어의 기다림은 영원한 변화로 가득한 긴 생의 간주곡이었고, 바다와 해안과 산맥의 관계는 지질학적으로 보면 극히 짧은 한순간에 불과했다. 산이 물에 의한 끝없는 침식 작용으로 깎여 모래와 흙이 되어 바다로 흘러가면, 해안은 다시 바다가 되고 도시와 마을 또한 바다에 속할 터였다.

용어 설명

가랑잎조개 얇은 껍데기를 지닌 연체동물로 반짝이는 황금색이나 레몬색, 복숭아색을 띤다. 바람이나 조수로 인해 해변에 쌓인 빈 조가비는 딸랑거리는 소리를 내곤 한다. 서인도제도과 케이프곶 일대에서 발견할 수 있다.

가리비 가리비 껍데기는 미국 동쪽과 서쪽 해안에서 쉽게 발견할 수 있다. 부채 모양의 껍데기는 가운데에 방사상으로 빗살이 뻗어 있다. 이런 모양은 다른 여러 종에서도 볼 수 있다. 가리비는 굴이나 조개처럼 식용 가능한 연체동물이지만 껍데기를 열고 닫는 강한 근육인 관자만 주로 먹는다. 시장에서 볼 수 있는 것이 바로 이 부위다. 가리비는 정주성 동물이 아니다. 껍데기를 재빨리 열고 닫는 동작을 통해 물살을 따라 헤엄친다.

각다귀 다 자란 각다귀는 다리가 긴 모기처럼 생겼는데, 해 질 녘 자주 볼 수 있다. 어두워지고 나면 불빛 주변에 모여들곤 한다. 각다귀 유충은 물웅덩이나 축축한 습지에서 발견할 수 있다.

갈고리낚시 현대적인 디젤 엔진을 단 저인망 트롤에 의해 완벽하게 대체되지 않은 옛날 방식의 낚시법. 중심을 이루는 줄에 150센티미터 간격으로 짧은 낚싯줄을 여러 개 매단 것을 말한다. 긴 줄 끝에는 닻이 달려 있고 부표로 위치를 표시한다. 어부들이 간격을 두고 줄을 당겨 올려 잡힌 물고기를 떼어낸다. 때로는 낚싯줄을 소형 어선에 걸쳐놓았다 고기가 잡히면 떼어내고 다시 낚싯바늘에 미끼를 낀 후 바다로 던진다.

갈조류 갈조류 중에는 놀랄 만한 방어 장치로 몸에 석회 성분을 지닌 것도 있다. 이런 보호 물질의 흔적은 오래전 지질학상 캄브리아(Cambria) 시기 매장층에서 발견할 수 있다. 오늘날 갈조류의 형태는 선사 시대 자신의 조상과 거의 흡사하다.

감투빗해파리 10센티미터 정도에 달하는 해파리로, 롱아일랜드에서 캐롤라이나까지 무리를 지어 몰려다니며 헤엄을 친다. 몸통이 투명하게 반짝이며 환한 인광을 낸다.

갑각류 분절된 껍데기와 다리를 지닌 동물을 절지동물이라고 부르는데, 그중 물속에서 살며 아가미로 숨 쉬는 절지동물을 갑각류라고 부른다. 대표적인 것으로는 가재, 따개비, 새우, 게 따위가 있다.

강날도래(하루살이) 둑과 돌 아래에서 몸을 숨기거나 강바닥을 달려가며 깨끗한 민물에서 3년 동안 성숙하지 않은 상태로 생존한다. 성충이 되면 모습을 드러내 짝짓기를 하고 알을 낳은 후 죽는다. 이 모든 일이 하루나 이틀 사이에 일어난다. 성충이 된 강날도래는 짧고 찰나적인 존재의 상징으로 알려졌다.

갯지렁이 우아하게 움직이는 바다 생물로, 종에 따라 5~8센티미터에서 30센티미터에 이른다. 돌 아래나 얕은 물 해초 사이에서 발견할 수 있는데, 때로는 수면으로 올라가 헤엄을 치기도 한다. 일반적으로는 황동색으로 아름다운 무지갯빛을 낸다. 강하고 뾰족한 턱으로 포식자 역할을 한다.

건착망 둥글게 둘러치는 그물로, 고기를 잡기 위해 바다 깊은 곳에서 사용한다. 이 장비를 이용해 고기를 잡으려면 우선 눈으로 볼 수 있어야 한다. 낮에는 물 위의 어두운 판자로, 밤에는 인광을 통해 식별한다. 이 둥근 그물은 수직으로 세운 벽처럼 물속에 내리는데, 그 한가운데로 물고기 떼가 들어오게 된다. 주머니 입구를 모아 쥐듯 아래쪽에 드리운 그물을 모아 고기를 잡는다. 그 다음에는 이 그물 자루를 좁혀 물고기를 그물이 가장 튼튼한 쪽으로 몰아가 건져 올린다.

게 유생 이제 막 부화해서 몸이 투명하고 머리가 커서 다 자란 게와 전혀 다른 모습을 지녔다. 자라나면서 단단한 갑옷 역할을 하는 겉껍데기를 벗어버리는 탈피를 거듭하며 점점 더 게의 모습으로 변해간다. 유생기에는 바다 표면에서 활발하게 헤엄치며 작은 미생물을 잡아먹고 산다.

고깔해파리 열대 바다나 멕시코만에서 아름다운 파란색 물체가 바다 표면에 떠다니는 것을 본 사람이 많을 것이다. 이 부유물은 공기실이나 돛처럼 움직이며 12~15미터에 이르는 촉수를 정박 장치로 사용하기도 한다. 고깔해파리는 해파리와 같은 부류인데, 그중 가장 위험한 것으로 알려져 있다. 이 해파리한테 쏘이면 심한 통증은 물론 최악의 경우 사망에 이르기도 한다.

고착부 뿌리와 비슷한 구조로, 조류나 다른 단순한 식물에서 볼 수 있듯 그 토대에 달라붙어 있는 부분을 말한다.

규조각 서로 겹쳐지는 규조의 껍질로, 마치 상자와 그 뚜껑처럼 생겼다. 순수 규소로 되어 있어 잘 부서지지 않는다. 모양은 물론 패턴도 다양하다. 이런 표식은 현미경 렌즈를 테스트하는 데 사용한다.

규조류 단세포 조류로 황갈색 색소 때문에 녹색을 띤다. 세포벽에 규소가 들어 있는데, 죽고 나면 그 부식물이 쌓여 연마제 등으로 많이 사용하는 규조토를 형성한다. 규조토는 로키산맥 90미터 아래에서 발견되기도 한다. 규조류는 바닷속 먹이사슬에서 필수불가결한 존재로, 이들을 먹고 사는 수생 동물에 필요한 무기질을 제공한다.

긴발바다제비 이 작은 새는 여름 동안 미국을 찾아오고 겨울이 되면 남아메리카 끝, 남극권에 있는 섬에서 알을 낳는다. 많은 사람이 배를 따라다니는 제비와 비슷한 새로 알고 있다.

긴발톱멧새 되새류나 참새류의 일종으로, 멧종다리 정도의 크기다. 긴발톱멧새는 겨울철 미국 북부 지역과 캐나다 남부 지역에서 가끔 눈에 띈다. 여름이면 북부 캐나다와 그린란드, 북극 지역 여러 섬의 수목 한계선 너머에서 산란한다. 서부 평야 지대에서는 이 새를 가리켜 "여기저기 흩어져 있다가 모두 함께 노래하는 새"로 설명하기도 한다.

까나리 몸통이 가늘고 둥근 물고기로, 겉모습은 작은 뱀장어처럼 보인다. 조석점 사이, 바닷물이 빠져나간 후에는 모래 속에 몸을 숨긴다. 해터러스곶에서 래브라도에 이르는 모래 해안과 연안의 모래톱에서 살고 있다. 다른 작은 물고기처럼 까나리 떼는 긴수염고래를 포함해 포식자의 먹잇감이 되곤 한다.

깝짝도요 참새와 울새 중간 정도의 작은 새로, 바다나 강 연안에 살지만 겨울을 보내는 장소 때문에 대양에서 사는 새로 인식되기도 한다. 이동하는 동안 미국 해안 많은 곳에서 볼 수 있다. 남쪽으로 적도 지역까지 날아간다. 헤엄 실력도 뛰어나서 플랑크톤을 잡아먹고 산다. 고래 등에 올라타 그 위에 붙은 바닷니(sea lice)를 잡아먹기도 한다.

꼬까물떼새 검정색과 흰색, 불그스레한 갈색이 섞인 이 새들 무리가 만들어낸 놀라운 광경을 보면 깜짝 놀랄 것이다. 먹이인 모래벼룩이나 다른 작은 생물체를 찾느라 돌과 조개껍데기, 해초를 짧은 부리로 뒤집곤 한다.

나비고기 둥글고 납작한 몸체를 지녀서 어떤 지역에서는 '달고기'라는 별명으로 부르기도 한다. 크기가 30~90센티미터로 난파선 주변과 선창 기둥, 바닷속 바위틈에서 먹이를 찾아다닌다. 매사추세츠부터 남미에 이르는 지역에서 볼 수 있다.

넙치 중부 대서양과 체서피크만 지역에 서식하는 미국넙치는 넙치류 중 특히 활동적인 포식자로 수면 위까지 올라와 물고기를 사냥하기도 한다. 주위 환경에 따라 몸의 색을 바꾸는 능력이 있다. 크기는 평균 60센티미터 정도다.

노랑가오리 편평한 사각형 몸체에 채찍처럼 긴 꼬리, 뾰족한 등뼈가 특징으로 한눈에 알아볼 수 있다. 가오리의 꼬리는 심각한 상처를 입힐 수 있다. 케이프곶부터 브라질에 이르기까지 해안 곳곳에서 볼 수 있는데, 때로는 모래톱에 자리한 어장에도 나타난다. 가오리는 홍어나 상어와 가까운 어종이다.

노랑발도요 큰노랑발도요와 작은노랑발도요 모두 커다란 울음소리로 주위 새들에게 위험을 알려주곤 한다. 작은노랑발도요는 봄철 대서양 해안에서는 찾기 힘든데, 미시시피를 지나 캐나다 중부에서 번식하기 때문이다. 두 종 모두 가을철 동부 해안에서 발견할 수 있다. 아르헨티나, 칠레, 페루 등 남쪽에서 겨울을 보낸다.

논병아리 오리와 비슷한 모습을 하고 있지만 깜짝 놀라면 날아오르는 대신 물속으로 숨어든다. 상당한 거리를 물속에서 헤엄칠 수 있고, 어부의 그물에 잡히기도 한다. 호수나 연못, 만, 해협 등에서 볼 수 있는데 바다로 80킬로미터 넘게 나갈 때도 있다.

놀래기 길고 뾰족한 등지느러미를 가진 이 물고기는 부두 기둥이나 방파제 근처에서 볼 수 있고, 때로는 래브라도부터 뉴저지까지 먼 바다에서도 나타난다.

농게 해변이나 염습지에서 군집 생활을 하는 작은 게. 수컷은 집게발 하나가 유난히 커서 공격과 방어를 위한 무기로 사용한다. 이 집게발은 어떤 면으로는 수컷한테 불리한 점으로 작용하기도 한다. 먹이를 잡을 때 암컷은 두 발을 사용하지만 수컷은 발 하나만 쓸 수 있기 때문이다. 농게는 조석점 사이에서 무리를 이루며 각각 작은 굴을 파고 그 속에서 산다.

뇌조 동반구와 서반구의 북극 툰드라 지역에 사는 새로, 겨울이 되어 툰드라에서 먹이를 찾을 수 없게 되면 무리를 지어 하천이 흐르는 골짜기로 모여든다. 때로는 메인주와 뉴욕주 등 미국 북부에서 겨울을 나는 모습이 목격되기도 한다.

단각류 게나 가재, 새우 같은 것들이 이 부류에 속한다. 몸통이 편평하고 큐티클(cuticle: 단단한 피부층 또는 각피—옮긴이)로 덮여 반짝이며 각 부분이 나뉘어 민첩하게 튀어 오르거나 헤엄칠 수 있는 갑각류 중 하나다. 단각류는 3000여 종이나 되는데 대부분 바다나 그 언저리에 산다. 가장 널리 알려진 것은 모래벼룩인데, 단각류에 포함되는 카프렐라(Caprella)의 경우 위험이 닥치면 뒷다리로 해초를 잡고 몸을 단단하게 잡아 늘여 해초 줄기로 위장하곤 한다. 몸길이는 1.3센티미터 정도다.

담자리꽃나무 장미과의 키 작고 억센 관목으로 '와일드베토니(wild betony)'라 부르기도 하며 북극 지방과 북온대(북회귀선과 북극권 한계선 사이)에 서식한다. 꽃은 크고 흰색이며 잎은 겨울철 뇌조의 중요한 먹이다.

대륙붕 해안선에서 100패덤 정도 완만하게 이어지는 해저 구릉을 대륙붕이라고 한다. 미국의 대륙붕 중에는 폭이 160킬로미터에 이르는 것도 있다. 플로리다 해안 같은 경우는 몇 킬로미터밖에 되지 않는다. 현재 대륙붕의 많은 부분은 비교적 최근까지 육지였던 곳이다. 대부분의 상업적 바다 양식장은 대륙붕에 위치한다. 대륙붕 끝자락에서 해양 심연으로 이어지는 가파른 부분을 대륙 사면(slope, 斜面)이라고 한다.

대형 갈조류 넓고 가죽처럼 뻣뻣한 잎을 지닌 갈색 조류로, 커다란 갈조류는 바다 깊은 곳에서 자라지만 종종 찢긴 상태로 해변에 밀려오기도 한다. 갈조류의 여러 무리 중에는 '악마의 앞치마', '구두창 가죽', '켈프(kelp)' 등으로 불리는 것도 있다. 지금껏 알려진 식물류 중 가장 큰 것에 속한다. 태평양 연안에서 자라는 갈조류 중에는 길이가 몇십 미터에 이르는 것도 있다.

도끼고기 납작하고 은색 몸을 지닌 심해어로, 빛을 내는 기관이 특히 발달했다.

도둑갈매기 갈매기, 제비갈매기와 비슷한 종이지만 습성은 오히려 매를 비롯한 맹금류와 유사하다. 겨울을 보내는 먼 바다에서 해적처럼 활약하며 갈매기, 슴새를 위협해 그들이 잡은 물고기나 오징어 같은 전리품을 빼앗는다. 북극 툰드라에서 알을 품는 동안에는 작은 새와 레밍을 잡아먹는다. 그린란드, 아이슬란드, 최북단의 섬에 둥지를 튼다. 도둑갈매기속은 예거(Jaeger)와 스쿠어(Skua) 종으로 나뉘는데, 스쿠어가 몸집이 좀더 크며, 예거는 몸집이 좀더 작고 긴 꼬리 깃털을 갖고 있다.

도미 갈색과 은색의 이 물고기는 매사추세츠부터 사우스캐롤라이나에 이르는 해안에서 쉽게 찾아볼 수 있다. 어떤 종은 버지니아 해안에서 뉴잉글랜드로 이주해 겨울을 나는데, 로드아일랜드와 매사추세츠 해안가에서 산란한다. 주로 해저에서 살지만 고등어처럼 수면 가까이로 떼를 지어 올라오기도 한다.

동갈민어 뉴잉글랜드주 대서양 연안에서 많이 서식한다. 부레(등뼈 아래 풍선처럼 생긴 기관)의 특별한 근육을 두드려 끙끙거리거나 깍깍거리는 소리를 내곤 한다. 이 소리는 상당히 멀리 떨어진 물속에서도 들린다. 체서피크만 일대에서는 '하드헤드(hardhead)'라고 부르기도 한다.

동애등에 성충이 되면 몸에 줄무늬가 생긴다. 어떤 종의 유충은 물속에서 살며 물렛가락 모양의 죽은 것처럼 보이는 형체로, 수면 밖으로 길게 뻗은 관을 통해 공기를 호흡하며 살아간다.

둑중개 부채 비슷한 지느러미와 이상하게 생긴 갈고리가 뺨에 달려 있다. 차가운 물에서 살며 래브라도 남부부터 케이프곶과 조지뱅크스에 이르는 넓은 지역에서 발견할 수 있다.

둥근입고기 테두리는 검은색이고 중간은 은색인, 인광 기관을 지닌 원양 생선. 이 물고기 자체는 사는 수심에 따라 연한 회색 또는 검정색을 띤다. (물이 깊고 어두워질수록 몸 색깔도 어두워진다). 입을 벌리면 크고 둥글어서 이런 이름이 붙었다.

드래건피시 사나운 모습에도 불구하고 심해에 살고 있는 생물 중 작은 것들만 30센티미터 정도 되는 이 물고기를 무서워할 것이다. 평생 300미터 해저 어두운 곳에서 살아간다.

따개비 몸을 감싸고 있는 딱딱한 껍데기에도 불구하고 따개비는 굴이나 조개류와 아무 연관이 없다. 갑각류의 일종으로 게나 가재, 물벼룩 등과 가까운 생물이다. 물속에 있을 때에는 껍데기를 열고 있는데, 타조 깃털처럼 부드러운 털이 난 발은 미세한 섬유에 들어 있는 혈액에 산소를 공급하기 위해 리드미컬하게 움직인다. 조석점에서 자라는 따개비는 썰물이 되면 귀에 들릴 정도의 찰칵 소리를 내며 껍데기를 닫는다.

레밍 쥐처럼 생긴 작은 설치류로, 주로 북극 지역에서 산다. 꼬리가 아주 짧고 귀는 작으며 발은 털로 덮여 있다. 랩랜드레밍(Lapland lemming)은 주기적으로 무리를 지어 이동하는 습성으로 널리 알려져 있다. 수많은 레밍 떼가 무작정 움직이다 바다에 빠져 죽기도 한다.

룩다운 체서피크만 남부 일대에서 자주 볼 수 있는 물고기로, 납작한 몸체가 위로 솟아 있는 모양을 하고 있다. 아름다운 은색 몸체가 유백광으로 반짝인다. 옆에서 보면 길고 반듯한데 '이마'가 높게 솟아 코 아래로 내려다보는 듯한 모습이다.

마도요 몸체가 크고 긴 부리를 지닌 새로, 깝짝도요와 같은 무리에 속한다. 남아메리카의 태평양 해안에서 겨울을 나는데 중앙아메리카, 플로리다, 대서양 연안을 거쳐 북극해로 가서 새끼를 낳곤 한다. 긴부리도요와 에스키모도요는 지난 세기에 멸종했고 허드슨도요는 아직 상당수가 남아 있다.

말미잘 조용하게 먹이를 먹고 있는 말미잘은 언뜻 보면 국화를 닮았지만, 방해를 받으면 꽃처럼 보이는 아름다움이 사라지고 둥그스름하고 축 늘어진 흉측한 동물로 변한다. 꽃잎처럼 보이는 것은 사실 셀 수 없이 많은 촉수인데, 작은 물고기가 지나가면 침을 쏘아 먹이로 삼는다. 말미잘은 해파리나 산호와 비슷한 무리로 아름다운 색깔을 자랑하며, 크기는 아주 작은 것에서 큰 것까지 다양하다. 어떤 종은 조수지(만조 때 바위 웅덩이에 찬 바닷물이 간조 때 남은 것)에서 발견할 수 있고, 어떤 종은 선창 말뚝에 붙어산다.

먼지말 접합 조류(Conjugatae, 接合藻類)의 일종. 미세한 단세포 담수 조류로 초승달이나 별, 삼각형 모양을 띠고 밝은 초록색이다.

멍게 가죽처럼 단단한 질감의 주머니 같은 몸체가 특징인데, 누군가가 건들기라도 하면 찻주전자의 짧은 주둥이처럼 생긴 입에서 물을 내뿜는다. 바위나 해초, 선창 기둥 등에 붙어 자라는데 물을 빨아들여 이때 함께 들어온 먹이를 걸러 먹는다. 멍게는 무척추동물과 척추동물의 중간쯤에 자리한다. 일본과 남아메리카, 지중해 일부 지역에서는 식용으로 사용한다.

메두사 종이나 우산, 원반 모양으로, 우리에게 익숙한 해파리다. 어떤 종은 히드라와 메두사로 번갈아가며 모습을 바꾸기도 한다.

멘헤이든 청어나 섀드에 근접한 물고기로, 노바스코샤부터 브라질에 이르기까지 넓은 곳에서 찾아볼 수 있다. 식용으로 쓰이지는 않고 기름과 가축 먹이, 비료를 만들기 위해 엄청난 양으로 잡힌다. 고래와 알락돌고래, 참치, 황새치,

명태, 대구 등을 비롯한 바닷속 포식자의 먹잇감이다.

모래벼룩(해변톡토기) 작은 갑각류의 일종으로, 해변의 중요한 청소부 역할을 한다. 죽은 물고기와 모든 유기 폐기물을 먹어치운다. 축축한 해초를 뒤집으면 1센티미터 정도 되는 모래벼룩이 스무 마리 정도 깜짝 놀라 튀어나오는 것을 볼 수 있다. 어떤 것은 얕은 물에서 살고, 어떤 것은 축축한 모래나 해초 속에서 산다.

물떼새 물떼새는 도요새처럼 밀려오는 파도의 끝자락에서 달려가는 일은 없고, 해변 더 높은 곳에서 주로 머문다. 쌍띠물떼새와 꼬마물떼새가 가장 널리 알려져 있다. 쉬지 않고 주위를 살피며 모이를 쪼는 대신, 물떼새는 머리를 들고 달리다 갑자기 주위를 살피곤 한다. 물떼새는 캐나다와 북극권에 둥지를 틀다가 겨울이 오면 칠레나 아르헨티나 같은 남쪽으로 향한다.

물벌레 고요한 개울이나 연못 근처에 흔히 볼 수 있다. 타원형 몸체는 0.5센티미터 정도인데 편평하고 잔털이 많은 맨 뒷다리를 노처럼 저어 움직인다. 어떤 물벌레는 날기도 하는데, 이 능력을 밤에 선보인다. 앞다리를 비벼 음악처럼 들리는 소리를 만들어낸다.

미노 몰려다니는 습성이 있는 작은 피라미과의 한 종류. 수천 마리의 떼를 얕은 만이나 습지, 해안 주위에서 찾아볼 수 있다.

민대구 먹잇감인 작은 물고기를 찾아 해저에서 수면까지 바쁘게 헤엄치는 이 물고기는 대구와 가까운 종인데, 대구보다 활동적이고 몸통이 가는 편이다. 바하마제도와 그랜드뱅크스에 걸쳐 볼 수 있으며 연안 지대에서 수심 600미터에 이르기까지 활동대가 넓다.

바구니불가사리 복잡하게 얽힌 팔을 자랑하는 불가사리의 일종으로, 이 팔 끝으로 걸어 다닌다. 솔처럼 생긴 팔로 운이 나쁜 물고기를 잡아먹는데, 동부 롱아일랜드 해안 북쪽 일대에서 발견할 수 있다.

바다꿩 소란스럽고 활기 넘치는 이 바다오리는 폭풍우 치는 겨울 바다도 상관하지 않는다. 북극해 연안에서 알을 낳고 체서피크만과 노스캐롤라이나 해안 같은 남쪽에서 겨울을 난다. 수컷의 기다란 꼬리 깃털 덕에 다른 바닷새와 한눈에 구분할 수 있다.

바다오리 울새류보다 조금 더 몸집이 작으며 바다쇠오리, 퍼핀 등과 같은 무리다. 알을 낳을 때만 해안가로 가는데, 바다 위에서 뛰어난 다이빙 실력을 보여준다. 아비새처럼 발 대신 날개를 사용해 수면 아래서 헤엄을 친다.

방산충 바다에 사는 단세포 동물로, 육안으로 볼 수 있을 만큼 큰 것도 있다. 별이나 눈송이처럼 보이는 규소 껍데기 안에 들어 있다. 이 뼈대에 난 구멍을 통해 기다란 끈처럼 보이는 위족을 뻗곤 한다. 유공충처럼 그 껍데기가 해저에 쌓여 해양 퇴적물을 이룬다.

범고래 돌고래의 일종으로, 등 위에 높이 솟은 지느러미로 한눈에 알 수 있다. 범고래 여러 마리는 바다 표면에서 빠르게 헤엄치며 고래나 돌고래, 바다표범, 바다코끼리는 물론 커다란 물고기를 공격한다. 힘도 세고 대담하다. 범고래가 나타나면 커다란 고래조차도 겁을 먹을 정도다.

베도라치 해초와 돌 사이에 사는 작은 물고기로, 수심 30~50패덤 혹은 더 깊은 곳에 산다. 몸통이 길쭉해서 뱀장어처럼 보이기도 하는데, 등 전체에 긴 지느러미가 나 있다.

부비새 대서양 연안에서 세인트로렌스만의 바위 많은 절벽에 둥지를 튼다. 겨울에는 노스캐롤라이나에서 멕시코만으로 이동한다. 몸집이 크고 흰색인데, 수십 미터 높이에서 바닷속으로 힘차게 들어가 먹이를 찾곤 한다. 수백 마리가 함께 모여 청어나 고등어를 공격한다.

붉은어깨도요 울새와 비슷해 보이는 새로, 해안에 살며 4월 초 남미에서 미국에 도착한다. 산란처는 오랫동안 알려지지 않았는데 그린란드, 그리넬랜드(Grinnell Land)와 빅토리아랜드의 가장 황량하고 외진 곳에서 발견되었다.

붉은 점토 바닷속 5킬로미터 넘는 깊은 해저에 쌓여 있는 퇴적물로, 다른 어떤 성분보다 넓게 깔려 있다. 알루미늄 규산염이 기본 성분. 너무나 깊은 곳에 있어 유기 물질을 함유하고 있지는 못하다.

붕장어 미국 바다에 사는 붕장어는 7킬로그램 가까이, 유럽에 서식하는 붕장어는 11킬로그램까지 무게가 나간다. 왕성한 식욕을 자랑하는 바다 생물이다.

비오리 물고기를 잡아먹는 오리로, 다이빙에 능숙하고 물속에서도 헤엄을 잘 친다. 부리에 뾰족한 이빨 같은 것이 있어 미끈거리는 먹잇감을 잡기에 적합하다.

빗살해파리 대부분의 빗살해파리는 원추 또는 배 모양으로, 세로로 난 8개의 기다란 띠나 빗살에 달린 가느다란 섬모를 움직여 헤엄을 치므로 이런 이름이 붙었다. 햇빛을 받으면 무지갯빛을 띠고 어둠 속에서는 인광을 발사한다. 어린 물고기를 잡아먹어 해양 생태계에 큰 영향을 미친다.

삼세기 둑중개류 중 가장 특이한 물고기로, 가시가 난 커다란 머리, 너덜거리는 지느러미, 가시가 잔뜩 돋은 껍질이 특징이다. 래브라도부터 체서피크만에 이르는 해안가에서 볼 수 있는데, 케이프곶 북쪽에 특히 풍부하다. 바다에서 건져 올리면 몸을 부풀리고 다시 바닷물 속에 집어넣으면 무기력하게 등을 대고 떠 있다. 식용 물고기는 아니고, 로브스터를 낚을 때 미끼로 사용하곤 한다.

삼치 커다랗고 은색이 도는 고등어과 생선으로, 미국의 경우 남부 해안에서 주로 발견할 수 있다. '킹피시(kingfish)'라고도 부르는데 강하고 활동적인 포식자로 청어 무리 사이에서 자주 나타난다.

새우 영어로는 '프론(prawn)'과 '슈림프(shrimp)' 두 가지를 쓰는데 일반적으로 좀 더 큰 쪽은 프론, 작은 것을 슈림프라고 부른다. 가공 공장에서는 살이 별로 없는 머리를 떼어내고, 관절로 된 유연한 배와 꼬리 부분만을 포장해 식용으로 판매한다.

새조개 심장 모양의 껍데기를 지닌 연체동물. 새조개는 다른 조개류와 달리 껍데기에 빗살무늬가 안팎으로 나 있다. 다른 조개류보다 훨씬 활동적이어서 놀라운 움직임으로 바닥을 따라 뛰거나 구르기도 한다. 이는 근육이 있는 '발'로 인해 가능한데, 이 발은 껍데기 아래로 구부러져 있다 갑자기 뻗어 나오곤 한다.

새파 물고기는 호흡을 하기 위해 입을 통해 물을 들이마시고 아가미로 내뿜는데, 이때 부드러운 아가미의 섬유를 통해 산소를 흡수한다. 새파는 아가미구멍으로 가는 안쪽 입구에 자리한 뼈로 된 돌출 부위다. 물속에 들어 있는 먹잇감을 걸러내고 아가미 섬유를 보호하는 역할을 한다. 인간으로 치면 기관으로 음식이 들어가는 것을 막아주는 후두개에 해당한다.

샌드버그 케이프곶에서 플로리다에 이르기까지 쉽게 볼 수 있는데, 조석점 사이에 거대한 군집을 이루고 산다. 파도가 밀려간 후 모래밭에 작은 구멍이 나 있는 게 보이면 그 안에 바로 샌드버그가 자리하고 있는 것이다. 타원형의 껍데기로 덮여 있고, 그 아래 꼬리나 배를 말아 감고 숨어 있다. 소라게의 먼 친척뻘로, 피부가 얇은 복부를 보호하기 위해 각기 다른 수단을 갖고 있다. 학명은 히파탈포이다(*Hippatalpoida*).

샐퍼 통처럼 생긴 투명한 몸체를 지닌 바다 동물. 크기가 2~3센티미터인데, 여러 마리가 함께 모여서 군집을 이루거나 사슬 모양으로 뭉쳐 있다. 척추동물의 등뼈로 볼 수 있는 완벽한 신경줄기의 유래를 보여주는 동물 중 하나다. 하지만 진화 계통상 곁가지로 분류되면서 척추동물로 발전을 이루지 못했다.

섬모 세포에 난 작고 미세한 털. 여러 개의 섬모를 리드미컬하게 흔들어 세포를 움직인다. 일부 단세포 동물과 식물, 유생은 이런 섬모를 사용해 움직인다.

성대 사우스캐롤라이나에서 케이프곳에 이르기까지 자주 발견할 수 있는 물고기로, 펀디만(Bay of Fundy) 같은 먼 북쪽에서도 볼 수 있다. 외견상으로는 삼세기나 다른 둑중개와 비슷한데, 넓은 이마와 커다란 가슴지느러미(아가미 바로 뒤에 있다)가 특징이다. 부채 같은 지느러미를 펴고 해저에 떠 있는데, 기척을 느끼면 모래 속에 온몸을 파묻는다. 새우나 오징어, 각종 갑각류부터 작은 도다리와 청어 같은 모든 바다 생물을 잡아먹는다.

세가락갈매기 작은 갈매기로, 같은 부류 중 가장 튼튼하다. 이동할 때가 아니면 내륙에서는 거의 볼 수 없는 진정한 바닷새다. 장거리 대서양 횡단 노선을 따라 이동하는 갈매기이기도 하다.

세가락도요 몸집이 큰 도요새 종류로, 해변에 서식하는 대표적인 조류다. 가장 긴 거리를 이동하는 새 중 하나인데 북극권에서 알을 낳고 파타고니아처럼 먼 곳에서 겨울을 난다.

세라티움 0.02센티미터 크기의 단세포 생물. 식물학자나 동물학자 간 의견이 다를 수 있지만 일반적으로 동물로 간주한다. 인광을 내는 특징이 있어 세라티움이 몰려들면 바다가 환해질 정도다.

소라게 호기심 많은 이 게는 달팽이처럼 생긴 껍데기 속에 들어 있다. 얇은 피부로 덮여 있는 연약한 복부를 보호하기 위해 소라 껍데기를 끌고 다니며 은신처로 삼는다. 몸이 너무 커져 그 소라 껍데기 안에서 살기 힘들어지면 새로운 소라 껍데기를 찾아 나서는데, 그 과정이 아주 조심스럽다. 일단 결정을 내리면 예전의 껍데기를 내던지고 재빨리 새로운 껍데기 속으로 숨어든다. 원래 주인을 쫓아내고 껍데기를 차지하는 일도 있다.

솜털오리 바다오리의 일종으로, 뉴잉글랜드와 중부 대서양 바다 먼 곳에서 겨울을 보낸다. 다이빙을 해서 먹이를 얻기 위해 홍합 서식지 위에서 맴돌곤 한다. 미국에서 만드는 오리털 관련 제품의 중요한 소재다.

쇠백로 가장 고상하고 우아한 백로과의 새. 쇠백로는 번식기에 돋보이는 아름다운 깃털을 노린 무분별한 사냥 때문에 한때 멸종 위기에 몰렸다. 어린 왜가리처럼 보이지만 노란색 발로 구분할 수 있다.

쇠오리 푸른 날개를 가진 작은 쇠오리는 오리류 중 가장 빠른 무리로, 이주 경로는 뉴펀들랜드와 캐나다 북부에서 남쪽으로는 브라질과 칠레에 이른다. 이 무리는 대서양 중부 연안 근방에서 겨울을 보내기도 한다.

스폿류 어깨 부분에 갈색이나 노란색 둥근 점이 하나 박혀 있어 이런 이름을 붙었다. 매사추세츠부터 텍사스에 이르는 해안가에 산다. 수컷은 북을 두드리는 듯한 소리를 내는데, 그 소리는 동갈민어보다 작다.

슴새 태풍이 몰아칠 때 미국 해안가에서 볼 수 있는 새로, 놀라운 이동을 하는 것으로 알려져 있다. 슴새는 남대서양 트리스탄다쿠나섬(Tristan da Cunha island)에서 부화한다. 땅에 풀로 된 깊고 긴 터널을 만들어 둥지로 삼는다. 봄이 되면 북쪽을 향해 긴 여행을 떠나는데, 그 여정에서 뉴잉글랜드의 해안 지대를 지난다. 5월 중순부터 10월 말까지 이곳에 머물고 북대서양을 건너 남쪽으로 향해 유럽과 아프리카 해안을 거쳐 고향인 먼 섬으로 날아간다. 이렇게 대양을 도는 비행은 2년 정도 걸리며, 따라서 산란과 부화도 2년마다 일어난다.

시로미 알래스카부터 그린란드에 이르는 북극 지방에서 자라는 키 낮은 관목으로, 미국 북부에서도 종종 발견할 수 있다. 북극 지역에 사는 새들의 가장 중요한 먹이다.

시아네아 대서양 일대 해파리 중 가장 큰 종류. 차가운 북쪽 바다에서 살며 종 모양의 몸체가 2미터를 훌쩍 넘고 촉수는 30미터에 이를 정도로 길다. 거대한 몸체의 95퍼센트는 물로 이뤄져 있다. 일반적인 크기는 1미터 정도고 촉수 길이는 10~12미터에 달한다. 촉수에 닿으면 수백 개의 미세한 '침'으로 인해 타들어가는 듯 심한 통증을 느낀다. 미국 북쪽 바다에서는 붉은색 계열이 많은데, 남쪽 바다로 가면 푸른색이나 우윳빛을 띤 것이 많다.

실소금쟁이 길고 가는 몸체를 지닌 수상 곤충. 먹이인 모기 유충이나 물벌레, 작은 갑각류를 찾아 수련 잎 위나 표수막 위를 조심스럽게 걷는 것이 특징이다.

심해저 대륙붕의 가파른 경사면에 둘러싸인 대양 속 깊은 곳의 지형. 심해저의 바닥은 넓고 황량한 평원으로, 보통 깊이는 3킬로미터 정도에 달한다. 때로 8~9킬로미터에 이르는 계곡이나 협곡이 자리하기도 한다. 심해저의 바닥은 깊고 부드러운 무기물 진흙과 작은 바다 생물체의 사체로 덮여 있다. 빛이 거의 들어오지 않아 항상 온도가 낮은 상태를 유지한다.

아귀 가장 못생기고 혐오스러우며 엄청난 식성을 자랑하는 물고기다. 몸의 절반 이상은 머리인데, 그 머리 대부분을 입이 차지한다. 영어로 '올 마우스(all mouth)'라는 별명이 붙었을 정도다. 아귀는 대서양 양쪽 해안에서 볼 수 있는데 크기는 120센티미터에 달한다.

앤귈라 뱀장어의 속명.

앤초비 청어와 비슷하게 작고 은빛이 나는 물고기. 떼로 몰려다니며 좀더 큰 물고기의 먹이가 되곤 한다. 앤초비나 뱅어(whitebait)는 크기가 보통 5~10센티미터에 불과하다.

야광충 0.08센티미터 지름의 단세포 동물로, 바다의 빛을 만들어내는 가장 중요한 요소 중 하나다. 강한 인광을 만들면 바다 넓은 부분이 환해질 정도다. 낮에 무리를 지어 떠다닐 때는 바다가 붉게 보인다.

양머리돔 매사추세츠부터 텍사스에 이르는 해안에서 잡히는 식용 물고기. 오래된 난파선이나 방파제, 선창 근처에서 찾아볼 수 있다. 물고기의 머리 부분, 특히 큰 이빨이 양의 이빨과 비슷해서 이런 이름이 붙었다.

연잎성게 모든 해양 동물이 연잎성게처럼 알아보기 쉬운 모습을 하고 있다면 각각의 종을 구분하는 일은 간단한 문제일 것이다. 둥글고 편평한 외각 혹은 껍질을 보면 그 이름을 쉽게 설명할 수 있다. 별 모양이 껍데기에 아름답게 새겨져 있어 불가사리와의 관련을 짐작케 한다. 연잎성게는 해안에서 좀 떨어진 해저에 살지만 조가비가 많이 남아 있는 해안으로 밀려 올라온다. 살아 있는 동안에는 비단처럼 부드러운 돌기로 덮여 있다.

오렐리아 보름달물해파리. 편평한 접시 모양으로 흰색이나 청백색 몸체에 지름은 30센티미터 정도다. 헤엄칠 때의 모습 때문에 일반적으로 '달해파리'라고 부른다. 여느 해파리와 달리 작고 눈에 띄지 않는 촉수를 갖고 있다. 달해파리는 대서양과 태평양 해안에서 발견할 수 있다.

오이빗해파리 빗살해파리 중 좀 큰 무리. 10센티미터 정도 크기에 다른 해파리를 통째로 삼켜 먹는 습성이 있다. 빗살해파리는 7월과 8월 뉴잉글랜드 해안 지대에서 많이 발견되는데, 하루 중 따뜻할 때에는 수면 가까이 올라왔다가 수온이 떨어지면 바닷속 깊이 내려간다.

오징어 대서양에서 볼 수 있는 오징어는 30센티미터 정도 크기로, 양식장이나 수산 회사에서는 물고기 낚시의 미끼로 사용한다. 재빠르게 돌진하며 주위에 맞게 몸 색깔을 바꾸는 능력으로 널리 알려져 있다. 굴이나 달팽이와 마찬가지로 연체동물인데, 껍데기는 퇴화해서 얇고 뾰족한 내부 기관으로 변화했다. 작은 오징어에서 대왕오징어에 이르기까지 크기가 다양하며 가장 큰 것은 4미터에 이르는 것으로 알려져 있다.

요각류 갑각류의 아강(亞綱). 대부분 1센티미터에 못 미치는 크기다. 상당수는 자유롭게 헤엄치는 플랑크톤인데, 어떤 것은 살아 있는 동물의 몸을 서식처로 삼으며 숙주가 되는 동물한테 상처를 입히지 않고 자유롭게 몸을 드나든다. 또 어떤 것은 다른 물고기의 아가미, 껍질이나 살에 기생하면서 살아간다. 이들은 바다의 먹이사슬에서 가장 중요한 연결 고리다. 어린 물고기를 비롯한 많은 다른 동물의 먹이가 되기 때문이다.

유공충 세포질을 구성하는 물질이 계속 분출하면서 생긴 셀 수 없이 많은 구멍이 석회질 껍질에 나 있는 단세포 동물로, 그 덕분에 아름다운 광경을 연출한다. 유공충이 죽으면 그 껍데기는 바다 바닥에 가라앉아 몇백 미터에 달하는 석회질 층을 구성한다. 이집트의 피라미드는 유공충 화석이 만들어낸 석회암 벽돌로 쌓은 것이다.

유령게 모래 해안에 있으면 눈에 보이지 않을 정도로 몸통이 투명하다. 뉴저지와 브라질에 걸쳐 서식하며, 미국 남쪽 해변에서 쉽게 볼 수 있다. 조심성이 많고 재빨리 도망치는데, 필요하면 주저 않고 물속으로 들어간다. 조석선 위 90센티미터 정도 깊이의 모래 구멍 속에서 산다.

유즐해파리 1~2.54센티미터의 작은 빗살해파리로, 흰색이나 장미색 긴 촉수가 달려 있다. 어린 물고기를 닥치는 대로 잡아먹는다.

은색뱀장어 이동 중인 뱀장어를 때로 이렇게 부른다. 배 부분이 은색으로 반짝여서 이런 이름이 붙었다.

은줄멸 길고 날씬한 몸통의 작은 물고기로, 옆구리에 은색 줄이 있다. 담수와 바다에서 모두 찾아볼 수 있다. 모래 해안 근처의 바다에서 많이 서식한다.

이끼벌레 바다와 담수에 살며 이끼와 비슷한 형태를 자랑한다. 초기 생물학자들은 이끼벌레를 식물로 분류했다. 어떤 종류는 돌과 해초에 붙어 있는데, 석회질 조각 때문에 레이스처럼 보이기도 한다. 아주 오래전 지구상에 등장한 생물이다.

익족류 연체동물의 일종으로 달팽이와 가까운데, 외견상으로나 습성상으로는 크게 닮지 않았다. 익족류는 우아한 자태로 헤엄을 치며 먼 바다에서 산다. 종잇장처럼 얇은 껍질을 지닌 것도 있고 껍질 없이 아름다운 색을 자랑하는 것도 있다. 엄청난 수로 무리를 지어 나타나기도 하는데, 상당수는 고래의 먹이가 되곤 한다.

자망 바닥에 닻을 내리거나 바다 위에 띄워놓거나 중간 깊이에 걸쳐놓는 그물. 어떤 경우라도 테니스 네트처럼 설치한다. 물고기들은 지나다니다 이 그물눈에 머리를 들이밀고 아가미가 그물에 걸린다. 유자망은 추를 달아 물속에서 조수의 흐름에 따라 움직인다.

정치망 미로 구조처럼 된 그물로, 막대기에 부착해 바다에 드리운다. 물고기가 들어가기는 쉽지만 몇 개로 나뉜 구역을 지나는 동안 되돌아 나가는 길을 찾기 어려운 구조다. 제일 끝에는 물고기를 가둬두는 '원통'이 있다.

제비갈매기 해안에 살면서 먹이를 발견하면 바닷속으로 다이빙하는 이 조류는 날아갈 때면 물고기를 찾아 고개를 아래로 굽어보는 습성을 갖고 있다. 멀리 떨어진 해안의 모래사장이나 연안에 군집을 이뤄 둥지를 튼다. 제비갈매기의 한 종류인 북극제비갈매기는 가장 긴 거리를 이동하는 것으로 알려져 있는데, 북미 북극권에서 유럽과 아프리카를 거쳐 남극 지방까지 이동한다.

조류(藻類) 조류는 식물계의 네 가지 분류 중 하나로, 가장 단순하고 가장 오래된 식물이라 할 수 있다. 진짜 뿌리나 줄기, 잎은 없고 단순한 엽상체로 이루어져 있다. 미세한 크기의 구형에서부터 수미터에 이르는 거대한 해초에 이르기까지 크기와 특징이 다양하다.

족사 조개나 홍합 등 몇몇 갑각류는 바다에서 지탱하기 위해 단단한 실이나 끈으로 변하는 액체를 분비하는 관을 지니고 있다. '족사'라고 부르는 이 실은 물살에 흔들리지 않도록 몸체를 단단히 고착하는 역할을 한다.

줄말 수생 식물로, 해변에 사는 새들의 중요한 먹잇감이다. 검은색을 띤 작은 씨앗과 식물 모두 새들의 먹이다. 소금기 있는 물 주위는 물론 내륙의 알칼리성 수로와 호수 등지에서도 자란다.

집게발 커다랗고 못뽑이처럼 생긴 가재의 큰 발. 집게발의 근육은 동물이 먹이로 노리는 부분이다. 방어나 공격을 하는 데 가장 효과적인 무기이기도 하다.

차축조 민물에 사는 조류로, 석회질이 함유된 토양으로부터 물이 들어오는 연못이나 호수에 몰려 서식한다. 차축조는 세포 조직 안에 탄산석회가 쌓여 있어 만지면 딱딱하다. 어떤 경우에는 흙더미나 빵 부스러기처럼 뭉쳐 있는데, 석회 성분이 부족한 토양에 비료로 사용하기도 한다. 작은 잎은 중간 줄기에서 촛대처럼 솟아나며 자실체는 마치 바늘 끝처럼 작은 투명 종이 등(lantern, 燈) 모양으로, 오렌지색과 초록색을 띤다.

측선 아가미뚜껑에서 꼬리에 이르기까지, 물고기의 몸통을 따라 옆쪽으로 나 있는 일련의 작은 숨구멍. 이 숨구멍은 점액질로 가득한 긴 관과 연결되어 있는데, 이 관은 감각 신경계와 이어진다. 물고기는 측선 기관을 이용해 인간의 귀에는 들리지 않는 낮은 진동의 음파를 추적하는 것으로 알려져 있다. 이는 곧 물고기가 멀리서 다가오는 다른 물고기의 존재, 뭔가 장애물이 다가오고 있거나 바위 더미가 있다는 걸 알아차릴 수 있다는 의미이기도 하다. 최근의 실험에 따르면 측선은 수온의 변화를 확인하는 역할도 한다고 알려졌다.

칼라누스 0.3센티미터 정도 크기의 작은 요각류로, 뉴잉글랜드 해안과 떨어진 바다에서 1년 중 특정 계절에 특히 많이 등장한다. 청어나 고등어는 물론 북극

고래 등의 먹이가 되므로 경제적으로도 상당한 의미가 있다. 요각류, 갑각류 참고.

큰눈새우 새우처럼 생긴 이 갑각류는 투명한 몸에 달린 커다란 눈 때문에 이런 이름이 붙었다. 종에 따라 인광을 내는 점의 위치와 개수가 다르다. 해수면 가까이 떼로 몰려 있는데, 이들을 따라 물고기와 갈매기가 몰려들곤 한다. 거센 파도가 밀려올 때 발견할 수 있다.

큰부리도요 중간 크기에 부리가 길며 바닷가 근처에 서식한다. 도요새과로, 이동 중 대서양 해안에서 볼 수 있다. 플로리다, 서인도제도, 브라질 등지에서 겨울을 보내며 캐나다 북부와 허드슨만 동쪽에서 둥지를 트는 것으로 알려져 있다.

클로로필 식물의 초록색을 나타내는 성분으로, 잎을 통해 전분과 당분을 만드는 데 필수적인 역할을 한다.

키틴 곤충이나 가재, 게 등의 외피를 구성하는 딱딱한 물질.

퉁퉁마디 염습지에서 사는 식물로, 가을에는 선명한 붉은색으로 변해 화려함을 자랑한다.

트롤망 커다란 원추형으로 생긴 그물로, 바닷속 깊은 곳에 드리운다. 평균적인 크기는 길이 40미터에 너비 30미터. 그물을 끄는 동안 입구를 4.5미터 정도 열어두고 단단한 참나무 문 2개를 달아놓는데, 이렇게 하면 물살의 저항을 막아 문 2개가 서로 멀리 떨어져 있게 된다. 이 2개의 문은 긴 줄을 통해 배와 연결되어 있다.

파래 밝은 녹색에 편평하고 잎이 무성한 외양을 갖고 있다. 화장지처럼 잎이 얇은 파래는 파도가 거센 바다의 바위에 붙어 자란다.

풀머갈매기 넓은 대양을 나는 갈매기의 일종으로, 긴발바다제비·슴새와 같은 무리다. 재갈매기보다 약간 작은데 대부분의 시간을 날아다니며 특히 태풍 속에서 활동하는 경우가 많다. 여름철을 그린란드, 데이비스해협, 배핀만(Baffin Bay)에서 보내고 겨울철은 미국의 해안, 특히 그랜드뱅크스나 조지뱅크스에서 난다.

플랑크톤 '방랑자'라는 뜻을 지닌 그리스어에서 유래한 플랑크톤은 바다나 호수 표면에 사는 모든 작은 동물과 식물을 의미한다. 어떤 종은 극도로 수동적이어서 조류에 따라 앞뒤로 움직이며 떠다닌다. 다른 종은 먹이를 찾아서 열심히 헤엄치기도 한다. 바닷물의 흐름에 민감하게 반응할 수밖에 없는 생명체다. 많은 바다 생물은 어린 시절 어떤 의미에서는 모두 플랑크톤이라고 볼 수 있다. 물고기는 물론 조개, 불가사리, 게를 비롯한 다른 많은 동물이 어린 시절에는 플랑크톤이었다.

해덕 대구과에 속하며 대륙붕 일대 해저에서 발견할 수 있다. 기록에 남아 있는 가장 큰 해덕은 길이가 94센티미터에 달하고 무게는 10킬로그램인 것으로 알려져 있다.

해삼 불가사리나 성게 같은 무리와 외견상 비슷한 점이 없다. 질긴 근육질의 표면 때문에 벌레처럼 보이기도 하는데, 해저에서 천천히 움직이며 모래나 진흙을 삼켜 그 안에 있는 미량의 유기물 먹이를 추출해낸다. 적이 등장하면 특별한 방법으로 방어한다. 내부 장기를 배출해 상대를 깜짝 놀라게 하는 것이다. 이렇게 배출한 장기 기관은 나중에 자연스럽게 재생된다. 말린 해삼은 중국에서, 성게알은 유럽에서 식용으로 사용한다.

헤이크(남방대구) 해덕과 마찬가지로, 헤이크 역시 대구류의 일종이다. 하지만 모습은 대구보다 몸통이 가늘고 뾰족한 편이다. 긴 더듬이처럼 생긴 배지느러미가 특징이다. 이 지느러미를 이용해 바닥에 있는 먹잇감의 존재를 확인한다.

화살벌레 작고 길쭉한 벌레로, 바다에서만 산다. 표면에서 심해까지 어디서나 발견할 수 있다. 거칠고 활동적인 포식자로, 어린 물고기를 먹어치운다.

흑기러기 얕은 해안과 만 지역이 흑기러기와 회색기러기의 서식지인데, 이들이 가장 좋아하는 먹이인 거머리말이 많이 자라는 곳이기 때문이다. 물이 얕은 곳에서 거머리말을 뜯어 먹는다. 기러기는 버지니아와 노스캐롤라이나를 떠나 케이프곶, 세인트로렌스만, 허드슨만을 지나 그린란드와 최북단인 북극 섬을 향해 이동한다.

흰매 몸집이 큰 흰색 북극매로, 작은 새와 레밍을 잡아먹고 산다. 겨울이 되면 때로 남쪽으로 뉴잉글랜드나 뉴욕, 펜실베이니아 북부까지 날아온다.

흰멧새 '눈송이(snowflake)'라는 별명으로 부르기도 하는 작은 새. 북극권에 둥지를 트는 참새과의 일종으로, 겨울이 되면 캐나다나 미국 북쪽으로 날아간다.

히드로충 식물처럼 보이는 해파리 계열의 동물. 가지 많은 식물과 특히 닮아 보이는 것은 히드로충이 군집 생활을 하기 때문인데, 중앙의 줄기는 다른 히드로충에게 먹이를 전해주는 역할을 한다.